青春《せいしゅん》ゲシュタルト崩壊《ほうかい》

丸井《まるい》とまと・著　三湊《みなと》かおり・絵

野いちごジュニア文庫

自分《じぶん》の顔《かお》が見《み》えなくなった。
指先《ゆびさき》で触《ふ》れれば目《め》も鼻《はな》も口《くち》もあるのに、鏡《かがみ》や画像《がぞう》に映《うつ》る私《わたし》はのっぺらぼうだった。
どんな顔《かお》だったのかも今《いま》では思《おも》い出《だ》せない。

私《わたし》は、まわりと上手《うま》くやっていると思《おも》っていた。
笑顔《えがお》で話《はなし》を聞《き》いて、頼《たの》まれ事《ごと》も引《ひ》き受《う》けて、本当《ほんとう》の気持《きも》ちをのみ込《こ》む。
――きっと私《わたし》は大丈夫《だいじょうぶ》。
そうやって我慢《がまん》をし続《つづ》けていたら、心《こころ》が崩壊《ほうかい》して自分《じぶん》を見失《みうしな》ってしまった。
……私《わたし》はどんな顔《かお》をしていた？　どんなふうに笑《わら》っていた？
まわりの望《のぞ》むとおりにしていたら楽《らく》で、自分《じぶん》で決《き》めることから逃《に》げていた。

でも、私《わたし》は変《か》わりたい。
心《こころ》を押《お》し殺《ころ》してまで、まわりから好《す》かれようとしていた自分《じぶん》を――。

青春ゲシュタルト崩壊

登場人物《とうじょうじんぶつ》紹介《しょうかい》

朝比奈《あさひな》　聖《ひじり》

朝葉《あさは》のクラスメイトで、同《おな》じ小学《しょうがっ》校《こう》出身《しゅっしん》。金髪《きんぱつ》で言葉《ことば》づかいも少《すこ》し乱暴《らんぼう》だけど、本当《ほんとう》は優《やさ》しい。自《じ》分《ぶん》の顔《かお》が見《み》えなくなった朝葉《あさは》を支《ささ》えてくれる。

間宮朝葉《まみやあさは》

高校二年生《こうこうにねんせい》でバスケ部《ぶ》。頼《たの》まれると断《ことわ》れず、本音《ほんね》を押《お》し殺《ころ》して周《まわ》りに合《あ》わせてしまう。部活《ぶかつ》や進路《しんろ》のことで心《こころ》を壊《こわ》し、自分《じぶん》の顔《かお》が見《み》えなくなる。

Tsukika Nakajo

中条《なかじょう》月加《つきか》

朝葉《あさは》と同《おな》じように、自分《じぶん》の顔《かお》が見《み》えなくなってしまった一年生《いちねんせい》。明《あか》るく前向《まえむ》きな性格《せいかく》で、朝葉《あさは》の心強《こころづよ》い存在《そんざい》に。

Seira Tokiwa

常磐《ときわ》星藍《せいら》

バスケ部《ぶ》の先輩《せんぱい》。部活《ぶかつ》のことで悩《なや》んでいる朝葉《あさは》の相談《そうだん》に乗《の》ってくれる優《やさ》しい先輩《せんぱい》のはずが、実《じつ》は冷《つめ》たい一面《いちめん》もあり…。

Anri Kanamori

金守《かなもり》杏里《あんり》

バスケ部《ぶ》で朝葉《あさは》と一番仲《いちばんなか》がいい。部活《ぶかつ》でも勉強《べんきょう》でも朝葉《あさは》を頼《たよ》り切《き》っているけれど、陰《かげ》で朝葉《あさは》の悪口《わるくち》を言《い》うことも。

あらすじ

「青年期失願症《せいねんきしつがんしょう》」とは自分《じぶん》を見失《みうし》うストレスで、自身《じしん》の顔《かお》だけが認識《にんしき》できなくなる。

友達《ともだち》に本音《ほんね》を言《い》えず、苦《くる》しんでいた朝葉《あさは》。
部活《ぶかつ》の仲間《なかま》ともうまくいかなくなって…。

朝葉《あさは》は自分《じぶん》の顔《かお》が見《み》えなくなる「青年期失願症《せいねんきしつがんしょう》」になってしまう。そのことを同級生《どうきゅうせい》の聖《ひじり》に知《し》られてしまう。

「疲《つか》れたら休《やす》んでもいいんじゃねぇの？」

聖《ひじり》と過《す》ごす中《なか》で、自分《じぶん》の本当《ほんとう》の気持《きも》ちを取《と》り戻《もど》し、部活《ぶかつ》を辞《や》めることを決《き》めた朝葉《あさは》。

勇気《ゆうき》を出《だ》した朝葉《あさは》だったけど、
仲間《なかま》に退部《たいぶ》を責《せ》められてしまい…。
苦《くる》しんだ朝葉《あさは》に、聖《ひじり》がかけた言葉《ことば》とは？
聖《ひじり》と出会《であ》って、
朝葉《あさは》は“自分《じぶん》”の
大切《たいせつ》さを知《し》っていく。
続《つづ》きは小説《しょうせつ》を読《よ》んでね！

もくじ

第一章《だいいっしょう》　失《うしな》われた顔《かお》

「朝葉《あさは》、あの話《はなし》聞《き》いた？」

バスケ部《ぶ》の練習中《れんしゅうちゅう》、二列《にれつ》に並《なら》んでゴール下《した》でシュートをしていると後《うし》ろから声《こえ》をかけられた。

振《ふ》り返《かえ》ると、焦《こ》げ茶色《ちゃいろ》のショートヘアの金守杏里《かなもりあんり》が大《おお》きな瞳《ひとみ》を私《わたし》に向《む》けている。杏里《あんり》は口元《くちもと》に右手《みぎて》を添《そ》えて、内緒話《ないしょばなし》をするようにさらに声《こえ》を潜《ひそ》めた。

「水川《みずかわ》さん、青年期失顔症《せいねんきしつがんしょう》だってさ」

「……水川《みずかわ》さんって、一組《いちくみ》の？」

「えー！　だから最近休《さいきんやす》んでたんだ！」

私《わたし》の声《こえ》を遮《さえぎ》るように、杏里《あんり》の後《うし》ろにいた同《おな》じ学年《がくねん》の部員《ぶいん》たちが騒《さわ》ぎ始《はじ》めた。

青年期失顔症《せいねんきしつがんしょう》。十代半《じゅうだいなか》ばから二十代前半《にじゅうだいぜんはん》の青年期《せいねんき》に、まわりに合《あ》わせて自分《じぶん》を見失《みうしな》い、心《こころ》に強《つよ》いストレスがかかることによって発症《はっしょう》する病気《びょうき》だ。

具体的《ぐたいてき》な症状《しょうじょう》は自己《じこ》に限定《げんてい》された相貌失認《そうぼうしつにん》──、自分自身《じぶんじしん》の顔《かお》が認識《にんしき》できなくなり、のっぺらぼうのように見《み》えるそうだ。

まさか、あの水川《みずかわ》さんが青年期失顔症《せいねんきしつがんしょう》だなんて。

水川《みずかわ》さんは、誰《だれ》もが認《みと》める〝かっこいい〟女子《じょし》で、いつも人《ひと》に囲《かこ》まれていた。

一年生《いちねんせい》のとき同《おな》じクラスでときどき話《はな》す仲《なか》だったけれど、私《わたし》から見《み》た彼女《かのじょ》は青年期失顔症《せいねんきしつがんしょう》とは無縁《むえん》に思《おも》えるほど自分《じぶん》を持《も》っている子《こ》だった。

最近見《さいきんみ》たニュースでは、この病気《びょうき》にかかったことがある生徒《せいと》は、クラスにひとりかふたりはいるだろうと言《い》っていた。

外傷《がいしょう》は一切《いっさい》ないため、他者《たしゃ》から気《き》づかれることは少《すく》ない。けれど、発症《はっしょう》しているとわかると、まわりの目《め》は一気《いっき》に変化《へんか》してしまう。

「水川《みずかわ》さんって自分《じぶん》がない人《ひと》だとは思《おも》わなかったわー。話合《はなしあ》わせてたってことでしょ」

「今《いま》まで本心《ほんしん》で話《はな》してなかったってことだよね」

……たとえば、こんなふうに。

「このまま不登校《ふとうこう》になるんじゃないかって言《い》われてるみたい」

「二年《にねん》、喋《しゃべ》ってないで！」

三年《さんねん》の怒声《どせい》が飛《と》んできて、杏里《あんり》たちが即座《そくざ》に口《くち》を閉《と》ざす。

笛《ふえ》が鳴《な》り、私《わたし》の前《まえ》の子《こ》が三年《さんねん》からバウンドパスを受《う》けた。

背後《はいご》で誰《だれ》かが「三年《さんねん》、こわ」と言《い》うと、小刻《こきざ》みに笑《わら》う声《こえ》が聞《き》こえる。

おかしいことなんて、なにもないのに。どうして笑《わら》うのだろう。

笛《ふえ》の音《おと》がして、私《わたし》は一歩《いっぽ》前《まえ》へ進《すす》んで先輩《せんぱい》からバウンドパスを受《う》けた。バスケットボールが吸《す》いつくように私《わたし》の両手《りょうて》の間《あいだ》におさまって、ゴールに照準《しょうじゅん》を合《あ》わせる。

――水川《みずかわ》さん、青年期失顔症《せいねんきしつがんしょう》だってさ。

私《わたし》は先週《せんしゅう》の金曜日《きんようび》、帰《かえ》り道《みち》で水川《みずかわ》さんと会《あ》った。

それで、バス停《てい》まで談笑《だんしょう》しながら私《わたし》たちは一緒《いっしょ》に帰《かえ》ったのだ。いつもどおりで変《か》わったところなんてないように見《み》えていたのに、いったい彼女《かのじょ》になにがあったのだろう。

会話《かいわ》を思《おも》い返《かえ》していると、ほんの一瞬《いっしゅん》だけ違和感《いわかん》を覚《おぼ》えたことを思《おも》い出《だ》す。

『私《わたし》、かっこよくなんてないよ』

軽《かる》い口調《くちょう》で話《はな》しながら笑《わら》った水川《みずかわ》さんの横顔《よこがお》は、苦《くる》しそうだった。

「どんまい！」

杏里《あんり》の声《こえ》がして我《われ》に返《かえ》る。シュートは決《き》まることなく、体育館《たいいくかん》の床《ゆか》でボールがバウンドしていた。

集中力《しゅうちゅうりょく》が切《き》れてしまっていることに焦《あせ》りを感《かん》じながら、慌《あわ》ててボールを拾《ひろ》う。

ダメだ。こんなんじゃ、また怒《おこ》られる。


体育館《たいいくかん》の窓《まど》から西陽《にしび》が差《さ》し込《こ》む時間《じかん》になり、顧問《こもん》の桑野先生《くわのせんせい》から今日《きょう》の反省点《はんせいてん》を十分《じゅっぷん》ほど聞《き》かされて、練習《れんしゅう》も終《お》わりを迎《むか》えた。

「タオル忘《わす》れてきちゃったから、取《と》ってくる！」

更衣室《こういしつ》に向《む》かう途中《とちゅう》、私《わたし》は体育館《たいいくかん》にフェイスタオルを忘《わす》れたことを思《おも》い出《だ》して踵《きびす》を返《かえ》す。

まだ明《あ》かりがついている体育館《たいいくかん》からは、数名《すうめい》の話《はな》し声《ごえ》が聞《き》こえてきた。

その中《なか》にすすり泣《な》いている声《こえ》が混《ま》ざっていて、少《すこ》し嫌《いや》な予感《よかん》がする。

「あんな意地悪《いじわる》するなんてひどすぎるよ」

開《あ》いているドアの隙間《すきま》から覗《のぞ》いてみると、出入《でい》り口《ぐち》の近《ちか》くで一年《いちねん》の子《こ》たちが集《あつ》まって話《はな》しているようだった。

「二年《にねん》の先輩《せんぱい》たち、わざと取《と》りにくいパス出《だ》すし、取《と》れないと笑《わら》ってるんだよ！」

「しかも私《わたし》らが作《つく》ったドリンク不味《まず》いとか言《い》って捨《す》ててたの、ありえなくない？」

そういえば、最近《さいきん》『味《あじ》、不味《まず》くない？』とか言《い》って、杏里《あんり》たちは水道水《すいどうすい》を飲《の》んでいた。

私《わたし》は特《とく》になんとも思《おも》わなかったため飲《の》み続《つづ》けていたけれど、どうやら嫌《いや》がらせ目的《もくてき》だったみたいだ。

一年《いちねん》と二年《にねん》の仲《なか》が悪化《あっか》していることに、ため息《いき》が漏《も》れそうになる。これでは試合《しあい》にまで影響《えいきょう》してしまいそうだ。

「私《わたし》たちが作《つく》るのが嫌《いや》なら自分《じぶん》たちで作《つく》ればいいのに」

「ただ文句《もんく》つけたいだけじゃん」

ずっと立《た》ち聞《ぎ》きしているわけにもいかない。タオルだけ取《と》って、早《はや》く更衣室《こういしつ》へ行《い》こう。

そう思《おも》って体育館《たいいくかん》へ足《あし》を踏《ふ》み入《い》れると、一斉《いっせい》に視線《しせん》が私《わたし》のほうへ向《む》けられる。表情《ひょうじょう》が強張《こわば》っていた一年《いちねん》たちは、私《わたし》だと気《き》づくと安堵《あんど》した様子《ようす》だった。

「おつかれさま。ちょっとタオル忘《わす》れちゃって」

用事《ようじ》はそれだけだと聞《き》かれてもいないことを主張《しゅちょう》しながら、体育館《たいいくかん》の隅《すみ》に置《お》き忘《わす》れた青《あお》いフェイスタオルを手《て》に取《と》る。

「あの、間宮先輩《まみやせんぱい》！」

外《そと》へ出《で》ようとしたところで、ひとりの子《こ》に声《こえ》をかけられた。なにを言《い》われるか、だいたい予想《よそう》はつく。

けれど無視《むし》するわけにもいかず、私《わたし》はできるだけ柔《やわ》らかい口調《くちょう》で「どうしたの？」と彼女《かのじょ》たちに問《と》いかけた。

「言《い》いにくいんですけど、二年《にねん》の先輩《せんぱい》たち、また私《わたし》たちに嫌《いや》がらせしてくるんです」

〝また〟という発言《はつげん》に複雑《ふくざつ》な気持《きも》ちになる。私《わたし》たち二年《にねん》は自分《じぶん》たちの代《だい》が上級生《じょうきゅうせい》と折《お》り合《あ》いが悪《わる》かったため、後輩《こうはい》の面倒《めんどう》をしっかりみようと言《い》っていたのだ。けれど、二年《にねん》にとっての〝面倒《めんどう》をみる〟は、一年《いちねん》にとって〝しつこく責《せ》めてくる〟ように思《おも》えていたらしい。

『二年《にねん》の先輩《せんぱい》たちさ、うざくない？　指示《しじ》ばっかり出《だ》して、偉《えら》そうで意地悪《いじわる》だし。三年《さんねん》の先輩《せんぱい》たちみたいに放置《ほうち》してくれたほうがまだマシなんだけど』

そんな一年《いちねん》の愚痴《ぐち》を二年《にねん》のひとりが聞《き》いてしまった。そこから急激《きゅうげき》に関係《かんけい》が悪化《あっか》し、六月《ろくがつ》に入《はい》った今《いま》では挨拶以外《あいさついがい》で言葉《ことば》を交《か》わすことはほぼない。

「間宮先輩《まみやせんぱい》から、桑野先生《くわのせんせい》に二年生《にねんせい》が一年生《いちねんせい》をいじめてるって言《い》ってくれませんか」

「え？」

二年《にねん》が一方的《いっぽうてき》に嫌《いや》な言動《げんどう》を取《と》っているというよりも、お互《たが》いさまなところもある。一年《いちねん》も二年《にねん》に対《たい》して練習中《れんしゅうちゅう》わざとぶつかったり、強《つよ》いパスを回《まわ》して突《つ》き指《ゆび》させたりしたこともあるのだ。

「こんなこと頼《たの》めるの、間宮先輩《まみやせんぱい》しかいないんです！」

泣《な》いている子《こ》が、すがるように私《わたし》を見《み》る。

「私《わたし》たちが先生《せんせい》に言《い》ったって、二年生《にねんせい》にバレたら怖《こわ》くて……」

私《わたし》が言《い》ったことはバレてもいいの？と言葉《ことば》が出《で》かかったところで、口角《こうかく》を上《あ》げた。

「じゃあ、私《わたし》と一緒《いっしょ》に桑野先生《くわのせんせい》のところに話《はなし》をしに行《い》くのはどうかな？」

私《わたし》の提案《ていあん》に一年《いちねん》たちがあからさまに不満《ふまん》げな顔《かお》になる。二年《にねん》にバレたくないという思《おも》いもあるのだろうけれど、桑野先生《くわのせんせい》と話《はなし》をするのも嫌《いや》なようだ。

「……桑野先生《くわのせんせい》って、怖《こわ》いじゃないですか」

「間宮先輩《まみやせんぱい》の話《はなし》なら桑野先生《くわのせんせい》は聞《き》いてくれそうだなって」

一年生《いちねんせい》たちは自分《じぶん》たちが相談《そうだん》をしに行《い》きたくない理由《りゆう》を必死《ひっし》に述《の》べながら、ひたすら頼《たの》んでくる。

「私《わたし》が言《い》っても、状況《じょうきょう》が変《か》わるかわからないよ」

念《ねん》を押《お》すように言《い》うと、私《わたし》が折《お》れそうなのを察《さっ》したのか一年《いちねん》たちの表情《ひょうじょう》が明《あか》るくなった。

「桑野先生《くわのせんせい》の耳《みみ》に入《い》れてくれるだけでいいです！」

きっと二年《にねん》たちのしていることが顧問《こもん》である桑野先生《くわのせんせい》の耳《みみ》に入《はい》り、叱《しか》ってくれることを望《のぞ》んでいるのだろう。

あまり引《ひ》き受《う》けたくはなかったけれど、このまま部内《ぶない》のいざこざを見《み》すごしていると残《のこ》りの部活動《ぶかつどう》も息苦《いきぐる》しいことになりそうだった。

どうにかして関係《かんけい》の悪化《あっか》を防《ふせ》ぎたい。それとなく杏里《あんり》たちにもスポーツドリンクの件《けん》を聞《き》いてみたほうがいいかもしれない。

「あ、でも私《わたし》たちがお願《ねが》いしたってこと言《い》わないでもらえますか？」

涙《なみだ》の跡《あと》が残《のこ》った顔《かお》で一年《いちねん》が微笑《ほほえ》みながら頼《たの》んでくる。私《わたし》にはそれが命令《めいれい》のようにも聞《き》こえて、胃《い》のあたりが鈍《にぶ》く痛《いた》んだ。

「……わかった」

長居《ながい》はしたくなかったため、話《はな》し終《お》えてからすぐに体育館《たいいくかん》を出《で》た。


どのタイミングで桑野先生《くわののせんせい》に話《はなし》をしようかと憂鬱《ゆううつ》になりながらも、渡《わた》り廊下《ろうか》の先《さき》にある更衣室《こういしつ》の前《まえ》で足《あし》を止《と》める。

「てか、一年《いちねん》の真縞《ましま》さ、三年引退《さんねんいんたい》したらレギュラー候補《こうほ》らしいよ」

「うえー、ないわぁ。あの子《こ》より上手《うま》い二年《にねん》いるのに」

中《なか》から聞《き》こえてきたのは二年《にねん》たちの大《おお》きな話《はな》し声《ごえ》。外《そと》まで聞《き》こえるほど夢中《むちゅう》になっているということは、三年《さんねん》たちは中《なか》にいないのだろう。

「あれじゃん、桑野《くわの》のお気《き》に入《い》り」

「それ朝葉《あさは》じゃん」

笑《わら》いが幾重《いくえ》にもなって聞《き》こえてくる。その中《なか》にはクラスは違《ちが》うけど部内《ぶない》で一番仲《いちばんなか》のいい杏里《あんり》のものも混《ま》ざっていて、心臓《しんぞう》がどくりと跳《は》ねた。

「朝葉《あさは》といえば、一年《いちねん》の作《つく》ったスポーツドリンク普通《ふつう》に飲《の》んでるよね」

「あー、それ私《わたし》も思《おも》った！　真面目《まじめ》すぎてイタくない？」

「わかる。そこは空気読《くうきよ》めって感《かん》じだよねー」

いつのまにか一年《いちねん》が作《つく》ったスポーツドリンクを飲《の》まないという暗黙《あんもく》のルールができていて、私《わたし》は知《し》らぬ間《ま》に間違《まちが》えてしまっていたらしい。

でも、もしも私《わたし》が飲《の》むことを拒《こば》んだら、一年《いちねん》の子《こ》たちにはどう思《おも》われる？

そうかといって、このまま飲《の》み続《つづ》けたり、やめようと訴《うった》えたりしたら、二年《にねん》のみんなにこうして陰《かげ》で叩《たた》かれるの？

「でもさっそく一年手懐《いちねんてなず》けてて、さすが朝葉《あさは》って感《かん》じ。抜《ぬ》け目《め》ないよねぇ」

「みんなにいい顔《かお》してるけど、自分《じぶん》が好《す》かれてるって勘違《かんちが》いしてるよね」

「ちょっ、言《い》い方怖《かたこわ》すぎなんだけどー」

とがめているというよりも面白《おもしろ》がっているようだった。みんな一気《いっき》に火《ひ》がついたように私《わたし》に関《かん》する話題《わだい》で盛《も》り上《あ》がる。

「朝葉《あさは》って三年《さんねん》にも気《き》に入《い》られてるけど、媚《こ》び売《う》りまくりじゃん。見《み》ててイタい」

「三年《さんねん》の試合《しあい》に混《ま》ざれるのも自分《じぶん》が特別《とくべつ》って思《おも》ってるよねぇ」

「そこは桑野《くわの》のお気《き》に入《い》り効果《こうか》でしょ〜」

「前《まえ》までシュート率高《りつたか》かったけど、最近下手《さいきんへた》じゃない？　今日《きょう》もゴール下《した》で外《はず》してて、笑《わら》いそうになったし」

……嫌《いや》だ、やめて。お願《ねが》い。私《わたし》のことで笑《わら》わないで。

耳《みみ》を塞《ふさ》ぎたくなるような言葉《ことば》が飛《と》び交《か》い、きつく目《め》を閉《と》じた。

ときおり、彼女《かのじょ》たちから厳《きび》しい視線《しせん》を向《む》けられることには気《き》づいていた。けれど、媚《こ》びを売《う》っているとか、お気《き》に入《い》りだから試合《しあい》に出《だ》してもらえると思《おも》われていたなんて。

「朝葉《あさは》といるとさ、疲《つか》れるよね。自分《じぶん》は真面目《まじめ》ないい子《こ》ですーって感《かん》じ出《だ》してるけど、あんなんただの八方美人《はっぽうびじん》じゃん。でも雑用《ざつよう》してくれるのだけは助《たす》かるけど」

間違《まちが》いなく杏里《あんり》の声《こえ》だった。誰《だれ》かが甲高《かんだか》い声《こえ》で笑《わら》い出《だ》すと、笑《わら》い声《ごえ》が増《ふ》えていく。

「てか、次《つぎ》の部長《ぶちょう》ってやっぱ朝葉《あさは》?」

「先輩《せんぱい》たちが二年《にねん》はだらしないから、朝葉以外《あさはいがい》の人《ひと》に任《まか》せられないとか話《はな》してるの聞《き》いちゃったんだけど。むかつく」

「えー、でも私《わたし》は若奈《わかな》がいいなぁ。だって最近若奈《さいきんわかな》のほうが朝葉《あさは》より上手《うま》いじゃん」

若奈《わかな》は最近特《さいきんとく》にシュート率《りつ》が上《あ》がり、褒《ほ》められることも増《ふ》えている。けれど桑野先生《くわのせんせい》は、彼女《かのじょ》は自己中心的《じこちゅうしんてき》なプレーが多々《たた》あるため、試合《しあい》に出《だ》すのは厳《きび》しいと言《い》っていた。

「私《わたし》は別《べつ》に部長嫌《ぶちょういや》じゃないし、頼《たの》まれたらやるけど。でも、どうせ先輩《せんぱい》とかのごり押《お》しで朝葉《あさは》でしょ」

冗談《じょうだん》のような口調《くちょう》で話《はな》しながらも、若奈《わかな》の本心《ほんしん》が見《み》えた気《き》がした。おそらく彼女《かのじょ》は部《ぶ》長《ちょう》をやりたいのだと思《おも》う。

一年《いちねん》のときに同《おな》じクラスだったけれど、行事《ぎょうじ》では必《かなら》ず前《まえ》に出《で》て仕切《しき》るタイプだった。三年《さんねん》がいなくなったあとは私《わたし》たちが最高学年《さいこうがくねん》になるため、部長《ぶちょう》の座《ざ》につけば発言権《はつげんけん》が得《え》られるはずだ。

この空気《くうき》の中《なか》、更衣室《こういしつ》のドアを開《あ》ける勇気《ゆうき》もなく立《た》ち尽《つ》くしてしまう。逃《に》げ出《だ》したい。誰《だれ》とも顔《かお》を合《あ》わせずに家《いえ》に帰《かえ》りたい。それなのに荷物《にもつ》はこの中《なか》にあるため、帰《かえ》るわけにもいかない。

「あ、そうだ！　帰《かえ》りにさ、コンビニ寄《よ》っていい？」

「あれでしょ、コラボしてるお菓子《かし》買うとグッズついてくるやつ」

「そうそう〜！　推《お》しのクリアファイルほしくて〜！」

話題《わだい》が別《べつ》の内容《ないよう》に変《か》わり、ひとまず胸《むね》を撫《な》で下《お》ろす。入《はい》るか迷《まよ》っていると、誰《だれ》かが「朝《あさ》葉《は》、遅《おそ》くない？」と言《い》い出《だ》したので、慌《あわ》ててドアノブに手《て》をかけた。

「おそーい！　もう着替《きが》え終《お》わっちゃったよー！」

更衣室《こういしつ》に入《はい》るなり、杏里《あんり》が笑《わら》いかけてくる。私《わたし》のことを待《ま》っていた雰囲気《ふんいき》を出《だ》している彼女《かのじょ》たちに、違和感《いわかん》を覚《おぼ》えて指先《ゆびさき》が震《ふる》えた。

「あ、ごめん……っ」

息《いき》が詰《つ》まりそうだった。体《からだ》が思《おも》うように動《うご》かず、視線《しせん》が泳《およ》いでしまう。

杏里《あんり》がカバンから取《と》り出《だ》したお茶《ちゃ》を飲《の》みながら、顔色《かおいろ》をうかがうように横目《よこめ》で見《み》る。

「朝葉《あさは》、どうかした？」

「……ううん。ちょっと疲《つか》れちゃって」

「わかる！　最近桑野《さいきんくわの》のメニューきつくない？」

ひとりが大《おお》きな声《こえ》を上《あ》げた。すると、みんなも同調《どうちょう》し始《はじ》める。

「暑《あつ》くなってきたし、今《いま》のままだとしんどいよねー」

「せめて休憩《きゅうけい》増《ふ》やしてもらいたいなぁ」

さっきまで、私《わたし》のことを悪《わる》く言《い》っていたのに。

「ねえ、朝葉《あさは》。メニュー内容《ないよう》の件《けん》、桑野《くわの》に相談《そうだん》してもらえないかな」

こうやってすぐに私《わたし》を頼《たよ》ってくるのは、どうして？

嫌《いや》だと言《い》えば、場《ば》が凍《こお》りつく。そしてまた空気《くうき》が読《よ》めていないと、裏《うら》で言《い》われてしまう。

「……私《わたし》も熱中症《ねっちゅうしょう》とか危《あぶ》ないなって思《おも》ってたから、伝《つた》えてみるね」

黒《くろ》く濁《にご》った感情《かんじょう》が、ゆるりと侵食《しんしょく》していく。

笑顔《えがお》って、目《め》を細《ほそ》めて口角《こうかく》を上《あ》げたらできるんだっけ、と考《かんが》えながら必死《ひっし》に顔《かお》を作《つく》った。

「ありがと、朝葉《あさは》～！　頼《たよ》りになる～！」

杏里《あんり》が勢《いきお》いよく私《わたし》に抱《だ》きついてきた。まわりの子《こ》たちからも感謝《かんしゃ》の言葉《ことば》を述《の》べられて、私《わたし》は笑《え》みを絶《た》やさないように心《こころ》がける。

この中《なか》に、嘘《うそ》つきは何人《なんにん》いるのだろう。


着替《きが》え終《お》わると、私《わたし》たちは更衣室《こういしつ》を出《で》て昇降口《しょうこうぐち》へと向《む》かって歩《ある》き出《だ》す。

「お腹《なか》すいた～！　コンビニでから揚《あ》げ買《か》っちゃおっかな」

「杏里《あんり》、晩《ばん》ご飯食《はんた》べられなくない？」

「だって今《いま》すぐ食《た》べないと、空腹《くうふく》で倒《たお》れるし～。朝葉《あさは》もコンビニ行《い》くよね？」

「……うん！」

帰《かえ》りたい。そんな本音《ほんね》をのみ込《こ》んで喉《のど》が上下《じょうげ》すると、呼吸《こきゅう》が苦《くる》しくなった。

「行《い》かない」と言《い》ってしまえば、ノリが悪《わる》いと思《おも》われる。そしたら、ますます居場所《いばしょ》が消《き》えていくかもしれない。

「あれ、朝比奈《あさひな》くんじゃない？」

「金髪《きんぱつ》だから目立《めだ》つよねー」

私《わたし》たちが歩《ある》いている廊下《ろうか》のずっと先《さき》に、男子生徒《だんしせいと》が歩《ある》いている。顔《かお》を確認《かくにん》しなくても彼《かれ》だとわかるのは、この学校《がっこう》ではめずらしく髪《かみ》を金色《きんいろ》に染《そ》めているからだ。

「一年《いちねん》のときから浮《う》いてるよね」

「話《はな》しかけても素《そ》っ気《け》ないっていうか。感《かん》じ悪《わる》いし」

ひとりが朝比奈《あさひな》くんの話《はなし》を始《はじ》めると、次々《つぎつぎ》と彼《かれ》に関《かん》する話題《わだい》が出《で》てくる。そのことに、なんとも言《い》えない感情《かんじょう》になった。

「朝葉《あさは》って、朝比奈《あさひな》くんと同《おな》じクラスだよね？」

急《きゅう》に杏里《あんり》に話題《わだい》を振《ふ》られて、どきりとした。

「クラスではどんな感《かん》じなの？」

「……教室《きょうしつ》にいないことのほうが多《おお》くて、あんまりわからないや」

「そっかぁ。てかさ、朝比奈《あさひな》くんってちょっとかっこよくない？」

杏里《あんり》が声《こえ》を弾《はず》ませながら言《い》うと、みんな目《め》を丸《まる》くした。そしてにやりと笑《わら》うと、からかうように数人《すうにん》の子《こ》たちが杏里《あんり》を小突《こづ》く。

「え～、杏里《あんり》ってああいうタイプが好《す》きなんだ～」

「ちがっ、そうじゃなくて！　ただちょっとかっこいいなって思《おも》うだけ！」

「はいはーい。頑張《がんば》れ、応援《おうえん》してる～！」

「も～！」

私《わたし》はなにも言《い》えなかった。

彼《かれ》――朝比奈聖《あさひなひじり》は、私《わたし》にとって苦手《にがて》な存在《そんざい》で、だけどずっと心《こころ》から消《き》えずにいる。

廊下《ろうか》を曲《ま》がろうとした朝比奈《あさひな》くんの顔《かお》が一瞬《いっしゅん》だけ、こちらを向《む》いた。

……目《め》が合《あ》った気《き》がした。

切《き》れ長《なが》の目《め》に、への字《じ》になっている口《くち》。昔《むかし》の面影《おもかげ》を残《のこ》したまま、彼《かれ》はどこか近寄《ちかよ》りがたい雰囲気《ふんいき》を醸《かも》し出《だ》すようになっていた。

「今《いま》、杏里《あんり》のこと見《み》てなかった!?」

「違《ちが》うってば！　みんなの声《こえ》が大《おお》きいからだって！」

顔《かお》を真《ま》っ赤《か》にしながら否定《ひてい》している杏里《あんり》が、私《わたし》に「助《たす》けて、朝葉《あさは》～！」と抱《だ》きついてくる。私《わたし》は苦笑《くしょう》しながら杏里《あんり》の頭《あたま》を軽《かる》く撫《な》でた。

『――間宮《まみや》ってさ、そういうの疲《つか》れないの？』

幼《おさな》さの混《ま》じる彼《かれ》の声《こえ》が再生《さいせい》される。今《いま》なら彼《かれ》の言葉《ことば》に頷《うなず》いていたかもしれない。


「みんな、おつかれさま」

昇降口《しょうこうぐち》に着《つ》き、靴《くつ》を履《は》き替《か》えていると、誰《だれ》かが声《こえ》をかけてくる。薄茶色《うすちゃいろ》の髪《かみ》が胸元《むなもと》まで伸《の》びた女子《じょし》――三年《さんねん》の常磐星藍先輩《ときわせいらせんぱい》だ。

「おつかれさまですー！」

常磐先輩《ときわせんぱい》だと気《き》づくと、二年《にねん》たちは元気《げんき》よく挨拶《あいさつ》をする。そして他《ほか》のバスケ部《ぶ》の三年《さんねん》がいないとわかるとホッとしたようだった。

常磐先輩《ときわせんぱい》は困《こま》ったことがあれば相談《そうだん》にのってくれて、私《わたし》たちが一年《いちねん》のころもよく声《こえ》をかけてくれた。そのため、常磐先輩《ときわせんぱい》は二年《にねん》から好《す》かれている。

「二年生《にねんせい》はみんな本当《ほんとう》に仲《なか》がいいわね」

その言葉《ことば》に、頬《ほお》が軋《きし》んだような妙《みょう》な感覚《かんかく》がした。

常磐先輩《ときわせんぱい》には、私《わたし》たちが仲良《なかよ》く見《み》えていますか？

そう問《と》いたくなって、下唇《したくちびる》を噛《か》む。この黒《くろ》い感情《かんじょう》をどうにかして堪《こら》えたいのに、ちょっとした言葉《ことば》で溢《あふ》れ出《で》てしまいそうになる。

「朝葉《あさは》ちゃん、このあと少《すこ》しいい？」

「え？」

「部活《ぶかつ》のことで話《はなし》があるの」

困惑《こんわく》しながら、杏里《あんり》たちをちらりと見《み》やる。少《すこ》し驚《おどろ》いたような表情《ひょうじょう》をしているものの、不満《ふまん》を抱《いだ》いてはいなさそうだった。

「先帰《さきかえ》ってるね！」

元気《げんき》よく杏里《あんり》が私《わたし》の肩《かた》に飛《と》びつくと、耳打《みみう》ちしてくる。

「さっきの練習《れんしゅう》メニューの話《はなし》、常磐先輩《ときわせんぱい》にも相談《そうだん》してみて！」

あっさり帰《かえ》ることにしたのは、それが理由《りゆう》みたいだ。そして彼女《かのじょ》たちはすぐに「また明日《あした》！」と言《い》って手《て》を振《ふ》る。

杏里《あんり》たちの話《はな》し声《ごえ》が次第《しだい》に遠《とお》のいていき、あたりは静《しず》かになった。

部活後《ぶかつご》にわざわざ呼《よ》び止《と》めてまでする話《はなし》とは、なんだろうと身構《みがま》える。

「あの、部活《ぶかつ》のことで話《はなし》って……」

「半分嘘《はんぶんうそ》で、半分本当《はんぶんほんとう》」

めずらしく常磐先輩《ときわせんぱい》が砕《くだ》けたような笑《え》みを見《み》せるので、目《め》を丸《まる》くする。いたずらが成功《せいこう》した子《こ》どもみたいに無邪気《むじゃき》だった。

「急《きゅう》にごめんね。だけど、朝葉《あさは》ちゃんがつらそうに見《み》えて、なにかあったのかなって」

杏里《あんり》たちは私《わたし》の些細《ささい》な変化《へんか》に気《き》づくことはあっても、深《ふか》く聞《き》いてくることはない。

一緒《いっしょ》にいる時間《じかん》が短《みじか》い常磐先輩《ときわせんぱい》のほうが、私《わたし》のことを心配《しんぱい》してくれているように感《かん》じた。

「……一年生《いちねんせい》と二年生《にねんせい》の関係《かんけい》が、最近悪化《さいきんあっか》してるんです」

自分《じぶん》が二年《にねん》のみんなに悪口《わるくち》を言《い》われていることを口《くち》に出《だ》すのはためらった。

「朝葉《あさは》ちゃんは優《やさ》しいから間《あいだ》に挟《はさ》まれやすくて大変《たいへん》よね」

なぐさめるように常磐先輩《ときわせんぱい》が私《わたし》の肩《かた》に軽《かる》く触《ふ》れる。

「それなら桑野先生《くわのせんせい》に、現状《げんじょう》がつらいことを相談《そうだん》するのはどうかな」

「桑野先生《くわのせんせい》に……？」

一年《いちねん》の言《い》っていた二年《にねん》の嫌《いや》がらせの件《けん》と、練習《れんしゅう》メニューの件《けん》は伝《つた》えようと思《おも》っていた。

けれど、自分《じぶん》のことまで相談《そうだん》をしようとは考《かんが》えていなかった。

「朝葉《あさは》ちゃんがこんなに悩《なや》んでいるんだから、先生《せんせい》も真剣《しんけん》に考《かんが》えてくれるはずよ」

「でも……」

「大丈夫《だいじょうぶ》。実《じつ》はさっきまで職員室《しょくいんしつ》で桑野先《くわのせん》生《せい》と話《はな》していたの」

優《やさ》しい口調《くちょう》で言《い》いながら、常磐先輩《ときわせんぱい》は私《わたし》を落《お》ち着《つ》かせてくれる。

「先生《せんせい》も朝葉《あさは》ちゃんの調子《ちょうし》が悪《わる》そうだったって心配《しんぱい》していたのよ。だからきっと、親《しん》身《み》になってくれるはず」

厳《きび》しい桑野先生《くわのせんせい》が、私《わたし》のことをそんなふうに気《き》にかけてくれているとは思《おも》ってもみなかった。

本当《ほんとう》に話《はな》しても大丈夫《だいじょうぶ》だろうか。

不安《ふあん》と期待《きたい》が胸《むね》に入《い》り混《ま》じりながら常磐《ときわ》先輩《せんぱい》を見《み》ると、安心《あんしん》させるように微笑《ほほえ》みかけてくれる。

「ひとりで抱《かか》え込《こ》まないで、桑野先生《くわのせんせい》に相談《そうだん》

してみて。ね？」

大《おお》きく背中《せなか》を押《お》してもらえた気《き》がして、私《わたし》は頷《うなず》いた。


二階《にかい》へ上《あ》がって職員室《しょくいんしつ》へ行《い》くと、先生《せんせい》たちがまばらに席《せき》に座《すわ》っている。入《い》り口《ぐち》付近《ふきん》の廊下側《ろうかがわ》の列《れつ》に、黒《くろ》い短髪《たんぱつ》で肩幅《かたはば》の広《ひろ》い男性《だんせい》を見《み》つけた。桑野先生《くわのせんせい》は大柄《おおがら》なため、他《ほか》の先生《せんせい》たちよりも目立《めだ》つ。

「……桑野先生《くわのせんせい》」

手《て》に汗《あせ》を握《にぎ》りながら、声《こえ》をかける。担当《たんとう》している世界史《せかいし》の小《しょう》テストの採点中《さいてんちゅう》だったようで、赤《あか》いペンを握《にぎ》ったまま桑野先生《くわのせんせい》は視線《しせん》だけを上《あ》げた。

「どうした、間宮《まみや》」

ペンにキャップをすると、キャスター付《つ》きのネズミ色《いろ》の椅子《いす》を半回転《はんかいてん》させて、こちらへ体《からだ》を向《む》ける。

「部活《ぶかつ》のことで相談《そうだん》があって……今《いま》って大丈夫《だいじょうぶ》ですか？」

緊張《きんちょう》と不安《ふあん》に押《お》し潰《つぶ》されそうになりながらも、背筋《せすじ》と脚《あし》を必死《ひっし》に伸《の》ばして立《た》つ。

いったいなんて返《かえ》ってくるのだろう。

「ああ。俺《おれ》も間宮《まみや》の調子《ちょうし》が悪《わる》そうだったから気《き》になってたんだ」

常磐先輩《ときわせんぱい》の言《い》うとおり心配《しんぱい》してくれていたようで、緊張《きんちょう》が少《すこ》し緩《ゆる》んでいく。

「それでなにがあった」

「実《じつ》は――」

他学年同士《たがくねんどうし》のいざこざがあり、特《とく》に一年《いちねん》と二年《にねん》の仲《なか》が悪《わる》いことをまず話《はな》してから、私《わたし》の悩《なや》み事《ごと》を打《う》ち明《あ》ける。

「具体的《ぐたいてき》に間宮《まみや》はどんなことを押《お》しつけられているんだ」

「週《しゅう》に一度《いちど》の更衣室《こういしつ》の掃除当番《そうじとうばん》は、私《わたし》がひとりでやっています」

本当《ほんとう》は二年《にねん》が担当《たんとう》なのに、しなくてもバレないと言《い》って、みんなは早々《そうそう》に掃除《そうじ》の当番制《とうばんせい》を放棄《ほうき》した。

「部長《ぶちょう》は知《し》ってるのか？」

「……はい。部長《ぶちょう》にまず私《わたし》が注意《ちゅうい》を受《う》けたので」

私《わたし》がひとりで掃除《そうじ》をしていることに気《き》づいた部長《ぶちょう》は、ちゃんとみんなで掃除《そうじ》をしなさいと私《わたし》を叱《しか》った。というのも、部長《ぶちょう》は二年《にねん》を嫌《きら》っていて私以外《わたしいがい》とほとんど会話《かいわ》をしないからだ。

「みんなに伝《つた》えても、自分《じぶん》たちは部長《ぶちょう》になにも言《い》われてないからやらない、と言《い》われました」

「他《ほか》は？」

「えっと……週末《しゅうまつ》に試合《しあい》がある場合《ばあい》の地図《ちず》や、行《い》きや帰《かえ》りの電車《でんしゃ》の時刻《じこく》を調《しら》べて教《おし》えてほしいって二年生《にねんせい》たちに毎回《まいかい》お願《ねが》いされてます」

「各学年《かくがくねん》への連絡係《れんらくがかり》も間宮《まみや》がしているが、それも頼《たの》まれたのか」

「……はい。他《ほか》にも休憩《きゅうけい》を増《ふ》やしてほしいから、練習《れんしゅう》メニューの見直《みなお》しも先生《せんせい》に話《はな》してくれとも頼《たの》まれました」

溜《た》まりに溜《た》まった不満《ふまん》が次々《つぎつぎ》に口《くち》から出《で》ていき、急激《きゅうげき》に自覚《じかく》する。

『頼《たよ》れるのは朝葉《あさは》だから』と言《い》ってさまざまなことをお願《ねが》いしてくるのは、仲《なか》がいいわけではなく、都合《つごう》がよいからだった。

「あのな、間宮《まみや》」

鍛《きた》えられた腕《うで》を組《く》み、少々《しょうしょう》威圧感《いあつかん》のあるくっきりとした二重《ふたえ》の目《め》で私《わたし》を見上《みあ》げる。

私《わたし》の話《はなし》を聞《き》いて、桑野先生《くわのせんせい》はどう感《かん》じたのだろう。

ひょっとしたら、もっと心配《しんぱい》をかけてしまうかもしれない。

「そんなに悩《なや》むことか？」

「え？」

「だいたい、嫌《いや》なことは間宮《まみや》が嫌《いや》と言《い》えば解決《かいけつ》するだろう？　今後《こんご》断《ことわ》ればいい。簡単《かんたん》なことじゃないか」

返《かえ》ってきた言葉《ことば》に、私《わたし》はひどく落胆《らくたん》する。親身《しんみ》になって一緒《いっしょ》に解決策《かいけつさく》を考《かんが》えてくれるのではないか、と淡《あわ》い期待《きたい》を寄《よ》せてしまった。

「俺《おれ》には間宮《まみや》が思《おも》い詰《つ》める意味《いみ》がわからないな。友達《ともだち》に対《たい》してなんで遠慮《えんりょ》してるんだ？」

「……言《い》いたいことを言《い》っても解決《かいけつ》するかわからないです」

「大人《おとな》は顔色《かおいろ》をうかがうことだって大事《だいじ》だが、まだ子《こ》どもなんだから思《おも》う存分《ぞんぶん》ぶつかり合《あ》えばいいだろう」

そんなことで悩《なや》んでいる私《わたし》がおかしいかのように、桑野先生《くわのせんせい》が豪快《ごうかい》に笑《わら》う。

「私《わたし》にとっては、笑《わら》い事《ごと》じゃありません……っ！」

「ほら、そうやってみんなにも思《おも》ったこと言《い》ってみろ！」

頑張《がんば》れ頑張《がんば》れと、私《わたし》にとってなんの解決《かいけつ》にもならない方法《ほうほう》を提案《ていあん》して桑野先生《くわのせんせい》はひとりで満足《まんぞく》している。

「間宮《まみや》には期待《きたい》してるんだ。ちょっと人《ひと》と上手《うま》くいかないくらいで、そんな悲観的《ひかんてき》になるな」

期待《きたい》と言《い》われてもうれしくない。むしろその言葉《ことば》は私《わたし》にとって重《おも》たい。

「平明高校《へいめいこうこう》バスケ部《ぶ》が強豪《きょうごう》って言《い》われていた時代《じだい》を、もう一度《いちど》取《と》り戻《もど》そう。な?」

うちのバスケ部《ぶ》は、六年《ろくねん》くらい前《まえ》までは強豪校《きょうごうこう》といわれていたらしい。

桑野先生《くわのせんせい》の夢《ゆめ》を叶《かな》えるために、私《わたし》たちも頑張《がんば》れと言《い》われているようだった。でも今《いま》いる部員《ぶいん》たちに、強豪校《きょうごうこう》に戻《もど》ることを望《のぞ》んでいる人《ひと》はおそらくいない。

部内《ぶない》がよくピリピリするのは、メニュー内容《ないよう》と部員《ぶいん》の熱量《ねつりょう》との温度差《おんどさ》のせいもあるかもしれない。

「このままだと、部内《ぶない》でますます問題《もんだい》が起《お》こるかもしれないです」

「そこは間宮《まみや》がみんなをまとめるんだ。今《いま》、三年生《さんねんせい》はただでさえ大事《だいじ》な時期《じき》だろう」

部活《ぶかつ》だけでなく、三年《さんねん》は進路《しんろ》も考《かんが》えなくてはいけない。大学受験《だいがくじゅけん》のために、この夏《なつ》は勉《べん》強《きょう》に時間《じかん》を費《つい》やさなければならない人《ひと》もいるはずだ。

「それに比《くら》べて、間宮《まみや》。上級生《じょうきゅうせい》になった自覚《じかく》が足《た》りていない。今日《きょう》だって結構《けっこう》シュートを外《はず》していたよな」

「……はい」

いつもミスをするたびに頭《あたま》をよぎるのが〝また怒《おこ》られる〟。今日《きょう》は練習後《れんしゅうご》になにも言《い》われなかったため安堵《あんど》していたけれど、お説教《せっきょう》が始《はじ》まってしまった。

「最近《さいきん》ミスが多《おお》かったのも、人間関係《にんげんかんけい》が問題《もんだい》なのか？　はぁ……まったく」

桑野先生《くわのせんせい》は、駄々《だだ》をこねる子《こ》どもを仕方《しかた》なくなだめるかのように困《こま》った表情《ひょうじょう》を浮《う》かべた。

「いいか、間宮《まみや》。三年生《さんねんせい》の背中《せなか》を見《み》て、いずれ間宮《まみや》が後輩《こうはい》たちを引《ひ》っ張《ぱ》っていくんだぞ。だが今《いま》の間宮《まみや》は、甘《あま》えているようにしか見《み》えない」

「すみません」

「そんなんだから、間宮《まみや》はあと一歩《いっぽ》のところでダメなんだ」

反論《はんろん》する気《き》にもなれず、ため息《いき》が漏《も》れそうになる。どんよりとした感情《かんじょう》を隠《かく》すように私《わたし》は黙《だま》ってうつむくことしかできなかった。

「練習《れんしゅう》メニューに関《かん》しては要望《ようぼう》どおり改善《かいぜん》してやるから」

「え……あ、ありがとうございます」

「間宮《まみや》は怖《こわ》がらずに、みんなとぶつかってみろ。わかったな？」

「……はい」

桑野先生《くわのせんせい》に相談《そうだん》すべきではなかったと思《おも》いながら、職員室《しょくいんしつ》を出《で》ようとしたときだった。

「最近間宮《さいきんまみや》らしくないぞ」

なにかが心《こころ》の中《なか》で、パキリと音《おと》を立《た》てて割《わ》れた気《き》がする。

部活《ぶかつ》のときくらいしか接《せっ》することのない桑野先生《くわのせんせい》に、私《わたし》らしさなんてわかるのだろうか。

私《わたし》自身《じしん》も自分《じぶん》らしさなんてわからないというのに。

「失礼《しつれい》します」

口角《こうかく》を上《あ》げて目《め》を細《ほそ》めながら一礼《いちれい》する。桑野先生《くわのせんせい》と目《め》を合《あ》わせないようにして、私《わたし》は職員室《しょくいんしつ》を出《で》た。

桑野先生《くわのせんせい》から言《い》われた〝最近間宮《さいきんまみや》らしくない〟という言葉《ことば》を何度《なんど》も頭《あたま》の中《なか》で繰《く》り返《かえ》す。

それがきっかけで、心《こころ》の中《なか》で必死《ひっし》に抑《おさ》え込《こ》んでいた感情《かんじょう》が堰《せき》を切《き》ったように溢《あふ》れ出《だ》した。

『朝葉《あさは》ってなんでそんなに成績《せいせき》いいの？』

『元《もと》から頭《あたま》いいの羨《うらや》ま〜。私《わたし》も朝葉《あさは》みたく楽《らく》していい点取《てんと》りたいわ〜』

違《ちが》う。成績《せいせき》を落《お》とさないように必死《ひっし》に勉強《べんきょう》してるんだよ。楽《らく》していい点《てん》を取《と》っているわけじゃない。

『朝葉《あさは》、英語《えいご》の小《しょう》テストの範囲《はんい》教《おし》えて！』

先生《せんせい》が言《い》った範囲《はんい》をメモすればわかるはずなのに、どうして毎回私《まいかいわたし》に聞《き》くんだろう。

『先輩《せんぱい》たちに、どうやって気《き》に入《い》られたの？　羨《うらや》ましいけど、私《わたし》には無理《むり》だわー』

笑顔《えがお》の裏側《うらがわ》に隠《かく》した敵意《てきい》を向《む》けてくる。……私《わたし》のこと本当《ほんとう》は鬱陶《うっとう》しいんでしょう。

『連絡係《れんらくがかり》として適任《てきにん》なのは朝葉《あさは》だよね。しっかり者《もの》だし』

私《わたし》だって本当《ほんとう》はやりたいわけじゃない。雑用《ざつよう》を押《お》しつけたり、先輩《せんぱい》たちとの間《あいだ》に立《た》せたりして伝言係《でんごんがかり》みたいにして扱《あつか》うのはやめてほしい。

——もうこんな日常《にちじょう》、うんざりだ。

陽《ひ》が傾《かたむ》き始《はじ》めて薄暗《うすぐら》くなってきた廊下《ろうか》で、大《おお》きなため息《いき》をつく。結局《けっきょく》、桑野先生《くわのせんせい》に話《はな》したところでなにも変《か》わらなかった。

不意《ふい》に外《そと》を見《み》ると、窓《まど》に反射《はんしゃ》した自分《じぶん》の顔《かお》が映《うつ》った。

「え……？」

一瞬見間違《いっしゅんみまちが》いかと目《め》を瞬《しばたた》かせながら、窓《まど》に顔《かお》を近《ちか》づける。

私《わたし》の頬《ほお》に小《ちい》さな亀裂《きれつ》が入《はい》っていた。窓《まど》の汚《よご》れかなにかかと思《おも》っていると、亀裂《きれつ》が入《はい》るような音《おと》を立《た》てて、大《おお》きく広《ひろ》がっていく。

「え……な、なに、なんで？」

慌《あわ》てて自分《じぶん》の頬《ほお》を指《ゆび》でなぞると、感触《かんしょく》は普段《ふだん》と変《か》わらない。けれど、窓《まど》に映《うつ》った私《わたし》の顔《かお》は大《おお》きな裂《さ》け目《め》が入《はい》っていき、カケラのようになって剥《は》がれていく。

「ひ……っ！」

亀裂《きれつ》が鼻《はな》まで到達《とうたつ》すると、鼻先《はなさき》からふたつに割《わ》れて落下《らっか》した。鼻《はな》がなくなった位置《いち》は、肌《はだ》と同《おな》じ色《いろ》が平《たい》らに塗《ぬ》られているように見《み》えて奇妙《きみょう》だった。

咄嗟《とっさ》に床《ゆか》に視線《しせん》を向《む》けると、私《わたし》の足元《あしもと》にはなにも落《お》ちていない。

もう一度《いちど》窓《まど》を見《み》れば、今度《こんど》は右目《みぎめ》が割《わ》れて粉々《こなごな》に砕《くだ》けていく。

「や、やだ、なに、意味《いみ》わからない！」

ほどなくして残《のこ》った左目《ひだりめ》にも亀裂《きれつ》が入《はい》った。

「あ……ダメ、やめて」

左目《ひだりめ》が粉々《こなごな》に割《わ》れて剥《は》がれていくのを、必死《ひっし》に手《て》で押《お》さえようとする。けれど、私《わたし》の手《て》の中《なか》にはなにもない。

それに視界《しかい》に変化《へんか》はなかった。おかしいのは窓《まど》に映《うつ》る自分《じぶん》の姿《すがた》だけだ。

残《のこ》っていた眉《まゆ》も口《くち》も、ガラスが砕《くだ》けるようにして割《わ》れていく。最後《さいご》には髪《かみ》と輪郭《りんかく》だけが残《のこ》っていた。

まるで、のっぺりとしたお面《めん》でもつけているかのようだった。

「は……っ、や」

あまりの恐怖《きょうふ》に体《からだ》が小刻《こきざ》みに震《ふる》える。かすかに漏《も》れる声《こえ》も浅《あさ》い呼吸《こきゅう》も聞《き》こえているはずなのに、口《くち》が見《み》えない。

両手《りょうて》で、おそるおそる目《め》や鼻《はな》の位置《いち》を確認《かくにん》していく。

鼻《はな》や唇《くちびる》の凹凸《おうとつ》もあり、目元《めもと》に触《ふ》れれば睫毛《まつげ》が指先《ゆびさき》に当《あ》たる。存在《そんざい》しているはずなのに、窓《まど》に映《うつ》る私《わたし》の顔《かお》にはなにも残《のこ》っていない。

ぞわりとした感覚《かんかく》が体《からだ》を駆《か》け巡《めぐ》る。なにかの間違《まちが》いだと何度《なんど》も自分《じぶん》に言《い》い聞《き》かせて、カバンのチャックを開《あ》けた。

手鏡《てかがみ》を取《と》り出《だ》すと、震《ふる》えが止《と》まらない手《て》でそれを開《ひら》く。長方形《ちょうほうけい》の鏡《かがみ》に映《うつ》っている自分《じぶん》の顔《かお》を見《み》て愕然《がくぜん》とした。

「嘘《うそ》、でしょ？　そんなはず……だって、こんなの……っ」

ある予感《よかん》が頭《あたま》によぎったけれど、私《わたし》は認《みと》めたくなかった。見《み》ているのが耐《た》え切《き》れなくなり、鏡《かがみ》を手《て》に持《も》ったまま走《はし》り出《だ》す。

気《き》のせいに決《き》まっている。ここは薄暗《うすぐら》いから、そのせいだ。きっと昇降口《しょうこうぐち》なら電気《でんき》がついていて、ここよりも明《あか》るい。そこで見《み》たら普段《ふだん》と変《か》わらないはずだ。

汗《あせ》が滲《にじ》んだ手《て》で祈《いの》るように鏡《かがみ》を握《にぎ》った。

無我夢中《むがむちゅう》で階段《かいだん》を下《お》りていると、その途中《とちゅう》で足《あし》がもつれてしまう。持《も》っていた鏡《かがみ》が手《て》から滑《すべ》り落《お》ちていく。

「あ……っ！」

咄嗟《とっさ》に手《て》を伸《の》ばしても届《とど》かなかった。

緩《ゆる》くなってしまっていたプラスチック製《せい》の蓋《ふた》が開《あ》き、勢《いきお》いよく落下《らっか》していく。そして悲《ひ》鳴《めい》のような音《おと》を立《た》てて、銀色《ぎんいろ》の破片《はへん》があたりに飛《と》び散《ち》った。

窓越《まどご》しに私《わたし》の顔《かお》が割《わ》れていった先《さき》ほどの光景《こうけい》を連想《れんそう》し、血《ち》の気《け》が引《ひ》いていく。

ふらつく足《あし》で階段《かいだん》を下《お》り、鏡《かがみ》が砕《くだ》けている場所《ばしょ》に立《た》つ。鏡面《きょうめん》に映《うつ》る私《わたし》の顔《かお》には、目《め》も鼻《はな》も口《くち》も存在《そんざい》していないように見《み》える。

「……う、っ」

自分《じぶん》の身《み》に起《お》こっている異変《いへん》を受《う》け入《い》れられない。

顔《かお》が見《み》えない。……違《ちが》う。それだけじゃない。

私《わたし》が――間宮朝葉《まみやあさは》がどんな顔《かお》をしていたのかが思《おも》い出《だ》せない。

足音《あしおと》が聞《き》こえて体《からだ》を震《ふる》わせる。息《いき》をのみ、咄嗟《とっさ》にあたりを見回《みまわ》した。

砕《くだ》けた鏡《かがみ》の中《なか》で立《た》ち尽《つ》くしている生徒《せいと》がいたら、不審《ふしん》に思《おも》われてしまう。

いっそのこと逃《に》げてしまいたい。けれど、上履《うわば》きの底《そこ》がじゃりっと音《おと》を立《た》てて、これを片付《かたづ》けなければいけないと頭《あたま》のどこかで理性《りせい》が働《はたら》き、足《あし》が鉛《なまり》のように重《おも》たくなる。

「――間宮《まみや》？」

私《わたし》を呼《よ》ぶ声《こえ》に大《おお》きく肩《かた》が跳《は》ね、体内《たいない》に蓄積《ちくせき》された不安《ふあん》や恐《おそ》れが一気《いっき》に溢《あふ》れ出《だ》す。

おずおずと振《ふ》り向《む》くと、金髪《きんぱつ》の男子生徒《だんしせいと》が階段《かいだん》の上《うえ》に立《た》っている。

「あ、さ」

――朝比奈《あさひな》くん。

彼《かれ》の名前《なまえ》を呼《よ》ぼうとしたけれど、声《こえ》が思《おも》うように出《で》ない。こんなにも弱々《よわよわ》しく掠《かす》れるとは思《おも》わなくて、少《すこ》し驚《おどろ》いた。

「……なにしてるんだ？」

顔《かお》を隠《かく》すようにうつむく。よりによって、彼《かれ》に目撃《もくげき》されてしまうなんて。

「つーか、鏡《かがみ》すげーことになってんな」

どうしよう。なんて言《い》って切《き》り抜《ぬ》けよう。そんなことを頭《あたま》で考《かんが》えながらも言葉《ことば》が上手《うま》く出《で》てこない。

視線《しせん》を巡《めぐ》らせると、足元《あしもと》に散《ち》らばる鏡《かがみ》の破片《はへん》が目《め》に留《と》まる。のっぺらぼうに見《み》える私《わたし》の顔《かお》は、彼《かれ》にはどう見《み》えているのだろう。

「朝比奈《あさひな》くん」

震《ふる》える声《こえ》で名前《なまえ》を呼《よ》ぶと、喉《のど》の奥《おく》がひりつく。

視線《しせん》を再《ふたた》び彼《かれ》に戻《もど》すと、不安《ふあん》げな眼差《まなざ》しを向《む》けられている。相手《あいて》が苦手《にがて》な朝比奈《あさひな》くんなのに、私《わたし》を見《み》てくれている人《ひと》がいるということに少《すく》なからず安心《あんしん》して、視界《しかい》が滲《にじ》んでいく。

「ねえ、私《わたし》の顔《かお》……見《み》える？」

小《ちい》さく「は？」と困惑《こんわく》したような声《こえ》が聞《き》こえた気《き》がする。

「顔《かお》って……」

これは最後《さいご》の悪《わる》あがきのような確認《かくにん》だった。彼《かれ》の反応《はんのう》を見《み》れば、答《こた》えなんてわかりきっている。たとえ予想外《よそうがい》の返答《へんとう》だとしても、私《わたし》が自分《じぶん》の顔《かお》を認識《にんしき》できないことに変《か》わりない。

ほんの数秒《すうびょう》を置《お》いてから、朝比奈《あさひな》くんは一歩《いっぽ》踏《ふ》み出《だ》して階段《かいだん》の手《て》すりに右手《みぎて》をかけた。

「もしかして……〝青年期失顔症《せいねんきしつがんしょう》〟なのか？」

頭《あたま》から水《みず》をかけられたように全身《ぜんしん》が冷《ひ》えていく。

私《わたし》は大丈夫《だいじょうぶ》。発症《はっしょう》するはずがない。そう思《おも》い込《こ》んでいた。だってこの病《やまい》は心《こころ》が弱《よわ》い人《ひと》がなるはずだ。

それなのに……どうして。

目《め》の前《まえ》が歪《ゆが》んで揺《ゆ》れていく。体《からだ》がふらつき、階段《かいだん》の手《て》すりに手《て》を伸《の》ばそうとするけれど届《とど》かない。

「っ、おい！　間宮《まみや》！」

焦《あせ》りを含《ふく》んだような大《おお》きな声《こえ》がする。

虚《むな》しく空《くう》を切《き》った私《わたし》の手《て》を温《あたた》かいなにかが掴《つか》んだけれど、そのまま体《からだ》が倒《たお》れていく。そうして私《わたし》の視界《しかい》は真《ま》っ暗《くら》になった。


「片付《かたづ》けまで悪《わる》いわね。ありがとう」

話《はな》し声《ごえ》とドアが閉《し》まる音《おと》が聞《き》こえる。薄《うす》く目《め》を開《ひら》いていくと、真《ま》っ白《しろ》な天井《てんじょう》が見《み》えた。

クリーム色《いろ》のカーテンに仕切《しき》られており、私《わたし》の体《からだ》は硬《かた》いベッドの上《うえ》にある。

……ここは保健室《ほけんしつ》だろうか。

ゆっくりと上半身《じょうはんしん》を起《お》こすと、カーテンが開《ひら》かれた。

「具合《ぐあい》はどう？」

この学校《がっこう》で養護教諭《ようごきょうゆ》として働《はたら》いている叶《かな》ちゃん先生《せんせい》が、柔《やわ》らかく微笑《ほほえ》む。

どうして私《わたし》、保健室《ほけんしつ》で眠《ねむ》っていたの？

「急《きゅう》に倒《たお》れたみたいだけど、覚《おぼ》えてる？」

「え……？」

「朝比奈《あさひな》くんが慌《あわ》ててあなたのことを運《はこ》んできたの」

思考《しこう》が一気《いっき》に現実《げんじつ》に引《ひ》き戻《もど》されて、口元《くちもと》を手《て》で覆《おお》った。

思《おも》い出《だ》した。鏡《かがみ》を割《わ》ってしまったあと、私《わたし》に声《こえ》をかけてきたのは朝比奈《あさひな》くんだ。

〝青年期失顔症《せいねんきしつがんしょう》〟なのかと彼《かれ》に問《と》われて、その直後《ちょくご》に私《わたし》は意識《いしき》を失《うしな》ったようだった。

「顔色《かおいろ》があまりよくないけれど、もう少《すこ》し休《やす》んでいく？　でももう七時《しちじ》を過《す》ぎているから、お家《うち》の方《かた》に迎《むか》えにきてもらったほうがいいかしら」

近《ちか》くで話《はな》している叶《かな》ちゃん先生《せんせい》の声《こえ》が聞《き》こえているのに、内容《ないよう》が頭《あたま》に入《はい》ってこない。

「それとカバンはここに置《お》いておくわね」

ベッドの隣《となり》にパイプ椅子《いす》があり、叶《かな》ちゃん先生《せんせい》がそこに私《わたし》のカバンをのせた。カバンに手《て》を伸《の》ばすと、中《なか》に入《はい》っているスマホを見《み》つけて手《て》に取《と》る。

指先《ゆびさき》が触《ふ》れると液晶《えきしょう》が点灯《てんとう》した。そして、すぐに表示《ひょうじ》された待《ま》ち受《う》け画面《がめん》を見《み》て絶句《ぜっく》する。

「……っ！」

「間宮《まみや》さん？　どうかした？」

「っ、は」

スマホをカバンの中《なか》に押《お》し込《こ》み、震《ふる》える手《て》で顔《かお》を覆《おお》う。

私《わたし》の顔《かお》だけが、映《うつ》っていなかった。

待《ま》ち受《う》け画面《がめん》は、少《すこ》し前《まえ》に杏里《あんり》がお揃《そろ》いにしようと言《い》って設定《せってい》した二年《にねん》バスケ部員《ぶいん》たちの集合写真《しゅうごうしゃしん》だ。みんなの顔《かお》はしっかりと写《うつ》っているのに、私《わたし》だけ輪郭《りんかく》と髪《かみ》しかなく、顔《かお》の中身《なかみ》が空《から》っぽだった。

「大丈夫《だいじょうぶ》？　どこか苦《くる》しいの？」

「叶《かな》ちゃん、せんせ」

怖《こわ》い。私《わたし》が私《わたし》じゃないみたいだ。今《いま》までどんな顔《かお》をしていた？

自分《じぶん》のことが思《おも》い出《だ》せなくなっていき、急激《きゅうげき》に心《こころ》が波打《なみう》つように揺《ゆ》れてしまう。

「間宮《まみや》さん」

叶《かな》ちゃん先生《せんせい》が、私《わたし》の背中《せなか》をとんとんと優《やさ》しく撫《な》でてくれる。その一定《いってい》のリズムに少《すこ》しずつ呼吸《こきゅう》が落《お》ち着《つ》いていく。

「なにかあった？」

「え……」

朝比奈《あさひな》くんは、叶《かな》ちゃん先生《せんせい》に青年期失顔症《せいねんきしつがんしょう》のことを話《はな》していないのだろうか。

「すみません。その、疲《つか》れていたみたいで」

「もしも悩《なや》みがあるなら――」

「だ、大丈夫《だいじょうぶ》です！　本当《ほんとう》に疲《つか》れが溜《た》まっていて、自分《じぶん》が倒《たお》れたことに驚《おどろ》いただけなんです！」

言《い》い訳《わけ》を並《なら》べるように早口《はやくち》で話《はな》し、叶《かな》ちゃん先生《せんせい》から離《はな》れる。私《わたし》は今《いま》、笑顔《えがお》を作《つく》れているだろうか。

「……そう。あ、こんなところに破片《はへん》が落《お》ちてるわね」

床《ゆか》に落《お》ちていた鏡《かがみ》の破片《はへん》を叶《かな》ちゃん先生《せんせい》が拾《ひろ》い上《あ》げてゴミ箱《ばこ》に捨《す》てる。それを見《み》ていて、冷静《れいせい》さを取《と》り戻《もど》していく。

「あの、割《わ》れた鏡《かがみ》ってどうなりましたか？」

「それなら朝比奈《あさひな》くんが全部片付《ぜんぶかたづ》けてくれたから心配《しんぱい》しないで」

「そう、ですか」

朝比奈《あさひな》くんが私《わたし》をここまで運《はこ》んでくれて、後片付《あとかたづ》けまでしてくれたなんて意外《いがい》だった。

「隈《くま》があるわね」

「……少《すこ》し寝不足《ねぶそく》で」

「間宮《まみや》さん、バスケ部《ぶ》だものね。練習《れんしゅう》も大変《たいへん》でしょう？」

曖昧《あいまい》に微笑《ほほえ》んで頷《うなず》くことしかできない。桑野先生《くわのせんせい》のことが頭《あたま》によぎり、叶《かな》ちゃん先生《せんせい》に話《はな》しても無駄《むだ》な気《き》がしてしまう。

大人《おとな》になんて、きっとわかってもらえない。

「お家《うち》の方《かた》に連絡《れんらく》して迎《むか》えにきてもらう？」

「いえ、大丈夫《だいじょうぶ》です。ご迷惑《めいわく》おかけしました」

叶《かな》ちゃん先生《せんせい》に頭《あたま》を下《さ》げて、私《わたし》はベッドの横《よこ》に置《お》いてある上履《うわば》きに足《あし》を入《い》れる。

靴《くつ》の底《そこ》で、じゃりっと音《おと》がした気《き》がした。

家《いえ》に帰《かえ》ると、晩《ばん》ご飯《はん》のいい匂《にお》いが玄関《げんかん》まで漂《ただよ》ってくる。不安《ふあん》に押《お》し潰《つぶ》されそうな気持《きも》ちを落《お》ち着《つ》かせるように、玄関《げんかん》でしゃがみ込《こ》む。

お母《かあ》さんに相談《そうだん》するべきか、それとも隠《かく》すべきか。どうしたらいいのかわからない。

だけどもし、話《はな》したら——。

「朝葉《あさは》ー？　帰《かえ》ってきたの？」

声《こえ》が聞《き》こえてきて慌《あわ》てて立《た》ち上《あ》がる。すぐにリビングに顔《かお》を出《だ》すと、お母《かあ》さんがダイニングテーブルに食器《しょっき》を並《なら》べていた。

「おかえり」

向《む》けられた視線《しせん》に体《からだ》が固《かた》くなる。私《わたし》の顔《かお》はお母《かあ》さんにどう映《うつ》っているのだろう。

「た、ただいま！」

「疲《つか》れ切《き》った顔《かお》してるわよ」

頭《あたま》の中《なか》にのっぺらぼうを思《おも》い浮《う》かべてしまう。元々《もともと》の自分《じぶん》の顔《かお》すら思《おも》い出《だ》せないため、どんな顔《かお》なのか想像《そうぞう》がつかない。

「お母《かあ》さん……私《わたし》」

〝青年期失顔症《せいねんきしつがんしょう》〟になっちゃったの。

もしもそう打《う》ち明《あ》けたら、どう思《おも》われるだろうか。

「やっぱり塾《じゅく》じゃなくて、家庭教師《かていきょうし》のほうがいいかしら？」

「え、家庭教師《かていきょうし》？」

「部活《ぶかつ》もあるし、塾《じゅく》へ通《かよ》うとなると大変《たいへん》よね」

そんな話《はなし》、今《いま》まで一度《いちど》もしたことがなかったため、頭《あたま》がついていかない。いったいいつから私《わたし》が塾《じゅく》へ通《かよ》うか、家庭教師《かていきょうし》をつけるかという話《はなし》が進《すす》んでいたのだろう。

「けど、今《いま》はまだ」

「なに言《い》ってるの？　今《いま》からちゃんと勉強《べんきょう》しておかないと。大学受験《だいがくじゅけん》するんでしょう？」

進路《しんろ》のことは、まだきちんと考《かんが》えていない。けれど、お母《かあ》さんの中《なか》では私《わたし》が大学《だいがく》へ行《い》くことは決《き》まっているらしい。

「でも」

「お兄《にい》ちゃんみたいになるのはやめてよ」

大学《だいがく》ではなく音楽《おんがく》の専門学校《せんもんがっこう》へ行《い》ったお兄《にい》ちゃんは卒業後《そつぎょうご》、就職《しゅうしょく》せずバイト生活《せいかつ》をしている。そんなお兄《にい》ちゃんと私《わたし》を比《くら》べて、お母《かあ》さんは口癖《くちぐせ》のように言《い》う。

『お兄《にい》ちゃんのようになるのはやめて』

『お兄《にい》ちゃんを自由《じゆう》に育《そだ》てすぎた』

でも、お母《かあ》さんの言《い》うとおりに生《い》きていたら幸《しあわ》せなの？

お兄《にい》ちゃんは幸《しあわ》せじゃないの？

人《ひと》の幸《しあわ》せって、誰《だれ》が決《き》めるのだろう。

私《わたし》は私《わたし》で、お兄《にい》ちゃんはお兄《にい》ちゃん。

わかってほしいけれど、言《い》っても伝《つた》わらない気《き》がした。

「まあ、朝葉《あさは》ならしっかりしているし、大丈夫《だいじょうぶ》だろうけど。三年生《さんねんせい》になったらもっと忙《いそが》しくなるわよ。部活《ぶかつ》も受験勉強《じゅけんべんきょう》も頑張《がんば》らないと」

お母《かあ》さんは私《わたし》に期待《きたい》ではなく、お母《かあ》さんの中《なか》の〝当《あ》たり前《まえ》〟を求《もと》めてくる。

部活《ぶかつ》は三年間続《さんねんかんつづ》けなさい。勉強《べんきょう》はつねにいい成績《せいせき》をおさめなさい。いい学校《がっこう》へ入《はい》りなさい。そして、安定《あんてい》した企業《きぎょう》に勤《つと》めなさい。

でもお母《かあ》さん、先《さき》のことよりも今《いま》の私《わたし》を見《み》てほしい。

「お母《かあ》さん、あのね」

「ご飯《はん》できるから、手《て》を洗《あら》って着替《きが》えてきなさい」

――私《わたし》、自分《じぶん》の顔《かお》が見《み》えないの。お母《かあ》さんから見《み》た私《わたし》は、本当《ほんとう》にいつもと変《か》わらない？全《すべ》てを話《はな》してしまえばお母《かあ》さんの中《なか》の当《あ》たり前《まえ》の道《みち》から自分《じぶん》が外《はず》れてしまいそうで、失望《しつぼう》させてしまうのが怖《こわ》かった。

食事《しょくじ》を終《お》えて、入浴《にゅうよく》を済《す》ませる。いつもならこのあとは予習《よしゅう》をするけれど、今夜《こんや》は勉強《べんきょう》に集中《しゅうちゅう》できそうになかった。

スマホのカメラモードを起動《きどう》して、確《たし》かめるように自分《じぶん》の顔《かお》を撮《と》ってみる。何度《なんど》見《み》ても顔《かお》がない。私《わたし》の記憶《きおく》から自分《じぶん》の顔《かお》が消《き》えてしまっていて、どんな顔《かお》だったのか思《おも》い出《だ》せない。

ネットを使《つか》って必死《ひっし》に調《しら》べる。

【青年期失顔症《せいねんきしつがんしょう》　原因《げんいん》　症状《しょうじょう》　治療法《ちりょうほう》】

いろんな単語《たんご》を組《く》み合《あ》わせて検索《けんさく》をかけて、専門家《せんもんか》の記事《きじ》や体験談《たいけんだん》などを読《よ》んでいく。

顔《かお》が見《み》えなくなるだけでなく、思《おも》い出《だ》せなくなるのは自分《じぶん》を見失《みうしな》っているからだそうだ。

「自分《じぶん》を取《と》り戻《もど》せば、思《おも》い出《だ》す……でも取《と》り戻《もど》すってどうやって？」

方法《ほうほう》を検索《けんさく》しても、【個人差《こじんさ》がある】と書《か》かれていて具体的《ぐたいてき》になにをしたらいいのかわからない。

発症期間《はっしょうきかん》について触《ふ》れている記事《きじ》を見《み》つけ、それを食《く》い入《い》るように読《よ》んだ。人《ひと》によっては一日《いちにち》で治《なお》ることもあるらしい。

「……よかった」

それなら私《わたし》も一日《いちにち》で治《なお》るかもしれない。今日《きょう》はいろんなことが重《かさ》なってしまっただけだ。

私《わたし》ならきっと大丈夫《だいじょうぶ》。高校《こうこう》に入《はい》ってから部活《ぶかつ》の揉《も》め事《ごと》は頻繁《ひんぱん》にあったけれど、なんだかんだ今《いま》までやってきている。

明日《あした》には治《なお》って、またいつもどおり笑《わら》えるはず。

自分《じぶん》にそう言《い》い聞《き》かせながらも、頭《あたま》の中《なか》では更衣室《こういしつ》で聞《き》いてしまった二年《にねん》たちの私《わたし》を笑《わら》う声《こえ》が響《ひび》いていた。

治《なお》っても人間関係《にんげんかんけい》は解決《かいけつ》なんてしない。一瞬《いっしゅん》、暗《くら》い感情《かんじょう》がよぎる。

青年期失顔症《せいねんきしつがんしょう》を発症《はっしょう》すると思考《しこう》が悪《わる》い方向《ほうこう》へ傾《かたむ》いてしまう人《ひと》もいると書《か》いてあったので、余計《よけい》なことを考《かんが》えないようにして、その日《ひ》は早《はや》く眠《ねむ》りについた。

翌朝《よくあさ》、洗面所《せんめんじょ》で鏡《かがみ》を見《み》て、映《うつ》った自分《じぶん》の姿《すがた》に絶望《ぜつぼう》する。目《め》も鼻《はな》も口《くち》も、あるはずなのに見《み》えない。

「……っ」

水《みず》を手《て》に溜《た》めてのっぺらぼうの自分《じぶん》の顔《かお》を洗《あら》う。鼻《はな》や目《め》などの形《かたち》を両手《りょうて》に感《かん》じるのに、鏡《かがみ》に映《うつ》る私《わたし》は肌色《はだいろ》に塗《ぬ》り潰《つぶ》されたように平面《へいめん》だった。

本当《ほんとう》にこれは私《わたし》なのだろうか。

鏡《かがみ》の向《む》こうに別《べつ》のなにかがいるみたいに思《おも》えてしまう。

濡《ぬ》れた顔《かお》をタオルで拭《ふ》いてから歯《は》ブラシを手《て》に取《と》り、口《くち》の中《なか》に入《い》れる。鏡《かがみ》に目《め》をやると、口《くち》が見《み》えないため歯《は》ブラシが突《つ》き刺《さ》さっているように見《み》えてゾッとした。歯《は》を磨《みが》いている音《おと》も聞《き》こえるのに、口《くち》の中《なか》が映《うつ》らない。気《き》が狂《くる》いそうな感覚《かんかく》だった。

このまま治《なお》らなかったらどうすればいいのだろう。

親《おや》に相談《そうだん》をするべきなのかもしれない。けれど、そうしたらお母《かあ》さんはきっとショック

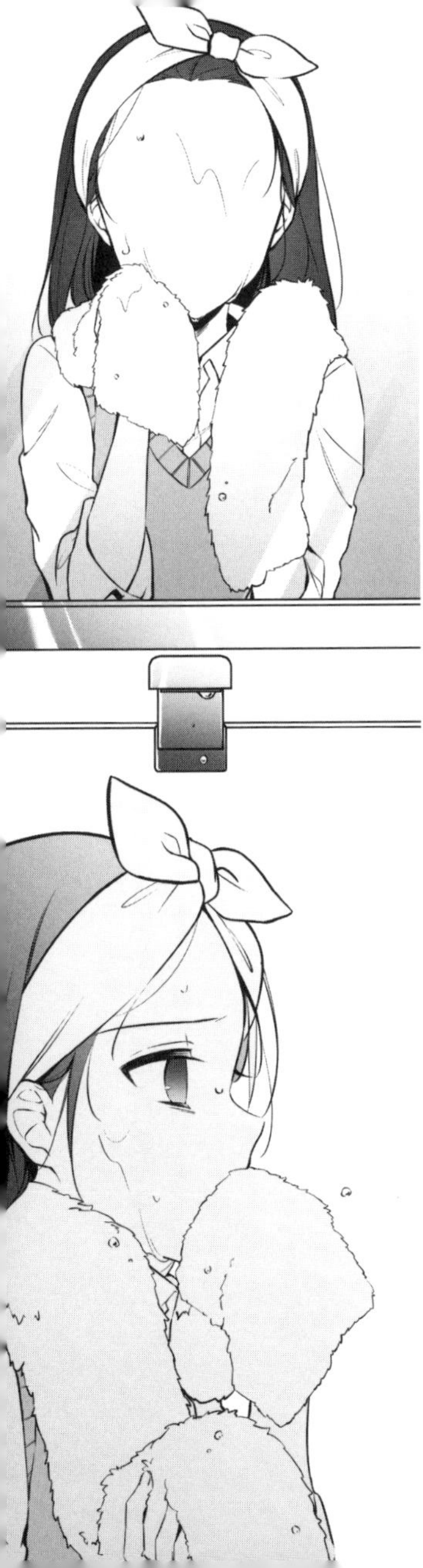

を受《う》けて取《と》り乱《みだ》すはずだ。おそらくは、カウンセリングに通《かよ》わされるだろう。

通院《つういん》で部活《ぶかつ》を休《やす》むことになれば、妙《みょう》な噂《うわさ》を立《た》てられる可能性《かのうせい》もある。

嫌《いや》だ。まわりにこんな自分《じぶん》を知《し》られたくない。

でも、まだ望《のぞ》みがないわけではない。数日《すうじつ》で治《なお》る場合《ばあい》もあるそうだ。

すがるように淡《あわ》い期待《きたい》を再《ふたた》び抱《いだ》いて、親《おや》にも青年期失顔症《せいねんきしつがんしょう》のことを話《はな》さないでおくことにした。

学校《がっこう》へ行《い》くと、まわりはなにも変《か》わらなかった。誰《だれ》も私《わたし》の顔《かお》のことには触《ふ》れてこない。

「朝葉《あさは》、おはよー！」

廊下《ろうか》でばったり出《で》くわし、元気《げんき》よく挨拶《あいさつ》をしてきた杏里《あんり》から咄嗟《とっさ》に目《め》を逸《そ》らす。

「あ……おはよう」

笑顔《えがお》で返《かえ》したつもりだけど、笑《わら》えているだろうか。

おずおずと視線《しせん》を戻《もど》してみる。杏里《あんり》は機嫌《きげん》がよさそうで、私《わたし》に対《たい》してなんの疑問《ぎもん》も抱《いだ》いていないように見《み》えた。

「私《わたし》、どこか変《へん》じゃない？」

「え？　うーん、別《べつ》にどこも変《へん》じゃないけど。なんで？」

きょとんとした杏里《あんり》の顔《かお》は嘘《うそ》をついているようには思《おも》えず、私《わたし》は意識《いしき》して口角《こうかく》を上《あ》げる。

「前髪《まえがみ》に寝癖《ねぐせ》ついてて、直《なお》ってなかったら恥《は》ずかしいなって思《おも》って」

「全然《ぜんぜん》わからなかったよー！　大丈夫《だいじょうぶ》だって！」

不思議《ふしぎ》な感覚《かんかく》だった。私《わたし》は自分《じぶん》の顔《かお》がわからないのに、まわりは私《わたし》の顔《かお》を見《み》て〝間宮朝葉《まみやあさは》〟だと判断《はんだん》している。

「そうだ！　昨日《きのう》、常磐先輩《ときわせんぱい》にメニュー内容《ないよう》のこと話《はな》してくれた？」

その話題《わだい》に、鼓動《こどう》が加速《かそく》していく。

話《はな》せないことが多《おお》すぎて、どこまで杏里《あんり》に話《はな》していいものなのか必死《ひっし》に言葉《ことば》を探《さが》す。

「実《じつ》は、あのあと……桑野先生《くわのせんせい》のところに行《い》って」

「え、マジ！　考《かんが》えてくれるって？」

「うん。改善《かいぜん》してくれるって言《い》ってたよ」

部員《ぶいん》たちに対《たい》しての不満《ふまん》をぶつけてしまったため、少《すこ》し後《うし》ろめたい気持《きも》ちが出《で》てきてしまう。先《さき》に悪口《わるくち》を言《い》われていたのは自分《じぶん》だけど、それでも告《つ》げ口《ぐち》のような方法《ほうほう》を取《と》ってしまったことが卑怯《ひきょう》に思《おも》えてしまった。

「朝葉《あさは》、ありがと～！　やっぱ一番頼《いちばんたよ》りになるよね！」

以前《いぜん》は好意的《こういてき》に受《う》け取《と》っていた発言《はつげん》も、本心《ほんしん》ではないのだろうと思《おも》うと虚《むな》しくなった。

私《わたし》は無理《むり》やり笑顔《えがお》を作《つく》って、杏里《あんり》と別《わか》れて自分《じぶん》のクラスに向《む》かった。


六月《ろくがつ》になった今《いま》では、教室内《きょうしつない》で自然《しぜん》とグループができている。

女子《じょし》バスケ部員《ぶいん》はみんな別《べつ》のクラスで、私《わたし》は普段《ふだん》バレー部《ぶ》の子《こ》たちと一緒《いっしょ》にいることが多《おお》い。けれど、ひとりだけ別《べつ》の部活《ぶかつ》のため、なんとなく踏《ふ》み込《こ》めない空気《くうき》がある。

「昨日《きのう》バレー部《ぶ》のみんなで晩《ばん》ご飯食《はんた》べに行《い》ったんだけどー、つっちーがドリンクバーで梅《うめ》昆布茶《こんぶちゃ》飲《の》み始《はじ》めて、みんなで笑《わら》ってたんだけど、飲《の》んでみたら案外美味《あんがいおい》しくてさ」

「そうそう。あれ、ほぼ私《わたし》らが消費《しょうひ》したよね！」

楽《たの》しげに部員《ぶいん》たちとのエピソードを話《はな》しているクラスメイトが、私《わたし》は羨《うらや》ましくなる。

バレー部《ぶ》は、先輩《せんぱい》たちとも休日《きゅうじつ》に一緒《いっしょ》に遊《あそ》ぶほど親《した》しいらしい。私《わたし》たちとは大違《おおちが》いだ。

だからこそバスケ部《ぶ》についての不満《ふまん》は漏《も》らしづらい。気《き》をつかわせてしまうかもしれないし、下手《へた》に話《はな》して杏里《あんり》たちに伝《つた》わってしまうことも怖《こわ》かった。


予鈴《よれい》が鳴《な》るタイミングで朝比奈《あさひな》くんが登校《とうこう》してきた。机《つくえ》の近《ちか》くに立《た》つと、教室《きょうしつ》をぐるりと見渡《みわた》すような動《うご》きをしている。目《め》が合《あ》うと朝比奈《あさひな》くんは、すぐに席《せき》に座《すわ》ってしまった。

……私《わたし》を探《さが》していた？

勘違《かんちが》いかもしれないけれど、もしかしたら昨日《きのう》の件《けん》があるからかもしれない。

昨日《きのう》のお礼《れい》と、青年期失顔症《せいねんきしつがんしょう》のことは誰《だれ》にも言《い》わないでほしいとお願《ねが》いをしないと。

ホームルームが終《お》わったら、声《こえ》をかけよう。

けれど、彼《かれ》は休《やす》み時間《じかん》になるとすぐにどこかへ行《い》ってしまい、なかなか捕《つか》まらない。

昼休《ひるやす》みになり、私《わたし》は昼食《ちゅうしょく》も取《と》らずに朝比奈《あさひな》くんを探《さが》し回《まわ》っていた。

彼《かれ》の金髪《きんぱつ》は目立《めだ》つので、すぐに見《み》つかると思《おも》ったけれど一向《いっこう》に見当《みあ》たらない。

そういえばと、ある場所《ばしょ》を思《おも》い出《だ》す。中庭《なかにわ》の近《ちか》くにバスケットコートがある。

そこは生徒《せいと》たちの溜《た》まり場《ば》のようになっていて、派手《はで》な見《み》た目《め》の人《ひと》たちがたむろしていることが多《おお》いのだ。

一階《いっかい》の廊下《ろうか》を進《すす》むと、その途中《とちゅう》に見《み》えてきたのは灰色《はいいろ》のドア。それを開《あ》けると、緑豊《みどりゆた》かな中庭《なかにわ》があり、私《わたし》は上履《うわば》きのままその中庭《なかにわ》を進《すす》んでいく。

すると男子生徒《だんしせいと》たちの大《おお》きな笑《わら》い声《ごえ》が聞《き》こえてきた。

緊張《きんちょう》しながらもこっそりと覗《のぞ》くと、男子《だんし》たちがご飯《はん》を食《た》べているようだった。

――いた。

朝比奈《あさひな》くんは見《み》つかったものの、なんて声《こえ》をかければ自然《しぜん》なのだろう。

「あれ、間宮《まみや》さんじゃね？」

ひとりの男子《だんし》が私《わたし》に気《き》づき、手《て》を振《ふ》ってくる。

私《わたし》が咄嗟《とっさ》に頭《あたま》を下《さ》げて挨拶《あいさつ》をすると、「お前《まえ》が声《こえ》かけるから怯《おび》えた顔《かお》してんじゃん！」と笑《わら》いを含《ふく》んだ声《こえ》が聞《き》こえてきた。

その言葉《ことば》に体《からだ》が強張《こわば》る。

私今《わたしいま》、怯《おび》えた顔《かお》をしている？

足元《あしもと》がぐにゃりと歪《ゆが》む感覚《かんかく》に陥《おちい》り、体勢《たいせい》を崩《くず》しそうになる。

「間宮《まみや》」

朝比奈《あさひな》くんが、少《すこ》し強《つよ》い語気《ごき》で私《わたし》を呼《よ》んだ。それによって我《われ》に返《かえ》り、息《いき》をのむ。

いつのまにか朝比奈《あさひな》くんは私《わたし》の目《め》の前《まえ》に立《た》っていて、心配《しんぱい》そうな表情《ひょうじょう》で顔《かお》を覗《のぞ》き込《こ》んでいる。

「え、なに。もしかして朝比奈《あさひな》に会《あ》いにきたとか？」

「マジ？　そういう関係《かんけい》？」

茶化《ちゃか》すように言《い》ってくるまわりの男子《だんし》たちに、朝比奈《あさひな》くんは「ちげーよ」と返《かえ》す。

「今日《きょう》までって言《い》われてた提出物《ていしゅつぶつ》を出《だ》すの忘《わす》れてた。ちょっと出《だ》してくる」

「うわ、真面目《まじめ》かよ」

「うっせー。……行《い》くぞ」

朝比奈《あさひな》くんが、中庭《なかにわ》の奥《おく》のほうに向《む》かって歩《ある》き出《だ》した。私《わたし》は慌《あわ》てて彼《かれ》の背中《せなか》を追《お》う。

もしかして、嘘《うそ》をついてくれた？

今日《きょう》までの提出物《ていしゅつぶつ》なんて心当《こころあ》たりはない。私《わたし》が会《あ》いにきた理由《りゆう》に、朝比奈《あさひな》くんは気《き》づいているのかもしれない。

「とりあえず人《ひと》に聞《き》かれない場所《ばしょ》に行《い》く」

「……うん」

まともに話《はなし》をするのはいつ以来《いらい》だろう。

私《わたし》と朝比奈《あさひな》くんは小学校《しょうがっこう》から一緒《いっしょ》だった。でも昔《むかし》からの顔見知《かおみし》りというだけで、特別《とくべつ》親《した》しかったわけではない。

小学生《しょうがくせい》のころは、運動神経《うんどうしんけい》がよくて明《あか》るくてクラスの中心的《ちゅうしんてき》な存在《そんざい》だった朝比奈《あさひな》くんに憧《あこが》れる女子《じょし》は多《おお》かった。私《わたし》も憧《あこが》れる気持《きも》ちはあったものの、それよりも彼《かれ》を苦手《にがて》だという思《おも》いのほうが勝《まさ》っていたのだ。

勉強《べんきょう》ができるほうだった私《わたし》に、クラスの女子《じょし》は宿題《しゅくだい》を写《うつ》させてくれと言《い》ってくることが多《おお》かった。

『朝葉《あさは》ちゃん、お願《ねが》い！　算数《さんすう》のプリント見《み》せて！』

『あ……うん。いいよ！』

『ありがとう！』

お願《ねが》いされてしまうと断《ことわ》ることができず、クラスの子《こ》たちに頼《たの》まれるがままプリントを渡《わた》していると、それは次第《しだい》に日常《にちじょう》になっていく。

六年生《ろくねんせい》の夏《なつ》ごろ、私《わたし》は朝比奈《あさひな》くんの隣《となり》の席《せき》になった。

この日《ひ》もクラスの子《こ》からお願《ねが》いされてプリントを貸《か》した。すると、朝比奈《あさひな》くんが眉根《まゆね》を寄《よ》せて怒《おこ》ったような顔《かお》つきで声《こえ》をかけてきた。

『なんで嫌《いや》って言《い》わねぇの？』

『だって……断《ことわ》ったら困《こま》るだろうし』

『そんなの、やってこないやつが悪《わる》いじゃん』

でも、私《わたし》が断《ことわ》ってしまえばきっと嫌《きら》われてしまう。遊《あそ》びにも誘《さそ》ってもらえなくなるかもしれない。けれどこの本心《ほんしん》を朝比奈《あさひな》くんには言《い》えず、笑顔《えがお》で返《かえ》した。

『だけどせっかく頼《たよ》ってくれるから。私《わたし》は大丈夫《だいじょうぶ》だよ』

『間宮《まみや》ってさ、そういうの疲《つか》れないの？』

はっきりと自分《じぶん》の考《かんが》えを口《くち》にすることができる朝比奈《あさひな》くんのことが羨《うらや》ましくなるのと同《どう》時《じ》に、私《わたし》の心《こころ》を見透《みす》かされているような気《き》がして、彼《かれ》のことが怖《こわ》くなってしまった。

そんなくだらない一方的《いっぽうてき》な理由《りゆう》で、彼《かれ》に対《たい》してずっと苦手意識《にがていしき》があったのだ。

一階《いっかい》の端《はし》っこにある美術室《びじゅつしつ》まで行《い》くと、朝比奈《あさひな》くんがドアを開《あ》ける。

電気《でんき》がついていない薄暗《うすぐら》い部屋《へや》の中《なか》、窓《まど》ガラスの向《む》こう側《がわ》には青空《あおぞら》が広《ひろ》がっていて陽《ひ》の光《ひかり》を眩《まぶ》しく感《かん》じた。

「で、なんの用《よう》？」

窓際《まどぎわ》の席《せき》に腰《こし》をかけた朝比奈《あさひな》くんが、体《からだ》の向《む》きを変《か》えて私《わたし》のことを見《み》つめる。

「あ……と、昨日《きのう》のこと」

言《い》いたいことは決《き》めていたのに、いざとなると口《くち》ごもってしまう。

まずは、きちんとお礼《れい》を言《い》わなくてはいけない。

「迷惑《めいわく》かけてごめんなさい。保健室《ほけんしつ》まで運《はこ》んでくれて、鏡《かがみ》の後片付《あとかたづ》けもしてくれてありがとう」

「……別《べつ》に」

素《そ》っ気《け》なく答《こた》えられてしまい、会話《かいわ》のキャッチボールがなかなか続《つづ》かない。

意識《いしき》を失《うしな》った私《わたし》を運《はこ》ぶことや、割《わ》れた鏡《かがみ》の後片付《あとかたづ》けは相当面倒《そうとうめんどう》だっただろう。

「怪我《けが》とかしなかった？」

「俺《おれ》は平気《へいき》だけど。つか、あの鏡《かがみ》の上《うえ》に間宮《まみや》が倒《たお》れそうになったときが一番焦《いちばんあせ》った」

「……ごめん」

あのときは混乱《こんらん》して、頭《あたま》の中《なか》がぐちゃぐちゃだったけれど、さすがに自分《じぶん》でも意識《いしき》を失《うしな》ったことに驚《おどろ》いている。

「まだ治《なお》ってないんだろ」

「え？」

「さっき様子《ようす》が変《へん》だった」

〝青年期失顔症《せいねんきしつがんしょう》〟のことを言《い》っているのだろう。

朝比奈《あさひな》くんの友達《ともだち》に『怯《おび》えた顔《かお》をしている』と言《い》われたとき、恐怖《きょうふ》が押《お》し寄《よ》せてきた。カウンセリングを受《う》ける人《ひと》が多《おお》いと言《い》われているのは、こうやって精神面《せいしんめん》が不安定《ふあんてい》になりやすいからなのかもしれない。

……けれど私《わたし》はカウンセリングには行《い》きたくない。

「お願《ねが》い。このこと秘密《ひみつ》にしてほしいの」

「……言《い》いふらす気《き》はないけど」

その言葉《ことば》にホッと胸《むね》を撫《な》で下《お》ろす。

朝比奈《あさひな》くんが口外《こうがい》しないと約束《やくそく》してくれるのなら、私《わたし》がヘマさえしなければ学校《がっこう》の人《ひと》たちにバレることはないはずだ。

「まさか親《おや》にも言《い》ってねぇの？」

「言《い》うつもりはないよ」

「なんでだよ」

「だって、病院《びょういん》に連《つ》れていかれるでしょ」

意味《いみ》がわからないという様子《ようす》で朝比奈《あさひな》くんが表情《ひょうじょう》を険《けわ》しくする。

「カウンセリングに通《かよ》うことになったら、定期的《ていきてき》に部活《ぶかつ》を休《やす》まないといけなくなるし」

「部活《ぶかつ》って……」

「そしたらまわりの人《ひと》にも知《し》られるだろうし、少《すく》なくとも顧問《こもん》の桑野先生《くわのせんせい》には話《はな》さないといけなくなる」

あの先生《せんせい》なら普通《ふつう》にみんなの前《まえ》で事情《じじょう》を説明《せつめい》しそうだ。心《こころ》の甘《あま》えだと私《わたし》を叱《しか》るかもしれない。

もしくは「間宮《まみや》が大変《たいへん》なときだからこそ、みんなで助《たす》け合《あ》って乗《の》り越《こ》えていこう」とか言《い》い出《だ》す可能性《かのうせい》もある。

「あのさ、そもそもなんで青年期失顔症《せいねんきしつがんしょう》になったのか、自覚《じかく》ないの？」

「自覚《じかく》？」

「発症《はっしょう》したのって、いつ？　昨日《きのう》？」

「昨日《きのう》の部活《ぶかつ》が終《お》わったあとのはず。部活前《ぶかつまえ》に鏡《かがみ》を見《み》たときは普通《ふつう》だったから」

ため息《いき》が聞《き》こえてきて、なぜ彼《かれ》に呆《あき》れられなくてはいけないのかと少々苛立《しょうしょういらだ》つ。昨日《きのう》発症《はっしょう》したからなんだというのだろう。

「間宮《まみや》の場合《ばあい》、いろんなことを我慢《がまん》しすぎて発症《はっしょう》したことには変《か》わりないだろうけど、引《ひ》き金《がね》になったことがあるんじゃねぇの？」

「部活《ぶかつ》のあとは……バスケ部《ぶ》の人《ひと》たちと喋《しゃべ》りながら昇降口《しょうこうぐち》へ向《む》かって……」

本当《ほんとう》はその前《まえ》に頼《たの》まれ事《ごと》をされたり、みんなが私《わたし》の悪口《わるくち》を言《い》っているのを聞《き》いてしまった。けれど、朝比奈《あさひな》くんの前《まえ》でさすがにその話《はなし》はできなかった。

「それで三年《さんねん》の常磐先輩《ときわせんぱい》とふたりで話《はな》したあと、顧問《こもん》の桑野先生《くわのせんせい》にちょっと部活《ぶかつ》の相談《そうだん》をしに行《い》ったの」

「桑野《くわの》か」

朝比奈《あさひな》くんが険《けわ》しい表情《ひょうじょう》で、桑野先生《くわのせんせい》の名前《なまえ》を口《くち》にする。

「あいつとなに話《はな》した」

「……部活《ぶかつ》のこと」

悩《なや》みを打《う》ち明《あ》けたけれど、桑野先生《くわのせんせい》には伝《つた》わらなかった。ただの甘《あま》えだと受《う》け取《と》られて、私《わたし》らしくないと言《い》われてしまった。

「特《とく》に昨日《きのう》は、部活《ぶかつ》でいろいろ重《かさ》なっちゃって」

あの日《ひ》あった全《すべ》てのことが、原因《げんいん》なのだろうか。

「今《いま》まで部活《ぶかつ》が相当《そうとう》ストレスになっていたってことだろ」

「そうかもしれないけど、でもネットでは一日《いちにち》で治《なお》ったって人《ひと》もいたのに。なんで私《わたし》、治《なお》らないんだろう」

「ネットのやつと間宮《まみや》が似《に》た環境《かんきょう》とは限《かぎ》らないだろ。治《なお》る方法《ほうほう》だってそれぞれ違《ちが》うんだから」

「ならどうしたら……」

たとえ発症《はっしょう》した引《ひ》き金《がね》がなにかわかっても、治《なお》し方《かた》なんて思《おも》いつかない。

「まずは自分《じぶん》の好《す》きなものとか嫌《きら》いなものを受《う》け入《い》れたら」

「受《う》け入《い》れる？」

「自分《じぶん》を認《みと》めていくことによって、治《なお》ることが多《おお》いんだよ」

「なんか意外《いがい》。詳《くわ》しいんだね」

朝比奈《あさひな》くんに関《かん》して発見《はっけん》が増《ふ》えていく。口止《くちど》めをしたらすぐどこかへ行《い》ってしまうだろうと思《おも》っていた。

それなのに、こんなふうに心配《しんぱい》してくれるなんて思《おも》いもしなかった。

「いとこがそういうカウンセリングの勉強《べんきょう》してたから覚《おぼ》えた」

「そうだったんだ」

「原因《げんいん》を解決《かいけつ》しないと、たぶん治《なお》らないと思《おも》う」

一日《いちにち》でもこんなに苦痛《くつう》だというのに、のっぺらぼうのままずっと過《す》ごしていくのは耐《た》えられない。

「どうしよう。私《わたし》……っ、自分《じぶん》の顔《かお》が思《おも》い出《だ》せないの。……っ、わけわからない」

「落《お》ち着《つ》けって。とりあえず、不安《ふあん》なら雨村《あめむら》に相談《そうだん》してもいいと思《おも》うし」

雨村《あめむら》——養護教諭《ようごきょうゆ》の叶《かな》ちゃん先生《せんせい》のことだ。

「あの先生《せんせい》、青年期失顔症《せいねんきしつがんしょう》のカウンセリングもしてる」

親《おや》や顧問《こもん》に相談《そうだん》するよりも叶《かな》ちゃん先生《せんせい》に話《はな》すほうがいい。けれど、大人《おとな》は私《わたし》たちの本当《ほんとう》の気持《きも》ちを理解《りかい》してくれない気《き》がしてためらう。

「少《すこ》し、考《かんが》えてみる」

しまう。

「間宮《まみや》」

朝比奈《あさひな》くんが気《き》づかうように私《わたし》を呼《よ》んだ。普段《ふだん》の彼《かれ》の口調《くちょう》とは少《すこ》し違《ちが》っていて驚《おどろ》いてしまう。

「無理《むり》に言葉《ことば》を選《えら》ばなくていい」

「え……」

「今《いま》、無難《ぶなん》な返答《へんとう》を選《えら》んだだろ」

「それは、その」

朝比奈《あさひな》くんにはまた心《こころ》を見透《みす》かされてしまい、気《き》まずさに視線《しせん》を逸《そ》らす。

他《ほか》の人《ひと》たちに知《し》られるのが怖《こわ》い。どう思《おも》われて、なにを言《い》われるのか考《かんが》えただけで足《あし》がすくみそうになる。

「嫌《いや》だったら無理《むり》に他《ほか》のやつに話《はな》さなくてもいいから」

――水川《みずかわ》さん、青年期失顔症《せいねんきしつがんしょう》だってさ。

水川《みずかわ》さんのように噂《うわさ》され、好《す》き勝手《かって》な憶測《おくそく》が飛《と》び交《か》うかもしれない。

それに杏里《あんり》たちは私《わたし》に対《たい》して不満《ふまん》があるようだった。私《わたし》が青年期失顔症《せいねんきしつがんしょう》だと知《し》られたら、今《いま》まで築《きず》き上《あ》げてきた関係《かんけい》が崩《くず》れてしまう。

「そんなに他《ほか》のやつに話《はな》したくないなら、なにかあれば俺《おれ》に話《はな》したら」

「朝比奈《あさひな》くんに？」

思《おも》わぬ提案《ていあん》に顔《かお》を上《あ》げて、目《め》を丸《まる》くする。

「俺《おれ》は事情《じじょう》知《し》ってるし。……話《はな》し相手《あいて》くらいなら、なってもいいけど」

ぶっきらぼうな物言《ものい》いだけど、私《わたし》を気《き》にかけてくれているようで上辺《うわべ》だけの言葉《ことば》ではないと感《かん》じた。

「……朝比奈《あさひな》くん、ありがとう」

「まぁ、その……青年期失顔症《せいねんきしつがんしょう》って案外《あんがい》なってる人《ひと》も多《おお》いし、発症《はっしょう》したらいけないものじゃないから」

「うん」

「だからあんまり思《おも》い詰《つ》めんな」

今《いま》まで関《かか》わることを避《さ》けていたのに調子《ちょうし》がいいかもしれない。

でも、朝比奈《あさひな》くんと話《はな》していると気持《きも》ちが落《お》ち着《つ》いていく。

「とりあえず、ノートにでも自分《じぶん》の好《す》きなものとか嫌《きら》いなもの書《か》いてみたら」

「へ？　なんで？」

「そういう療法《りょうほう》もあるんだって。今《いま》は心《こころ》を見失《みうしな》っている状態《じょうたい》らしいから、ノートに言《こと》葉《ば》として書《か》き出《だ》して、自分《じぶん》を理解《りかい》していくことが大事《だいじ》らしい」

気《け》だるげに話《はな》しているけれど、私《わたし》のことを心配《しんぱい》してくれていることは伝《つた》わってくる。

「間宮《まみや》はすごいと思《おも》う。まわりに気《き》を配《くば》って、好《す》き勝手《かって》に利用《りよう》しようとするやつにも優《やさ》しくしてやってて」

「……流《なが》されてるだけだよ」

「なあ、疲《つか》れたら休《やす》んでもいいんじゃねぇの」

不調《ふちょう》であることに気《き》づいてくれても、誰《だれ》も休《やす》んでいいと言《い》ってくれたことがなかった。親《おや》も桑野先生《くわのせんせい》ももっと頑張《がんば》れと言《い》って、部員《ぶいん》

のみんなも要望《ようぼう》ばかりを言《い》ってくる。

だけど本当《ほんとう》は立《た》ち止《ど》まって休《やす》んでしまいたかった。重《おも》たい足《あし》を引《ひ》きずってまで、部活《ぶかつ》に行《い》きたくなかった。

休《やす》んでもいい。

私《わたし》はその言葉《ことば》を、誰《だれ》かに言《い》ってもらいたかったのだと思《おも》う。

「え、ちょ、なんで泣《な》くんだよ」

「……私《わたし》泣《な》いてる?」

「目《め》も鼻《はな》も真《ま》っ赤《か》」

指先《ゆびさき》でおそるおそる頬《ほお》に触《ふ》れる。濡《ぬ》れた感覚《かんかく》があり、彼《かれ》の言《い》うとおり私《わたし》は今《いま》、涙《なみだ》を流《なが》しているみたいだ。

少《すこ》しして泣《な》きやんでから連絡先《れんらくさき》だけ交換《こうかん》すると、朝比奈《あさひな》くんは先《さき》に美術室《びじゅつしつ》から出《で》ていった。

昨日《きのう》から心《こころ》にぽっかりと穴《あな》が空《あ》いているような感覚《かんかく》があり、普段《ふだん》よりも感情《かんじょう》が揺《ゆ》れやすい気《き》がする。

けれど朝比奈《あさひな》くんの前《まえ》では、肩《かた》の力《ちから》がいつのまにか抜《ぬ》けていた。

「朝葉《あさは》〜！」

帰《かえ》りのホームルームが終《お》わると、隣《となり》のクラスの杏里《あんり》が教室《きょうしつ》まで迎《むか》えにきた。

いつものようにふたりで並《なら》んで話《はなし》をしていても、私《わたし》の心《こころ》には暗《くら》い影《かげ》が落《お》ちている。

「はぁ〜、お腹《なか》すいたなぁ」

「部活前《ぶかつまえ》になんか食《た》べておいたほうがいいんじゃない？」

「おまんじゅう持《も》ってきた！」

向《む》けられる笑顔《えがお》が偽物《にせもの》のように感《かん》じて、目《め》を逸《そ》らしたくなる。けれどそれをぐっと堪《こら》えて、口元《くちもと》に笑《え》みを作《つく》った。

「杏里《あんり》って本当《ほんとう》にあんこ好《す》きだよね」

彼女《かのじょ》の家《いえ》に行《い》くと、毎回《まいかい》あんこ系《けい》のお菓子《かし》が出《で》てくるくらいだ。その影響《えいきょう》で私《わたし》も杏里《あんり》が好《す》きな和菓子屋《わがしや》さんのあんこが好《す》きになった。

「あ……」

朝比奈《あさひな》くんが言《い》っていたことを思《おも》い出《だ》して立《た》ち止《ど》まる。

好《す》きなことや嫌《きら》いなことを書《か》いていくノート。さっそく出番《でばん》がきたみたいだ。

私《わたし》の好《す》きな食《た》べ物《もの》は、老舗和菓子店《しにせわがしてん》の藤水堂《ふじみどう》のあんこ。こうして自分《じぶん》の〝好《す》き〟を思《おも》い出《だ》すと、うれしくなってくる。

「朝葉《あさは》？　忘《わす》れ物《もの》でもした？」

「ううん、大丈夫《だいじょうぶ》。なんでもないよ」

青年期失顔症《せいねんきしつがんしょう》のことを隠《かく》すためには、接《せっ》し方《かた》や表情《ひょうじょう》に違和感《いわかん》がないように注意《ちゅうい》を払《はら》わないといけない。

特《とく》に写真《しゃしん》を撮《と》られるときは注意《ちゅうい》が必要《ひつよう》だ。芸能人《げいのうじん》でも疑《うたが》われるきっかけは、カメラを向《む》けられたときの作《つく》り笑顔《えがお》が不自然《ふしぜん》だということがほとんどだ。

「杏里《あんり》ちゃん、朝葉《あさは》ちゃん」

階段《かいだん》を下《お》りる途中《とちゅう》で名前《なまえ》を呼《よ》ばれて振《ふ》り返《かえ》ると、常磐先輩《ときわせんぱい》が立《た》っていた。

「ふたりとも、これから部活《ぶかつ》行《い》くところ？」

「はい！　常磐先輩《ときわせんぱい》も一緒《いっしょ》に行《い》きましょうよ〜！」

私《わたし》たちは三人《さんにん》で談笑《だんしょう》しながら、一緒《いっしょ》に体育館《たいいくかん》近《ちか》くの更衣室《こういしつ》へ向《む》かうことになった。流《なが》れに身《み》を任《まか》せて進《すす》んでいけば、〝いつもと変《か》わらない〟放課後《ほうかご》が始《はじ》まる。

「私《わたし》たち三年生《さんねんせい》が引退《いんたい》したら、次《つぎ》の部長《ぶちょう》、誰《だれ》になるのか気《き》になるね」

隣《となり》を歩《ある》いている常磐先輩《ときわせんぱい》が、ちらりと私《わたし》のほうを見《み》る。

「きっと朝葉《あさは》ちゃんじゃないかな」

常磐先輩《ときわせんぱい》の言葉《ことば》に頬《ほお》が引《ひ》きつった。杏里《あんり》を横目《よこめ》で見《み》ると、表情《ひょうじょう》が消《き》えている。

けれど目《め》が合《あ》うと、すぐに杏里《あんり》は笑顔《えがお》になった。

「朝葉《あさは》が一番適任《いちばんてきにん》だよね～！　みんなに頼《たよ》られてて、まとめ上手《じょうず》でさ。桑野《くわの》にも気《き》に入《い》られてるでしょ」

「そんなこと……」

この話《はなし》を、杏里《あんり》が若奈《わかな》たちにしたらどうなってしまうのだろう。また陰口《かげぐち》を叩《たた》かれるかもしれない。

「私《わたし》も朝葉《あさは》ちゃんがいいと思《おも》うよ。だって責任感《せきにんかん》も強《つよ》いじゃない」

常磐先輩《ときわせんぱい》がくれる信頼《しんらい》が今《いま》は重《おも》たく感《かん》じて、部活《ぶかつ》へ向《む》かっているこの足《あし》を止《と》めてしまいたい衝動《しょうどう》に駆《か》られる。

「ですよねー！　あたしも、朝葉《あさは》が部長《ぶちょう》になったらうれしい！」

「私《わたし》、は……」

嘘《うそ》だよね。杏里《あんり》、本当《ほんとう》はそんなこと思《おも》っていないでしょう？

「朝葉《あさは》なら桑野《くわの》にも上手《うま》く言《い》ってくれるし」

「二年生《にねんせい》はみんな朝葉《あさは》ちゃんを頼《たよ》りにしているよね」

「そうなんですよ〜！　みんなで、部長《ぶちょう》は朝葉《あさは》になるんじゃないかって話《はな》してたところです」

でも本当《ほんとう》は若奈《わかな》になってほしいんでしょう？

「私《わたし》からも桑野先生《くわのせんせい》に推薦《すいせん》しておこうかな」

やめて、常磐先輩《ときわせんぱい》。お願《ねが》いだから、そんなことしないで。

「常磐先輩《ときわせんぱい》の推薦《すいせん》なんて、やっぱり朝葉《あさは》ってすごーい」

思《おも》ってもいないことを言《い》わないで。あとで他《ほか》の子《こ》たちにこのことを話《はな》すんでしょう？

また好《す》き勝手《かって》に悪口《わるくち》を言《い》われるなんて嫌《いや》だ。私《わたし》は別《べつ》に部長《ぶちょう》を望《のぞ》んだことなんてない。

勝手《かって》に決《き》めつけて、話《はなし》を進《すす》めないでほしい。

「私《わたし》、朝葉《あさは》ちゃんには期待《きたい》してるの」

——間宮《まみや》には期待《きたい》してるんだ。

常磐先輩《ときわせんぱい》の言葉《ことば》が、昨日《きのう》の桑野先生《くわのせんせい》の言葉《ことば》と重《かさ》なる。

「朝葉《あさは》？」

それに、誰《だれ》もやりたがらないから私《わたし》がまとめているだけで本当《ほんとう》は――。

「どうしたの？」

再《ふたた》び立《た》ち止《ど》まった私《わたし》を、杏里《あんり》と常磐先輩《ときわせんぱい》がきょとんとした表情《ひょうじょう》で見《み》つめる。

「部活《ぶかつ》に遅《おく》れちゃうよ？」

そうだ。部活《ぶかつ》に行《い》かなくちゃ。このままでは遅《おく》れてしまう。遅《おく》れたら桑野先生《くわのせんせい》に叱《しか》られて、練習《れんしゅう》メニューを増《ふ》やされてしまう。

横切《よこぎ》っていった女子生徒《じょしせいと》が、スマホのカメラ機能《きのう》を使《つか》って、画面《がめん》を鏡代《かがみが》わりにしながら前髪《まえがみ》を整《ととの》えている。

それを見《み》た瞬間《しゅんかん》、のっぺらぼうの自分《じぶん》が頭《あたま》によぎった。

私《わたし》は自分《じぶん》を見失《みうしな》ったまま、部活《ぶかつ》に行《い》き続《つづ》けなければいけないのだろうか。

「は……っ」

呼吸《こきゅう》が苦《くる》しい。肺《はい》のあたりが圧迫《あっぱく》されたような感覚《かんかく》に陥《おちい》り、指先《ゆびさき》が冷《ひ》えて震《ふる》え出《だ》す。

視界《しかい》が白《しろ》く点滅《てんめつ》するように光《ひか》り、目眩《めまい》がする。

嫌《いや》だ。部活《ぶかつ》に行《い》きたくない。誰《だれ》かこの場所《ばしょ》……代《か》わってよ。

「――間宮《まみや》」

どろりと黒《くろ》い感情《かんじょう》が心《こころ》に滲《にじ》み始《はじ》めたときだった。私《わたし》を呼《よ》ぶ、少《すこ》し焦《あせ》ったような声《こえ》。

振《ふ》り向《む》かなくても、誰《だれ》かわかる。

安心《あんしん》するのは、彼《かれ》が私《わたし》の秘密《ひみつ》を知《し》っているからだろうか。

「やっぱりまだ体調悪《たいちょうわる》いんじゃねぇの？」

階段《かいだん》を下《お》りてきて私《わたし》の横《よこ》に立《た》った朝比奈《あさひな》くんは、身《み》を屈《かが》めて顔《かお》を覗《のぞ》き込《こ》んできた。

「え、体調悪《たいちょうわる》いって……？　てか、なんで朝比奈《あさひな》くんがそれ知《し》ってるの」

杏里《あんり》の上擦《うわず》った声《こえ》に、なにか言《い》わなくちゃと焦燥感《しょうそうかん》に駆《か》られる。

けれど、私《わたし》よりも先《さき》に朝比奈《あさひな》くんが口《くち》を開《ひら》く。

「昨日《きのう》の放課後《ほうかご》、目眩《めまい》起《お》こして倒《たお》れたのを目撃《もくげき》したから」

「倒《たお》れた⁉」

どうして言《い》ってくれなかったのと言《い》う杏里《あんり》に曖昧《あいまい》に微笑《ほほえ》むと、常磐先輩《ときわせんぱい》がなだめるように杏里《あんり》の肩《かた》を軽《かる》く叩《たた》いた。

「きっと心配《しんぱい》かけたくなかったんじゃないかな。ね、朝葉《あさは》ちゃん」

嘘《うそ》をついてしまうことは心苦《こころぐる》しいけれど、この場《ば》を乗《の》り切《き》るために私《わたし》は頷《うなず》く。

「今日《きょう》は部活休《ぶかつやす》んで、保健室《ほけんしつ》で先生《せんせい》に診《み》てもらったらどうかな？　桑野先生《くわのせんせい》には私《わたし》から伝《つた》えておくから」

「……はい」

朝比奈《あさひな》くんのサポートと常磐先輩《ときわせんぱい》のフォローによって、今日《きょう》は部活《ぶかつ》を休《やす》むことになった。けれど、杏里《あんり》は朝比奈《あさひな》くんと私《わたし》がいることに少《すこ》し不服《ふふく》そうだ。

「杏里《あんり》ちゃん、部活《ぶかつ》に遅《おく》れるよ」

「あ……はい」

杏里《あんり》がちらりと朝比奈《あさひな》くんを見《み》やる。そして、私《わたし》のほうを見《み》ることなく「お大事《だいじ》に」とだけ言《い》って、常磐先輩《ときわせんぱい》とふたりで体育館《たいいくかん》へ向《む》かって歩《ある》いていく。

杏里《あんり》に対《たい》して気《き》まずさはあるものの、部活《ぶかつ》に行《い》かなくていいと思《おも》うと心《こころ》が軽《かる》くなった。

「なあ。あの人《ひと》、三年《さんねん》？」

眉根《まゆね》を寄《よ》せた朝比奈《あさひな》くんが、ふたりの後《うし》ろ姿《すがた》をじっと見《み》つめながら聞《き》いてきた。

「常磐先輩《ときわせんぱい》？　バスケ部《ぶ》の三年生《さんねんせい》だよ」

「あの人《ひと》には話《はな》してねーの？」

「話《はな》してないよ」

「ふーん？」

常盤先輩《ときわせんぱい》はまわりをよく見《み》ていて、いつも手助《てだす》けしてくれるような優《やさ》しい先輩《せんぱい》だ。事《じ》情《じょう》を話《はな》さなくても、こうして場《ば》を丸《まる》くおさめてくれた。

「悪《わる》かったな。急《きゅう》に割《わ》り込《こ》んで」

「ううん。助《たす》けてくれてありがとう」

朝比奈《あさひな》くんがきてくれなかったら、私《わたし》はあのままどうなっていたのだろう。

「で、どうする。保健室行《ほけんしつい》く？」

保健室《ほけんしつ》へ行《い》ったところで事情《じじょう》を話《はな》さなければならなくなる。

「うーん……このまま帰《かえ》る」

ただお母《かあ》さんに部活《ぶかつ》を休《やす》んだことがバレてしまうため、まっすぐ帰《かえ》るわけにもいかない。

適当《てきとう》なところで時間《じかん》を潰《つぶ》そう。

「じゃあ、送《おく》ってく。どうせ同《おな》じ方向《ほうこう》だし」

一瞬自分《いっしゅんじぶん》の耳《みみ》を疑《うたが》ってしまった。朝比奈《あさひな》くんからそんな提案《ていあん》をされると思《おも》わなかった。

「嫌《いや》なら無理《むり》にとは言《い》わないけど」

「迷惑《めいわく》、じゃない？」

「迷惑《めいわく》とか思《おも》わないし、俺《おれ》はできれば一緒《いっしょ》に帰《かえ》りたい」

クラスの女子《じょし》に話《はな》しかけられても、面倒《めんどう》くさそうな表情《ひょうじょう》で素《そ》っ気《け》なく返《かえ》してどこかへ行《い》ってしまうような人《ひと》なのに、なぜ親切《しんせつ》にしてくれるのだろう。

「また体調《たいちょう》崩《くず》すかもしれないだろ」

「……いいの？」

「裏門《うらもん》から出《で》れば、たぶんあんま目撃《もくげき》されねぇし。それなら大丈夫《だいじょうぶ》だろ」

先《さき》ほどのことを杏里《あんり》も常磐先輩《ときわせんぱい》も知《し》っているため、目撃《もくげき》されたとしてもバスケ部《ぶ》で妙《みょう》な噂《うわさ》は立《た》たないはずだ。

それでも私《わたし》に配慮《はいりょ》してくれている朝比奈《あさひな》くんにお礼《れい》を言《い》って、裏門《うらもん》の出口《でぐち》で待《ま》ち合《あ》わせる約束《やくそく》をした。

下駄箱《げたばこ》でローファーに履《は》き替《か》えて、昇降口《しょうこうぐち》を抜《ぬ》けていく。

そして、裏門《うらもん》を出《で》て向《む》かいにある電柱《でんちゅう》の横《よこ》に立《た》って朝比奈《あさひな》くんを待《ま》つ。

小学校《しょうがっこう》からの知《し》り合《あ》いとはいえ、男子《だんし》とこうして下校《げこう》することは初《はじ》めてで落《お》ち着《つ》かない気分《きぶん》になる。

少《すこ》しすると、自転車《じてんしゃ》を押《お》した朝比奈《あさひな》くんがやってきた。

「自転車《じてんしゃ》で学校《がっこう》きてるんだね」

「バス混《こ》むから、めんどくせぇ」

たしかに毎朝《まいあさ》バスはすし詰《づ》め状態《じょうたい》だ。私《わたし》や朝比奈《あさひな》くんが住《す》んでいる地域《ちいき》は、電車通学《でんしゃつうがく》だと数分刻《すうふんきざ》みで乗《の》り換《か》えが発生《はっせい》してしまうため、バスで通《かよ》ったほうが早《はや》い。

けれどそのバスに通勤《つうきん》や通学《つうがく》でかなりの人《ひと》が乗車《じょうしゃ》するため、毎回潰《まいかいつぶ》されないようにと大変《たいへん》な思《おも》いをしている。

「でも自転車《じてんしゃ》だと、足《あし》が結構疲《けっこうつか》れない？」

「まあ、最初《さいしょ》は疲《つか》れたけど。さすがにもう慣《な》れた。バスは雨《あめ》のときにしか乗《の》らないな」

朝比奈《あさひな》くんの髪色《かみいろ》が徐々《じょじょ》に派手《はで》になり始《はじ》めたのは、中学二年生《ちゅうがくにねんせい》くらいのときからだ。

それからとっつきにくいという印象《いんしょう》も抱《いだ》くようになった。

けれどこうして話《はな》していると、ときおり口《くち》は悪《わる》いけれど昔《むかし》と変《か》わらない。

「じゃ、後《うし》ろ」

「え？」

「だから、後《うし》ろ乗《の》れって」

自転車《じてんしゃ》に跨《また》がった朝比奈《あさひな》くんが早《はや》くしろと急《せ》かしてくる。

「でもふたり乗《の》りは法律《ほうりつ》で禁止《きんし》されてるし、それに私《わたし》こういうのまったく経験《けいけん》なくて」

「人通《ひとどお》りないから大丈夫《だいじょうぶ》だって。歩《ある》いて帰《かえ》ったら、どんだけかかると思《おも》ってんだよ」

「バス停《てい》までで大丈夫《だいじょうぶ》だから！」

「本当《ほんとう》にそれでいいのかよ」

射貫《いぬ》かれるように睨《にら》まれて、私《わたし》の体《からだ》が硬直《こうちょく》する。

バスで帰《かえ》ることに対《たい》して言《い》われているのではない気《き》がした。

「いつもと同《おな》じことを繰《く》り返《かえ》して、気分《きぶん》は変《か》わんの？」

「なに、言《い》って……」

「たまには違《ちが》うことをして、見《み》ている景色《けしき》を変《か》えたほうがいいんじゃね？」

嫌《いや》なら別《べつ》にいいけど、と吐《は》き捨《す》てるように言《い》うと、朝比奈《あさひな》くんは背《せ》を向《む》けてしまった。

このまま彼《かれ》についていかずにバス停《てい》に向《む》かったら、いつもと同《おな》じ風景《ふうけい》をバスの中《なか》から眺《なが》めて家《いえ》に帰《かえ》っておしまいだ。

でも、彼《かれ》の肩《かた》を掴《つか》んで後《うし》ろに乗《の》ったら、いったいどのような景色《けしき》が見《み》えるのだろう。

「あ、朝比奈《あさひな》くん」

声《こえ》に出《だ》した瞬間《しゅんかん》、私《わたし》の心《こころ》はすでに決《き》まった。

足《あし》が自然《しぜん》と前《まえ》に出《で》て、彼《かれ》のほうに手《て》を伸《の》ばす。

「後《うし》ろ、乗《の》せて」

朝比奈《あさひな》くんの肩《かた》が少《すこ》しだけ揺《ゆ》れる。ため息《いき》をついたようにも、小《ちい》さく笑《わら》ったようにも感《かん》じて、彼《かれ》の表情《ひょうじょう》が見《み》えないことがもどかしかった。

「ふたり乗《の》りは悪《わる》いことなんじゃねーの？」

「……今日《きょう》だけ、悪《わる》いことする」

「じゃー、共犯《きょうはん》な」

自転車《じてんしゃ》にふたり乗《の》り。それをするだけで心臓《しんぞう》が不規則《ふきそく》に跳《は》ねて、体温《たいおん》が上昇《じょうしょう》していくように感《かん》じる。

私《わたし》と彼《かれ》のちっぽけな悪《わる》いこと。朝比奈《あさひな》くんの肩《かた》を掴《つか》む手《て》に力《ちから》を入《い》れて、私《わたし》は自転車《じてんしゃ》の後輪《こうりん》のわずかな突起《とっき》に足《あし》を置《お》いて立《た》った。

朝比奈《あさひな》くんの肩《かた》は私《わたし》よりも広《ひろ》く頼《たの》もしくて、触《ふ》れている私《わたし》の手《て》から彼《かれ》の体温《たいおん》を感《かん》じて急《きゅう》に照《て》れくさくなってしまう。

「もっとちゃんと掴《つか》んで」

「う、ぁ……はい」

「なんだよ。嫌《いや》？」

「い、嫌《いや》じゃない！　っわ！」

勢《いきお》いよく答《こた》えると体勢《たいせい》を崩《くず》して、朝比奈《あさひな》くんの背中《せなか》にもたれかかってしまった。

「……抱《だ》きつけとは言《い》ってないけど」

「ごめん！」

姿勢《しせい》を戻《もど》して肩《かた》をぎゅっと掴《つか》むと、朝比奈《あさひな》くんがペダルに足《あし》を置《お》いた。そして勢《いきお》いよく前進《ぜんしん》していく。

「落《お》ちんなよ」

「落《お》ちそうになったら、首掴《くびつか》むね！」

「道連《みちづ》れやめろ」

素早《すばや》く返《かえ》ってきた言葉《ことば》に私《わたし》は声《こえ》を出《だ》して笑《わら》ってしまう。こんなふうに自然《しぜん》と笑《わら》うのはいつぶりだろう。

私《わたし》はいつも相手《あいて》の顔色《かおいろ》をうかがってばかりだった。でもふたり乗《の》りをしていると、相《あい》手《て》の顔《かお》は見《み》えない。なんだか気持《きも》ちが楽《らく》になっていく。

「ねえ、なんで金髪《きんぱつ》なの？」

「いつかできなくなるから」

「なにその理由《りゆう》」

「大人《おとな》になると、好《す》き勝手《かって》できなくなるだろ。だから今《いま》のうちに好《す》きなことしてるだけ」

湿気《しっけ》を含《ふく》んだ緩《ゆる》やかな初夏《しょか》の風《かぜ》に、目《め》の前《まえ》の金髪《きんぱつ》が揺《ゆ》れた。

朝比奈《あさひな》くんの後頭部《こうとうぶ》を眺《なが》めていると、なぜか既視感《きしかん》を覚《おぼ》える。

——つつじの葉《は》。隠《かく》れている青色《あおいろ》のT《ティー》シャツの少年《しょうねん》。セミの鳴《な》き声《ごえ》。

記憶《きおく》の隅《すみ》に断片的《だんぺんてき》な光景《こうけい》が一瞬《いっしゅん》見《み》えたような気《き》がしたけれど、はっきりとは思《おも》い出《だ》せない。これはいつの出来事《できごと》だろう。

「間宮《まみや》は好《す》きなこと、できてなさそうだよな」

「え……そうかな？」

「やりたいこととか、好《す》きなこととか思《おも》い浮《う》かばねぇの？」

「うーん……やりたいことや好《す》きなことかぁ」

藤水堂《ふじみどう》のあんこが好《す》きということは思《おも》い出《だ》した。けれど、もっと私《わたし》を形作《かたちづく》るような好《す》きなことや嫌《きら》いなことがなんなのかがわからない。

「部活《ぶかつ》、嫌《いや》なのか？」

「え？」

「さっき部活《ぶかつ》に行《い》こうとしてたとき、顔色悪《かおいろわる》かっただろ」

「好《す》き、ではないかも」

中学《ちゅうがく》のころは、バスケをするのが楽《たの》しかった。でも今《いま》は、その楽《たの》しさを感《かん》じない。

「むしろ今《いま》は、部活《ぶかつ》に行《い》くのが怖《こわ》い」

「怖《こわ》いって桑野《くわの》が厳《きび》しいとか、そういう理由《りゆう》？」

「それよりも……最近部内《さいきんぶない》の人間関係《にんげんかんけい》がよくなくて。……私《わたし》ね、ずっと自分《じぶん》はまわりと上手《うま》くやれているって思《おも》い込《こ》んでいたんだ」

部内《ぶない》で起《お》こっているいざこざと、自分《じぶん》の立場《たちば》を朝比奈《あさひな》くんに打《う》ち明《あ》けた。

ひとしきり話《はな》し終《お》えると、私《わたし》は苦笑《くしょう》する。

「好《す》かれていたい。嫌《きら》われたくないなんて、そんなこと気《き》にして馬鹿《ばか》みたいだよね」

すると、朝比奈《あさひな》くんは静《しず》かに言《い》った。

「誰《だれ》だって好《す》かれたいもんなんじゃねーの」

彼《かれ》から予想外《よそうがい》の言葉《ことば》が出《で》てきて、「朝比奈《あさひな》くんも？」と即座《そくざ》に聞《き》き返《かえ》す。

「俺《おれ》の場合《ばあい》は……みんなに好《す》かれたいとかじゃねぇけど、嫌《きら》われたくないやつはいる」

「そう、なの？」

「だから俺《おれ》だって、嫌《きら》われるのは怖《こわ》い」

私《わたし》だけじゃなくて、朝比奈《あさひな》くんにもそういう気持《きも》ちがあるんだ。いつも近寄《ちかよ》りがたい雰囲気《ふんいき》で、人《ひと》からどう思《おも》われるかなんてまったく気《き》にしないのかと思《おも》っていた。

「つーか、つらいならなんで続《つづ》けてんの？」

「なんでって……今《いま》さら辞《や》められないよ」

「なんだよ、それ。一度《いちど》入部《にゅうぶ》したら辞《や》めちゃいけないルールなんてねぇだろ」

朝比奈《あさひな》くんは当《あ》たり前《まえ》のことを言《い》っているのに、私《わたし》にとっては目《め》から鱗《うろこ》が落《お》ちるような気持《きも》ちだった。

辞《や》めてもいい。それを考《かんが》えて、一瞬《いっしゅん》心《こころ》が軽《かる》くなる。けれどすぐに現実《げんじつ》に引《ひ》き戻《もど》された。

「辞《や》めたら部《ぶ》のみんなに迷惑《めいわく》かけるし、桑野先生《くわのせんせい》とかうちの親《おや》だって、退部《たいぶ》なんてダメだって言《い》うと思《おも》うから」

「そうじゃなくて、間宮《まみや》はどうしたいんだよ」

「え……」

「間宮《まみや》って、人《ひと》に気《き》をつかいすぎて疲《つか》れんだろ」

部活《ぶかつ》を辞《や》められない理由《りゆう》に、私《わたし》の気持《きも》ちは含《ふく》まれていない。

自分《じぶん》が投《な》げ出《だ》したくないからとか、大会《たいかい》で成績《せいせき》を残《のこ》したいからとか、そういうことよりも、真《ま》っ先《さき》に出《で》てきたのは、自分以外《じぶんいがい》の人《ひと》にどう思《おも》われるかだ。

「……疲《つか》れた。自分《じぶん》が勝手《かって》にやってきたことなのに」

人《ひと》に嫌《きら》われるのが怖《こわ》くて、波風立《なみかぜた》てたくなくていい顔《かお》をしていた。次第《しだい》に息苦《いきぐる》しさを感《かん》じても抜《ぬ》け出《だ》す方法《ほうほう》がわからず、そうして私《わたし》は壊《こわ》れてしまったのだ。

「でもそういう間宮《まみや》に寄《よ》りかかって頼《たよ》りすぎていたんだから、まわりの連中《れんちゅう》も問題《もんだい》だろ」

心《こころ》にすっと朝比奈《あさひな》くんの言葉《ことば》が溶《と》け込《こ》んでくる。

彼《かれ》は気《き》をつかって励《はげ》ますタイプではないので、邪推《じゃすい》せずに素直《すなお》に言葉《ことば》を受《う》け取《と》れた。

「知《し》ったように話《はな》すなって思《おも》っただろ」

朝比奈《あさひな》くんの声《こえ》が急《きゅう》に小《ちい》さくなる。

「前《まえ》に女子《じょし》たちが廊下《ろうか》で話《はな》してんのが聞《き》こえたんだよ。部活《ぶかつ》のこと、面倒《めんどう》だから間宮《まみや》に頼《たの》めばいいって」

「……そうなんだ」

すでにみんなにとって自分《じぶん》がどういう存在《そんざい》だったのか私自身《わたしじしん》もわかっていたので、驚《おどろ》きはなかった。

「私《わたし》が我慢《がまん》せずに言《い》いたいことを言《い》えていたら、青年期失顔症《せいねんきしつがんしょう》になんてならなかったのかな」

でも、まわりに意見《いけん》をはっきりと言《い》う自分《じぶん》なんて想像《そうぞう》がつかない。

同《おな》じ時間《じかん》をやり直《なお》しても、結局《けっきょく》私《わたし》は今《いま》の私《わたし》のまま変《か》われないのかもしれない。

「んなこと、わかんねぇよ。誰《だれ》にでもなる可能性《かのうせい》がある病気《びょうき》だし」

自分《じぶん》だけは大丈夫《だいじょうぶ》。そんなのは間違《まちが》いだった。少《すこ》しずつ積《つ》み重《かさ》なって、なにかをきっかけに心《こころ》のバランスが崩《くず》れてしまうことだってあるのだ。

「そういえば、朝比奈《あさひな》くんのいとこはカウンセリングの勉強《べんきょう》してるんだっけ？」

「あー……まあ。今《いま》は一応《いちおう》カウンセリングの仕事《しごと》もしてる」

「カウンセラーなの？」

「カウンセラーっつーか、養護教諭《ようごきょうゆ》」

そういえば養護教諭《ようごきょうゆ》は、体調《たいちょう》や怪我《けが》に関《かん》することだけではなく、保健室《ほけんしつ》に相談《そうだん》にくる生徒《せいと》の心《こころ》のケアもする。

中学《ちゅうがく》のころも、高校《こうこう》に入学《にゅうがく》したばかりのときも、心《こころ》の相談室《そうだんしつ》として保健室《ほけんしつ》の先生《せんせい》を頼《たよ》るようにと説明《せつめい》を受《う》けたのをぼんやりと覚《おぼ》えている。

「間宮《まみや》は他《ほか》のやつに相談《そうだん》するの嫌《いや》みたいだけど、あいつなら頼《たの》めば親《おや》にも黙《だま》ってるはず」

「……あいつ？」

「雨村《あめむら》。でもなんか勘《かん》づいてるっぽかったけど」

「えっ！」

「さすがに俺《おれ》からはなんも言《い》ってない。雨村《あめむら》も間宮《まみや》から話《はな》すまで待《ま》つつもりらしいし」

なんだか妙《みょう》に親《した》しげに聞《き》こえる。

「仲《なか》いいんだね」

思《おも》わず口《くち》に出《だ》してしまうと、朝比奈《あさひな》くんは少《すこ》し不機嫌《ふきげん》そうにため息《いき》をついた。

「昔《むかし》から家《いえ》が近《ちか》かったから」

「知《し》り合《あ》いなの？」

「雨村《あめむら》が、さっき話《はな》してたいとこ」

「そうなの!?」

叶《かな》ちゃん先生《せんせい》の年齢《ねんれい》は二十代半《にじゅうだいなか》ばくらい。黒髪《くろかみ》をひとつにまとめていて、ふちのないメガネをかけている。物腰《ものごし》も柔《やわ》らかくて、つねにニコニコとしている印象《いんしょう》だ。纏《まと》っている雰囲気《ふんいき》から朝比奈《あさひな》くんを連想《れんそう》することはまずない。

「誰《だれ》にも言《い》うなよ」

「内緒《ないしょ》にしてるの？」

「まわりにバレるといろいろめんどいし」

昼休《ひるやす》みに朝比奈《あさひな》くんに会《あ》いに行《い》ったときに、軽《かる》い口調《くちょう》で話《はな》しかけてきた人《ひと》たちのことを思《おも》い出《だ》す。たしかに少《すこ》し面倒《めんどう》くさそうだ。

「間宮《まみや》と話《はな》してたってだけであいつらうるさかったけど」

「私《わたし》たちって今《いま》まで関《かか》わりなかったもんね」

「……まあ、高一《こういち》のときクラス違《ちが》ったし」

「同《おな》じクラスになるのって小六以来《しょうろくいらい》じゃない？」

中学《ちゅうがく》では一度《いちど》も同《おな》じクラスにはならなかった。そのため話《はな》す機会《きかい》もなくなって、ずっと苦手意識《にがていしき》を持《も》ったままだった。

「六年生《ろくねんせい》のとき、朝比奈《あさひな》くんさ」

「なに」

「クラスの子《こ》にプリント写《うつ》させてって頼《たの》まれた私《わたし》を見《み》て、『なんで嫌《いや》って言《い》わねぇの？』って言《い》ったんだよね。ほら、私《わたし》たち隣《となり》の席《せき》だったでしょ」

「あー……」

思《おも》い出《だ》そうとしているのか、それとも思《おも》い出《だ》して気《き》まずいのかはわからない。けれど彼《かれ》にとっては、きっとあのころの私《わたし》との会話《かいわ》なんて、大《たい》したことではなかったのだと思《おも》う。

「もしかして隣《となり》だったこと忘《わす》れちゃった？」

「忘《わす》れてねーし」

食《く》い気味《ぎみ》に即答《そくとう》されて、笑《わら》ってしまう。

「でも言《い》ったこと覚《おぼ》えてないでしょ」

「いや……記憶《きおく》はある。あれはなんつーか、見《み》ててもどかしかったから」

「もどかしい？」

「我慢《がまん》してるように見《み》えたから」

あのころの私《わたし》は、自分《じぶん》が我慢《がまん》をすればいいと思《おも》っていた。だけど我慢《がまん》をすることが必《かなら》ずしも正《ただ》しいわけではないのだと、それを今《いま》痛感《つうかん》している。

「悪《わる》かった」

「え、あ、違《ちが》うの！　謝《あやま》ってほしくって言《い》ったわけじゃなくて。あのころから私《わたし》って変《か》わってないなって思《おも》っただけで」

責《せ》めたように聞《き》こえてしまったのかもしれないと慌《あわ》てて否定《ひてい》すると、朝比奈《あさひな》くんがわずかに声量《せいりょう》を落《お》とす。

「それはわかってるけど。でも過去《かこ》の俺《おれ》が言《い》ったことで嫌《きら》われたくねぇし」

聞《き》き間違《まちが》いかと思《おも》い、確認《かくにん》するように口《くち》に出《だ》してしまう。

「嫌《きら》われたくないの？」

「……まあ」

「そうなの？」

「追及《ついきゅう》すんな」

朝比奈《あさひな》くんは私《わたし》に嫌《きら》われたくないと思《おも》っているなんて、意外《いがい》だけどなんだかうれしい。

勝手《かって》に抱《いだ》いていた苦手意識《にがていしき》も気《き》がつくと払拭《ふっしょく》されていて、今彼《いまかれ》の自転車《じてんしゃ》の後《うし》ろに乗《の》っているのは不思議《ふしぎ》な気分《きぶん》だ。

「現実《げんじつ》じゃないみたい」

「は？」

「朝比奈《あさひな》くんとふたり乗《の》り」

「現実《げんじつ》ですけど」

ロマンチックのカケラもない返答《へんとう》をされて、わざと大《おお》きなため息《いき》をつく。

「朝比奈《あさひな》くんは女心《おんなごころ》をわかってない」

「別《べつ》にそんなもんどうだっていい」

「でも私《わたし》、今楽《いまたの》しい」

「……あっそ」

梅雨《つゆ》の晴《は》れ間《ま》で、湿度《しつど》は高《たか》いけれど空《そら》が澄《す》み渡《わた》っていて心地《ここち》がいい。

最近《さいきん》は部活《ぶかつ》の時間《じかん》が迫《せま》ってくることを気《き》にしていて、部活《ぶかつ》が終《お》わると早《はや》く家《いえ》に帰《かえ》りたくてたまらなかった。こうして空《そら》を見上《みあ》げる余裕《よゆう》すら、私《わたし》にはなかった。

「あ。この道《みち》、初《はじ》めて通《とお》った」

「近道《ちかみち》」

「私《わたし》も自転車《じてんしゃ》にしようかな」

決《き》められた道《みち》を毎日走《まいにちはし》っているバスとは違《ちが》って、自転車《じてんしゃ》なら自分《じぶん》でルートを決《き》められる。

走《はし》る速度《そくど》だって自由《じゆう》だ。

「足疲《あしつか》れるからやめとけば」

「私《わたし》バスケ部《ぶ》だよ」

「あー、そうだったな。中学《ちゅうがく》のころからやってるし体力《たいりょく》あるか」

「え⁉　中学《ちゅうがく》のころもバスケ部《ぶ》だったこと知《し》ってるの？」

前方《ぜんぽう》から「は？」と気《き》の抜《ぬ》けたような、少《すこ》し怒《おこ》ったような声《こえ》が聞《き》こえてくる。

「中学一緒《ちゅうがくいっしょ》だっただろ」

「それはそうだけど！　でもさ、関《かか》わってなかったでしょ」

「部活《ぶかつ》くらい覚《おぼ》えてる」

そういえば私《わたし》も朝比奈《あさひな》くんが一年《いちねん》のときはサッカー部《ぶ》で、二年生《にねんせい》になるタイミングで辞《や》めて、そこから見《み》た目《め》が派手《はで》になり始《はじ》めたことを知《し》っている。

関《かか》わっていなくても、案外知《あんがいし》っているものみたいだ。

「間宮《まみや》、ここの道《みち》ガタガタするから、ちゃんと掴《つか》まっとけよ」

朝比奈《あさひな》くんの言《い》うとおり、地面《じめん》に小石《こいし》が散《ち》らばっていて不安定《ふあんてい》に自転車《じてんしゃ》が揺《ゆ》れる。

落《お》ちないように肩《かた》を掴《つか》む手《て》に力《ちから》を入《い》れていると、金髪《きんぱつ》の中《なか》につむじを発見《はっけん》した。

ガタガタとした道《みち》を抜《ぬ》けた直後《ちょくご》、右手《みぎて》の人差《ひとさ》し指《ゆび》で、朝比奈《あさひな》くんのつむじを軽《かる》く押《お》してみる。

「えい」

好奇心《こうきしん》で押《お》してしまったつむじは、朝比奈《あさひな》くんを動揺《どうよう》させる効果《こうか》があったようだ。

「つ、なにすんだよ⁉」

「ご、ごめん。つい」

後《うし》ろを見《み》ることなく、片手《かたて》で私《わたし》の手《て》を払《はら》うと、深《ふか》いため息《いき》が聞《き》こえてくる。少《すこ》しふざけすぎたのかもしれない。

「間宮《まみや》さ、昔《むかし》もつむじ押《お》したよな」

「昔《むかし》？」

「小学生《しょうがくせい》のころ、にわとりの小屋《ごや》があった裏側《うらがわ》でケイドロしてただろ」

「あ、クラスのみんなとよくしてたね！」

昼休《ひるやす》みにケイドロをするというのが、私《わたし》たちのクラスでは一時期《いちじき》流行《はや》っていた。

そして、偶然私《ぐうぜんわたし》と朝比奈《あさひな》くんは隠《かく》れる場所《ばしょ》が一緒《いっしょ》になってしまったことがある。

見《み》つかりやすいため同《おな》じ場所《ばしょ》は避《さ》けたかったけれど、隠《かく》れる時間《じかん》がなくなってしまい、ふたりでつつじの陰《かげ》に身《み》を潜《ひそ》めていた。

そしたらちょうど朝比奈《あさひな》くんのつむじが見《み》えて、好奇心《こうきしん》で押《お》してしまった。

先《さき》ほどの断片的《だんぺんてき》な記憶《きおく》は、そのときのものだったみたいだ。

「そうだ、それで朝比奈《あさひな》くんが驚《おどろ》いて声上《こえあ》げて、見《み》つかっちゃったんだっけ」

「俺《おれ》のせいみたいに言《い》うな」

「だってあんなに驚《おどろ》かれると思《おも》わなくて」

「こっちは間宮《まみや》がそんなことしてくるほうに驚《おどろ》いたっつーの。いたずらするとは思《おも》わなかったし」

小学生《しょうがくせい》のころの私《わたし》は、朝比奈《あさひな》くんと今《いま》みたいに会話《かいわ》ができるような性格《せいかく》じゃなかった。なにをするにも自信《じしん》がなくて、話《はな》すことが苦手《にがて》で、手《て》を引《ひ》っ張《ぱ》ってくれるまわりの子《こ》のおかげでクラスに溶《と》け込《こ》めていたんだ。

「あのころね、私《わたし》にとって朝比奈《あさひな》くんは憧《あこが》れだったんだ」

「は？　俺《おれ》が間宮《まみや》の憧《あこが》れ？」

屈託《くったく》のない笑顔《えがお》に、つねに人《ひと》が集《あつ》まるような明《あか》るさ。物怖《ものお》じせずに自分《じぶん》の意見《いけん》を言《い》える強《つよ》さと、先生《せんせい》や他《ほか》のクラスの人《ひと》から名前《なまえ》を覚《おぼ》えられているような顔《かお》の広《ひろ》さ。

「朝比奈《あさひな》くんはクラスの中心《ちゅうしん》で、頼《たよ》られてて羨《うらや》ましかった」

小学生《しょうがくせい》のころの私《わたし》は、担任《たんにん》以外《いがい》の先生《せんせい》に名前《なまえ》を覚《おぼ》えられていないこともあった。同《おな》じクラスになったことがある子《こ》にも、下《した》の名前《なまえ》を忘《わす》れられてしまうくらいだった。

そのくらい私《わたし》は目立《めだ》たない生徒《せいと》だった。

だからこそ、朝比奈《あさひな》くんに憧《あこが》れていて、少《すこ》しだけ妬《ねた》ましかった。

「けど中学《ちゅうがく》では、間宮《まみや》のほうがまわりから頼《たよ》られてただろ」

「憧《あこが》れていた自分《じぶん》に近《ちか》づけた気《き》がしていたけど、今《いま》となったらそれが原因《げんいん》で、こうなっちゃったのかな」

そう言《い》って、私《わたし》は押《お》し黙《だま》る。

すると、「寄《よ》り道《みち》、すんぞ」と朝比奈《あさひな》くんが自転車《じてんしゃ》を漕《こ》ぐスピードを速《はや》めていく。振《ふ》り落《お》とされないように肩《かた》を掴《つか》み、金髪《きんぱつ》の上《うえ》にあごをのせた。

「つ、なにしてんだよ！　重《おも》い！」

「だって速《はや》すぎ！」

必死《ひっし》にしがみついていないと落《お》とされてしまいそうで怖《こわ》い。

「つーか、近《ちか》い！」

「近《ちか》いって、この状況《じょうきょう》で離《はな》れたら私《わたし》落《お》ちちゃうよ！」

ふわりと爽《さわ》やかな匂《にお》いが漂《ただよ》って、心臓《しんぞう》がどくんと大《おお》きく跳《は》ねた。

「朝比奈《あさひな》くんって、柑橘系《かんきつけい》のいい匂《にお》いがする」

「なに言《い》ってんだよ⁉　この状況《じょうきょう》でそういうのやめろ！」

「な、なんでそんな怒《おこ》るの？」

「怒《おこ》ってねーんですけど⁉」

あきらかに機嫌《きげん》が悪《わる》そうな声《こえ》で言《い》われてしまったので、もしかしたらいい匂《にお》いだなんて言《い》って引《ひ》かれてしまったのかもしれない。

「ごめん、降《お》りようか？」

肩《かた》を掴《つか》んでいた手《て》の力《ちから》を緩《ゆる》めると、前方《ぜんぽう》からため息《いき》が聞《き》こえてくる。

「降《お》りなくていいから、手《て》ぇ絶対《ぜったい》そこな。あとまったく怒《おこ》ってないから」

肩《かた》から手《て》を動《うご》かすなと念《ねん》を押《お》されてしまう。どうやら本当《ほんとう》に怒《おこ》っていないらしく、私《わたし》は降《お》りることなく、朝比奈《あさひな》くんの肩《かた》を再《ふたた》びぎゅっと掴《つか》んでみる。

「もうつむじ押《お》すなよ」

「押《お》さないよ」

「絶対《ぜったい》やめろよ！」と何度《なんど》も言《い》ってくる朝比奈《あさひな》くんに、私《わたし》は笑《わら》ってしまう。

ブレーキをかけるときや足場《あしば》が悪《わる》いときは事前《じぜん》に教《おし》えてくれて、今《いま》まで私《わたし》が見《み》ようとしていなかっただけで彼《かれ》は優《やさ》しい人《ひと》だ。ただし、口《くち》はちょっと悪《わる》い。

朝比奈《あさひな》くんが連《つ》れてきてくれたところは、小学校《しょうがっこう》の近《ちか》くにある駄菓子屋《だがしや》さんだった。

「わ、ここ懐《なつ》かしい！　昔《むかし》きたことある！」

「俺《おれ》は今《いま》でも常連《じょうれん》」

「そうなの？　意外《いがい》」

建《た》て付《つ》けの悪《わる》い引《ひ》き戸《ど》を開《あ》けると、畳《たたみ》の独特《どくとく》な匂《にお》いと、古《ふる》くなった木《き》の香《かお》りが鼻腔《びくう》いっぱいに広《ひろ》がる。

薄暗《うすぐら》いお店《みせ》の中《なか》には、裸電球《はだかでんきゅう》がぶら下《さ》がっていて、ガラス製《せい》の冷蔵庫《れいぞうこ》の稼働音《かどうおん》が静《しず》かな店内《てんない》に響《ひび》いていた。

懐《なつ》かしさが胸《むね》に広《ひろ》がって、立《た》ち止《ど》まる。ここへきたのは小学校《しょうがっこう》を卒業《そつぎょう》して以来初《いらいはじ》めてだ。

「いらっしゃい」

昔《むかし》よりも少《すこ》し腰《こし》が曲《ま》がったように見《み》える駄菓子屋《だがしや》さんのおばちゃんが、畳《たたみ》の上《うえ》に正座《せいざ》をしてこちらに微笑《ほほえ》みかけてくる。

「あら、聖《ひじり》くんいらっしゃい」

「よっ、おばちゃん」

先《さき》ほど常連《じょうれん》と言《い》っていた朝比奈《あさひな》くんは駄菓子屋《だがしや》さんのおばちゃんに顔《かお》を覚《おぼ》えられているらしく、親《した》しげだ。

「今日《きょう》は祈《いのり》くんと一緒《いっしょ》じゃないのね」

「あいつは大学《だいがく》の課題《かだい》で最近忙《さいきんいそが》しいんだと」

〝祈《いのり》くん〟とは誰《だれ》だろう。

「そういえばもう大学生《だいがくせい》なのねぇ。あら？　聖《ひじり》くんの彼女《かのじょ》？」

「ちげーよ。同《おな》じ小学校《しょうがっこう》だった間宮《まみや》」

軽《かる》く頭《あたま》を下《さ》げると、おばちゃんがうれしそうに目《め》を細《ほそ》めた。それにしても、朝比奈《あさひな》くんは誰《だれ》にでも平常運転《へいじょううんてん》で口《くち》が悪《わる》いみたいだ。

「それじゃあ、久《ひさ》しぶりにここにきてくれたのかしら」

「小学校《しょうがっこう》を卒業《そつぎょう》して以来初《いらいはじ》めてです」

「まあ、そうなのね。ゆっくりしていってね」

小《ちい》さなカゴを朝比奈《あさひな》くんに渡《わた》されて、あとを追《お》って一緒《いっしょ》に店内《てんない》を見《み》て回《まわ》る。

ラムネ味《あじ》のグミに金塊風《きんかいふう》の箱《はこ》に入《はい》ったチョコレート。スティック状《じょう》になっている色《いろ》とりどりのフルーツゼリー。思《おも》い出《で》に残《のこ》っている駄菓子《だがし》ばかりで心《こころ》が躍《おど》る。

「朝比奈《あさひな》くんはなに買《か》うの？」

「いつも必《かなら》ず買《か》ってるのは、メダルチョコだな」

「わ、懐《なつ》かしい！　私《わたし》も昔《むかし》好《す》きだった！」

金色《きんいろ》の包《つつ》み紙《がみ》でメダルの形《かたち》をしたチョコレートは、五枚《ごまい》セットで赤《あか》いネット袋《ぶくろ》に入《はい》って売《う》られている。私《わたし》もそれを買《か》い物《もの》カゴに入《い》れた。

「あ、これも好《す》き！」

「練《ね》り飴《あめ》か。俺《おれ》も小学生《しょうがくせい》のころは、よく食《く》ったな」

ピンクや黄色《きいろ》、黄緑《きみどり》などの色《いろ》の種類《しゅるい》がある練《ね》り飴《あめ》は、割《わ》り箸《ばし》とセットで細長《ほそなが》い袋《ふくろ》に入《い》れられている。小学生《しょうがくせい》のころお兄《にい》ちゃんと色違《いろちが》いを買《か》って、よく一緒《いっしょ》に食《た》べていた。

「俺《おれ》これ買《か》おう」

「朝比奈《あさひな》くんが黄緑《きみどり》なら、私《わたし》は黄色《きいろ》にしよーっと」

「色違《いろちが》っても味一緒《あじいっしょ》じゃねーの？」

「気分《きぶん》の問題《もんだい》だよ」

呆《あき》れたように苦笑《くしょう》する朝比奈《あさひな》くんは「よくわかんねぇな」と言《い》いながら、私《わたし》の手《て》から黄色《きいろ》の練《ね》り飴《あめ》を奪《うば》い取《と》って、なぜか自分《じぶん》のカゴの中《なか》に入《い》れる。

「黄色《きいろ》も買《か》うの？」

「強引《ごういん》に連《つ》れてきたから、これは俺《おれ》のおごり」

「え、でも」

「いいって」

それ以上《いじょう》は聞《き》く気《き》がない様子《ようす》で、朝比奈《あさひな》くんは私《わたし》に背《せ》を向《む》けてしまう。

「ありがとう。次《つぎ》は私《わたし》がおごるね！」

「これくらい別《べつ》にいいけど」

「私《わたし》がそうしたいの！」

「あっそ」

次《つぎ》なんていつくるのかわからない。叶《かな》わないかもしれない。

それでもまた、朝比奈《あさひな》くんとこの駄菓子屋《だがしや》さんにくることができるかもしれないと思《おも》うと、笑《え》みが零《こぼ》れた。

気《き》づけば、朝比奈《あさひな》くんの前《まえ》では私《わたし》は自分《じぶん》の意見《いけん》をちゃんと言《い》えるようになっている。深刻《しんこく》に考《かんが》えすぎていただけで、このままいけば青年期失顔症《せいねんきしつがんしょう》もすぐに治《なお》る気《き》がした。

駄菓子《だがし》を購入《こうにゅう》したあと、私《わたし》たちは近《ちか》くの公園《こうえん》で食《た》べることにした。滑《すべ》り台《だい》やアスレチックで小学生《しょうがくせい》たちが楽《たの》しげに遊《あそ》ぶ中《なか》、私《わたし》と朝比奈《あさひな》くんは丸太《まるた》のベンチに座《すわ》って、先《さき》ほど購入《こうにゅう》した駄菓子《だがし》を取《と》り出《だ》す。

「メダルチョコ、美味《おい》しい」

「昔《むかし》は当《あ》たり付《つ》きだったよな」

「え、今《いま》はもうないんだ！」

「いつのまにかなくなってた」

久《ひさ》しぶりに食《た》べた駄菓子屋《だがしや》さんのチョコレートはものすごく甘《あま》く感《かん》じた。まるでココアでも飲《の》んでいるかのように濃厚《のうこう》で舌《した》に残《のこ》る。けれどそれが癖《くせ》になる。

「ねえ、朝比奈《あさひな》くん。嫌《いや》だったら答《こた》えなくてもいいんだけどさ」

「じゃあ、嫌《いや》だ」

「話聞《はなしき》いてから言《い》ってよ」

聞《き》きたいけれど、踏《ふ》み込《こ》んでもいいことなのかわからない。

だから保険《ほけん》をかけるような言葉《ことば》を事前《じぜん》に発《はっ》してしまったのだけど、朝比奈《あさひな》くんにとってはそれが気《き》に入《い》らなかったみたいだ。

「聞《き》きたいことあるなら、顔色見《かおいろみ》ずに普通《ふつう》に聞《き》いてほしい」

「でも」

「別《べつ》に他《ほか》のやつにするならいいけど、俺《おれ》はそういうまどろっこしいのは嫌《いや》だ。聞《き》かれたことには答《こた》える」

隣《となり》に視線《しせん》を向《む》ければ、膝《ひざ》の上《うえ》で頬杖《ほおづえ》をついている朝比奈《あさひな》くんがじっと私《わたし》のことを見《み》つめている。そして口元《くちもと》がほんのわずかに上《あ》がった。

「で、なに聞《き》きたいんだよ」

今《いま》さら引《ひ》き返《かえ》せるような雰囲気《ふんいき》ではない。

「……なんで中学《ちゅうがく》のとき、サッカー部《ぶ》辞《や》めたの」

朝比奈《あさひな》くんは、サッカー部《ぶ》ですごく上手《うま》いと話題《わだい》になっていた。けれど二年《にねん》の一学期《いちがっき》に急《きゅう》に部活《ぶかつ》を辞《や》めてしまい、それから髪《かみ》を派手《はで》に染《そ》めていった。

いったいなにが朝比奈《あさひな》くんを変《か》えたのだろう。

「雨村《あめむら》……叶乃《かなの》の弟《おとうと》が俺《おれ》よりふたつ上《うえ》なんだけど」

少《すこ》しだけ間《ま》を置《お》いてから、朝比奈《あさひな》くんが声《こえ》のトーンを落《お》として続《つづ》けた。

「青年期失顔症《せいねんきしつがんしょう》を発症《はっしょう》したんだ」

当時《とうじ》のことを思《おも》い出《だ》すように、朝比奈《あさひな》くんは遠《とお》くにある夕焼《ゆうや》け空《ぞら》をぼんやりと見上《みあ》げる。

「さっきおばちゃんが言《い》ってた、祈《いのり》ってそいつのこと。俺《おれ》にとっては兄貴《あにき》みたいな存在《そんざい》だったんだ。でも高一《こういち》のとき精神的《せいしんてき》に追《お》い詰《つ》められて、一時期不登校《いちじきふとうこう》になった」

「……そうだったんだ」

「部活《ぶかつ》も勉強《べんきょう》もいつも頑張《がんば》ってて、まとめ役《やく》をすることも多《おお》かったらしいから、だからそういうのが好《す》きなんだってまわりは勝手《かって》に決《き》めつけてた。でもずっと我慢《がまん》してただけだった」

置《お》かれている状況《じょうきょう》は異《こと》なるだろうけれど、私《わたし》と共通《きょうつう》しているのは内側《うちがわ》に溜《た》め込《こ》む〝我《が》慢《まん》〟だ。朝比奈《あさひな》くんのいとこも私《わたし》と同《おな》じで、本音《ほんね》をのみ込《こ》み続《つづ》けて自分《じぶん》を見失《みうしな》ってしまったのかもしれない。

「祈《いのり》は発症《はっしょう》したあと、塞《ふさ》ぎ込《こ》んで顔《かお》つきまで変《か》わった。このまま放《ほう》っておくのは危険《きけん》だって思《おも》って、だけど、部活《ぶかつ》に出《で》てるとどうしても祈《いのり》に会《あ》う時間《じかん》が減《へ》るから……」

「それで部活《ぶかつ》を辞《や》めたの？」

「叶乃《かなの》には止《と》められたし、祈《いのり》にも叱《しか》られた。でも部活《ぶかつ》を続《つづ》けるよりも、祈《いのり》との時間《じかん》のほうが俺《おれ》には大事《だいじ》だったから」

レギュラー確実《かくじつ》と言《い》われていたサッカー部《ぶ》を辞《や》めて、放課後《ほうかご》の時間《じかん》をいとことの時間《じかん》にあてる。その決意《けつい》を中学二年生《ちゅうがくにねんせい》のときに朝比奈《あさひな》くんがしたことに驚《おどろ》いた。

「祈《いのり》のためじゃなくて、俺《おれ》のために選択《せんたく》しただけ」

大事《だいじ》な人《ひと》を思《おも》ってその決断《けつだん》ができる彼《かれ》が眩《まぶ》しく見《み》えた。きっと朝比奈《あさひな》くんはまわりにどう思《おも》われるかではなく、自分《じぶん》がどうしたいかで動《うご》いているのだ。

「それから青年期失顔症《せいねんきしつがんしょう》のことを勉強《べんきょう》して……。祈《いのり》は二ヶ月《にかげつ》くらいで学校《がっこう》には復帰《ふっき》できたけど、治《なお》るまでは半年《はんとし》くらいかかったな」

「半年《はんとし》も？」

すぐに治《なお》る気《き》になっていたけれど、そう簡単《かんたん》なものではないのかもしれない。

そんなことを考《かんが》えていると、朝比奈《あさひな》くんが横目《よこめ》で睨《にら》んでくる。

「俺《おれ》のこと意外《いがい》とか思《おも》ってんだろ」

「だって、派手《はで》になっていったから別《べつ》の理由《りゆう》かと思《おも》って」

てっきり部活内《ぶかつない》の対人《たいじん》トラブルだと思《おも》っていた。

そういう噂《うわさ》も私《わたし》たちの学年《がくねん》の間《あいだ》に流《なが》れていて、自《みずか》ら揉《も》め事《ごと》を起《お》こして退部《たいぶ》したと言《い》っている人《ひと》もいたし、殴《なぐ》り合《あ》いの喧嘩《けんか》をして辞《や》めさせられたと言《い》っている人《ひと》もいた。

事情《じじょう》を知《し》らずに信《しん》じてしまっていたけれど、噂《うわさ》なんていい加減《かげん》で当《あ》てにならない。

「あー……髪色《かみいろ》は、部活《ぶかつ》辞《や》めたことをぐちぐち言《い》うやつらがいるから、ただの反発《はんぱつ》」

「そういう理由《りゆう》だったの？」

「なんだと思《おも》ってたんだよ」

「悪《わる》い先輩《せんぱい》たちとつるみ出《だ》したからだと思《おも》った」

部活《ぶかつ》を辞《や》めてから、見《み》た目《め》が派手《はで》で授業《じゅぎょう》をサボったり先生《せんせい》と衝突《しょうとつ》したりしているような人《ひと》たちと一緒《いっしょ》にいるのを、よく見《み》かけるようになったのだ。

だからまわりに影響《えいきょう》を受《う》けて、朝比奈《あさひな》くんも派手《はで》になったのだと思《おも》っていた。

「先輩《せんぱい》たちに声《こえ》かけられるようになったのは、髪染《かみそ》め始《はじ》めてから」

「そうだったんだ。……誤解《ごかい》してた」

「それに別《べつ》に先輩《せんぱい》たちも悪《わる》い人《ひと》じゃねぇし、みんないろんな事情《じじょう》を抱《かか》えてんだけどな」

当時《とうじ》朝比奈《あさひな》くんが一緒《いっしょ》にいた先輩《せんぱい》たちの名前《なまえ》は知《し》らない。けれど見《み》た目《め》はなんとなく覚《おぼ》えている。

髪色《かみいろ》が奇抜《きばつ》で近寄《ちかよ》りがたくて、怖《こわ》そうで気《き》が強《つよ》そうな人《ひと》たちに見《み》えた。きっとそれは私《わたし》が表面上《ひょうめんじょう》しか知《し》らないからなのだろう。

「人《ひと》と一緒《いっしょ》ってことに悩《なや》むやつもいれば、人《ひと》と違《ちが》うことで悩《なや》むやつもいるから」

私《わたし》の場合《ばあい》は、きっと前者《ぜんしゃ》だ。集団行動《しゅうだんこうどう》の中《なか》では人《ひと》と一緒《いっしょ》であるべきだと思《おも》い、そうなるように過《す》ごしてきた。

けれど、自分《じぶん》に嘘《うそ》をついていたことを自覚《じかく》してしまい、矛盾《むじゅん》という綻《ほころ》びが生《しょう》じてしまった。

「でもまあ、今《いま》では俺《おれ》らの中《なか》で笑《わら》い話《ばなし》だけどな」

「笑《わら》い話《ばなし》？」

「塞《ふさ》ぎ込《こ》んでたときの祈《いのり》とよくガキみたいな口喧嘩《くちげんか》してて、祈《いのり》は喧嘩《けんか》とか慣《な》れてないから『うるさい』か『ばか、あほ』しか言《い》わなくてさ。物投《ものな》げてくるときも、痛《いた》くないクッションとかで、怒《おこ》りながらも俺《おれ》が怪我《けが》しないようにって考《かんが》えてたんだよ、あいつ」

おかしそうに話《はな》す朝比奈《あさひな》くんを見《み》ていると、本当《ほんとう》に彼《かれ》らの中《なか》で過去《かこ》のこととして消化《しょうか》できているのだと感《かん》じる。

「まあ、今《いま》だからこんな話《はなし》できるんだけどな。あのころは、そんな空気《くうき》じゃなかったし」

「……私《わたし》も笑《わら》い話《ばなし》にできるかな」

「いや、別《べつ》にネタにする必要《ひつよう》なんてねぇけど、自分《じぶん》の中《なか》で区切《くぎ》りっつーか、過去《かこ》として受《う》け入《い》れられればいいんじゃねぇの」

スマホに触《ふ》れると、待《ま》ち受《う》け画面《がめん》が表示《ひょうじ》される。やはり私《わたし》の顔《かお》だけがのっぺらぼうだった。

それから指先《ゆびさき》で頬《ほお》に触《ふ》れてみるけれど、感触《かんしょく》はいつもと変《か》わらない。

いつ私《わたし》にとって過去《かこ》になるのだろう。

ひょっとしたら、もう治《なお》っているんじゃないか。

そんな期待《きたい》を抱《いだ》いて、休《やす》み時間《じかん》のたびにトイレに行《い》って鏡《かがみ》で顔《かお》を確認《かくにん》していた。けれど毎回鏡《まいかいかがみ》に映《うつ》る私《わたし》の顔《かお》はなにもない。

発症《はっしょう》した直後《ちょくご》は特《とく》に絶望《ぜつぼう》と焦燥感《しょうそうかん》に駆《か》られて、現実《げんじつ》に背《せ》を向《む》けてしまいたかった。でも今《いま》こうして私《わたし》がここにいるのは、青年期失顔症《せいねんきしつがんしょう》だということを知《し》っている朝比奈《あさひな》くんがいてくれたからだ。

「私《わたし》のこと気《き》にかけてくれるのは、いとこのことがあったから？」

「ちょっと似《に》てたから。あいつと間宮《まみや》。まわりに頼《たよ》られて潰《つぶ》れたところとか」

どうしてこんなにも気《き》にかけてくれるのか不思議《ふしぎ》だったけれど、話《はなし》を聞《き》いて納得《なっとく》した。

彼《かれ》が詳《くわ》しかったのも、声《こえ》をかけてくれたのも、過去《かこ》の経験《けいけん》があったからだ。

「朝比奈《あさひな》くん、ありがとう」

「なにが」

「私《わたし》のこと、助《たす》けてくれて」

自然《しぜん》と口角《こうかく》が上《あ》がり、自分《じぶん》が今《いま》笑《え》みを浮《う》かべている気《き》がした。

「……別《べつ》に」

倒《たお》れた私《わたし》を保健室《ほけんしつ》まで運《はこ》んでくれたこと、割《わ》れた鏡《かがみ》を片付《かたづ》けてくれたこと。そして、こうして気《き》にかけてくれていること。

もしもひとりで抱《かか》えていたら、心《こころ》はとっくに壊《こわ》れてしまっていた。

その夜《よる》、朝比奈《あさひな》くん宛《あ》てにメッセージを送《おく》った。

【朝比奈《あさひな》くんへ。思《おも》い出《だ》した好《す》きなものを書《か》きます。藤水堂《ふじみどう》のあんこ、駄菓子屋《だがしや》さんにあるメダルチョコ、練《ね》り飴《あめ》。以上《いじょう》です】

好《す》きなことをノートに書《か》くといいと教《おし》えてもらったけれど、ひとりでノートに書《か》くよりも、誰《だれ》かに報告《ほうこく》がしたかった。

きっと朝比奈《あさひな》くんにとっては迷惑《めいわく》でしかないだろうから、返信《へんしん》はこないかもしれないけれど。

数分後《すうふんご》、スマホのディスプレイに浮《う》かぶメッセージに気《き》づき、開《ひら》いてみると朝比奈《あさひな》くんからだった。

【俺《おれ》はノートでもメモ帳《ちょう》でもないからな。ノート買《か》え。あと藤水堂《ふじみどう》のあんこは美味《うま》い】

迷惑《めいわく》そうにしつつも私《わたし》の書《か》いた内容《ないよう》に反応《はんのう》してくれるのが面白《おもしろ》くて、画面《がめん》を見《み》つめながら笑《わら》ってしまう。

そういえば、もうひとつ好《す》きなものがあったことを思《おも》い出《だ》して指先《ゆびさき》で文字《もじ》を打《う》っていく。

【それと、朝比奈《あさひな》くんの自転車《じてんしゃ》の後《うし》ろは結構《けっこう》好《す》きです】

するとすぐに返信《へんしん》がきた。

【法律違反《ほうりついはん》なので、乗《の》せるのは今日限《きょうかぎ》りです】

【共犯《きょうはん》でしょ】

【なんのことだっけ？　もう寝《ね》る】

最後《さいご》に【おやすみ】とスタンプを送《おく》って、スマホを枕元《まくらもと》に置《お》く。

ベッドに寝転《ねころ》がり、指先《ゆびさき》で顔《かお》の形《かたち》を確《たし》かめるように触《ふ》れてみる。意識的《いしきてき》に動《うご》かしてみれば、触《ふ》れている唇《くちびる》はちゃんと口角《こうかく》が上《あ》がっているのがわかった。

私《わたし》は、藤水堂《ふじみどう》のあんこが好物《こうぶつ》で、駄菓子屋《だがしや》さんにあるメダルチョコと練《ね》り飴《あめ》を久《ひさ》しぶりに食《た》べて好《す》きだと思《おも》った。そして、朝比奈《あさひな》くんの自転車《じてんしゃ》の後《うし》ろに乗《の》りながら、たくさん笑《わら》ったり騒《さわ》いだりした。

今日《きょう》の出来事《できごと》は、まるで夢《ゆめ》の中《なか》で起《お》こったようなことばかりで現実味《げんじつみ》がない。

「でも……楽《たの》しかった」

朝比奈《あさひな》くんと過《す》ごした放課後《ほうかご》を思《おも》い返《かえ》しながら、私《わたし》はそっと目《め》を閉《と》じて眠《ねむ》りについた。

第二章《だいにしょう》　崩《くず》れる居場所《いばしょ》

翌日《よくじつ》は朝《あさ》から雨《あめ》が降《ふ》っていた。

家《いえ》を出《で》る直前《ちょくぜん》、傘《かさ》を手《て》に取《と》ると玄関《げんかん》に備《そな》えつけられている鏡《かがみ》に私《わたし》が映《うつ》る。

今日《きょう》も私《わたし》の顔《かお》はなかった。

扉《とびら》を開《あ》けて外《そと》へ出《で》ると、まるで夕方《ゆうがた》のように薄暗《うすぐら》かった。

細《ほそ》い雨《あめ》が斜《なな》めに降《ふ》り、傘《かさ》の下《した》で顔《かお》が濡《ぬ》れていく。

昨日《きのう》は体調不良《たいちょうふりょう》で部活《ぶかつ》を休《やす》むことができたけれど、さすがに今日《きょう》は行《い》かないといけない。漏《も》れそうになるため息《いき》をのみ込《こ》むと、胸《むね》の奥《おく》のほうでなにかが軋《きし》んだ気《き》がした。

学校《がっこう》に着《つ》き上履《うわば》きに履《は》き替《か》えて廊下《ろうか》を歩《ある》いていると、後《うし》ろから声《こえ》をかけられる。

「朝葉《あさは》ちゃん、おはよう。体調《たいちょう》は大丈夫《だいじょうぶ》？」

振《ふ》り返《かえ》ると常磐先輩《ときわせんぱい》が柔《やわ》らかく微笑《ほほえ》んだ。

「常磐先輩《ときわせんぱい》、おはようございます。あの、昨日《きのう》は部活休《ぶかつやす》んですみません」

「気《き》にしないで。……でも昨日《きのう》は頼《たよ》れる朝葉《あさは》ちゃんがいなかったから、みんな落《お》ち着《つ》かないみたいだったの。だから今日《きょう》は安心《あんしん》ね」

常磐先輩《ときわせんぱい》に桑野先生《くわのせんせい》と話《はな》しても上手《うま》く伝《つた》わらなかったことや、次《つぎ》の部長《ぶちょう》に関《かん》することを打《う》ち明《あ》けてみようかと悩《なや》む。

この間《あいだ》も心配《しんぱい》して声《こえ》をかけてくれたので、聞《き》いてくれるかもしれない。

「常磐先輩《ときわせんぱい》、部活《ぶかつ》の件《けん》で相談《そうだん》にのってもらえませんか……？」

「相談《そうだん》は桑野先生《くわのせんせい》にしたほうがいいと思《おも》うよ」

笑《え》みを浮《う》かべたまま、きっぱりと断《ことわ》るように言《い》われてしまう。

「でも」

「あ、ごめんね。そろそろ行《い》かなくちゃ。また部活《ぶかつ》でね」

私《わたし》の横《よこ》をすり抜《ぬ》けて、常磐先輩《ときわせんぱい》は階段《かいだん》を上《あ》がっていく。話《はな》し方《かた》も笑顔《えがお》も変《か》わらないはずなのに、急《きゅう》に壁《かべ》を感《かん》じてしまった。

教室《きょうしつ》に着《つ》くと、いつもどおり仲《なか》のいいクラスの女子《じょし》たちと挨拶《あいさつ》を交《か》わす。

ちらりと窓側《まどがわ》の一番前《いちばんまえ》の席《せき》を見《み》やると、まだ空席《くうせき》だった。

朝比奈《あさひな》くんは予鈴《よれい》ギリギリに登校《とうこう》してくることが多《おお》いので、今日《きょう》もまだきていないみたいだ。

「朝葉《あさは》〜！」

突然《とつぜん》大《おお》きな声《こえ》で呼《よ》ばれて、びくりと肩《かた》が震《ふる》える。この声《こえ》は杏里《あんり》だ。

振《ふ》り向《む》くと、教室《きょうしつ》のドアのところにバスケ部《ぶ》の面々《めんめん》が並《なら》んで立《た》っている。

杏里《あんり》が勢《いきお》いよく駆《か》け寄《よ》ってくると抱《だ》きついてきた。

「体調大丈夫《たいちょうだいじょうぶ》〜？」

「うん。急《きゅう》に休《やす》んでごめんね」

私《わたし》の席《せき》はバスケ部《ぶ》のみんなに囲《かこ》まれてしまい、逃《に》げ出《だ》すことのできない閉鎖空間《へいさくうかん》に押《お》し込《こ》まれたような感覚《かんかく》になる。考《かんが》えすぎだ。落《お》ち着《つ》かないと。そう頭《あたま》で思《おも》っても、悪《わる》い方向《ほうこう》にばかり思考《しこう》が傾《かたむ》いてしまう。

「昨日部活休《きのうぶかつやす》んだから、心配《しんぱい》したよ」

「今日《きょう》はくるよね」

「聞《き》いてよ！　朝葉休《あさはやす》んだから、マジで大変《たいへん》だったんだよ」

「佑香先輩《ゆうかせんぱい》が杏里《あんり》のことばっかり責《せ》めてたんだから！」

私《わたし》は笑《え》みを浮《う》かべながら曖昧《あいまい》に答《こた》えるのが精一杯《せいいっぱい》だった。みんなはクラスの人《ひと》たちに聞《き》かれていてもお構《かま》いなしといった様子《ようす》だ。

「てか、朝比奈《あさひな》くんいないの？」

ひとりの子《こ》にそう聞《き》かれて、反射的《はんしゃてき》に杏里《あんり》に視線《しせん》を向《む》ける。杏里《あんり》は両手《りょうて》を合《あ》わせて苦笑《くしょう》した。おそらくうっかり話《はな》してしまったということなのだろう。

「朝比奈《あさひな》くんと席遠《せきとお》いんだ」

「うん、近《ちか》くになったことないよ」

「それなのに朝葉《あさは》が体調悪《たいちょうわる》かったこと知《し》ってたの？」

まるで探《さぐ》りを入《い》れられているようだった。みんなの視線《しせん》が心《こころ》なしか冷《つめ》たい気《き》がするのは、杏里《あんり》がかっこいいと言《い》っていた朝比奈《あさひな》くんと私《わたし》が関《かか》わったせいかもしれない。

「それは本当偶然《ほんとうぐうぜん》で……」

「普段《ふだん》から仲《なか》いいの？」

……どうして。そんなこと聞《き》いてなにになるの。

いつもなら笑《わら》ってかわせていたと思《おも》う。けれど、今日《きょう》はひどく心《こころ》が揺《ゆ》れて鳩尾《みぞおち》あたりに鈍《にぶ》い痛《いた》みが走《はし》る。

「朝葉《あさは》？」

なにか言《い》わなくちゃ。上手《うま》くこの場《ば》を乗《の》り切《き》らないと不審《ふしん》に思《おも》われてしまう。変《へん》に勘《かん》ぐられてしまうかもしれないし、みんなとの関係《かんけい》にヒビが入《はい》るかもしれない。

でも――どうして、私《わたし》はそんなことまで気《き》にしているのだろう？

「みんな朝比奈《あさひな》くんと朝葉《あさは》の仲《なか》を怪《あや》しんで聞《き》きすぎだって～！」

視線《しせん》を上《あ》げると、五人《ごにん》は私《わたし》のことを見《み》ていた。

なんでもないように笑《わら》わないと変《へん》に思《おも》われる。

いつもどうやって笑《わら》ってた？

どうしたら私《わたし》は、みんなの想像《そうぞう》どおりの〝間宮朝葉《まみやあさは》の顔《かお》〟で笑《わら》うことができる？

「ほら、朝葉《あさは》も顔引《かおひ》きつってるじゃん」

やめて、見《み》ないで。

私《わたし》の異変《いへん》に、顔《かお》がないことに、気《き》づかないで。

「うっせーな」

その声《こえ》が聞《き》こえた瞬間《しゅんかん》、教室《きょうしつ》から音《おと》が消《き》えた気《き》がした。

不機嫌《ふきげん》そうに顔《かお》をしかめている朝比奈《あさひな》くんが、自分《じぶん》の席《せき》にカバンを放《ほう》り投《な》げるようにして置《お》く。

教室《きょうしつ》に緊張感《きんちょうかん》が漂《ただよ》い、みんなが朝比奈《あさひな》くんの言動《げんどう》に注目《ちゅうもく》しているのが伝《つた》わってくる。

「予鈴鳴《よれいな》ったんだから、自分《じぶん》のクラス帰《かえ》れよ」

壁《かべ》にかけられた時計《とけい》を見《み》ると、八時二十五分《はちじにじゅうごふん》を過《す》ぎていた。いつのまにか予鈴《よれい》が鳴《な》っていたみたいだ。

「……こわ」

誰《だれ》かが小《ちい》さな声《こえ》で呟《つぶや》くように言《い》うと、こぞって教室《きょうしつ》を出《で》ていく。私《わたし》はその後《うし》ろ姿《すがた》を見《み》送《おく》ることしかできなかった。

また朝比奈《あさひな》くんに助《たす》けられてしまった。

私《わたし》の席《せき》からはもう彼《かれ》の背中《せなか》しか見《み》えないけれど、機嫌《きげん》が悪《わる》いのか頬杖《ほおづえ》をついている。

朝比奈《あさひな》くんがきてくれなかったら、私《わたし》はどうなっていたのだろう。

放課後《ほうかご》、逃《に》げ出《だ》したい気持《きも》ちを抑《おさ》えて部活《ぶかつ》に行《い》った。体育館《たいいくかん》の端《はし》のほうでストレッチをしていると、自然《しぜん》と二年生《にねんせい》が集《あつ》まってくる。

「今日《きょう》のスリーオンスリーの条件《じょうけん》なんだろうねー」

「変《へん》な条件《じょうけん》じゃないといいなぁ」

毎回《まいかい》スリーオンスリーは桑野先生《くわのせんせい》が条件《じょうけん》を出《だ》し、パスの回数《かいすう》やシュートの種類《しゅるい》などを決《き》めて達成《たっせい》できるかをチェックする。しかも達成《たっせい》できるまで、ずっと続《つづ》けなければいけない。最後《さいご》の一組《ひとくみ》に残《のこ》ると、片付《かたづ》けをやらされるのだ。

若奈《わかな》が私《わたし》と杏里《あんり》を見《み》てから、気《き》まずそうな表情《ひょうじょう》で話《はなし》を切《き》り出《だ》す。

「てかさ、朝比奈《あさひな》くんってマジで怖《こわ》くない？」

まわりの子《こ》たちも身《み》を乗《の》り出《だ》すようにして声《こえ》を上《あ》げる。

「思《おも》った！　性格悪《せいかくわる》すぎ」

「朝葉《あさは》も関《かか》わらないほうがいいって。杏里《あんり》も好《す》きになるのやめときなよ」

悪者《わるもの》のように朝比奈《あさひな》くんが扱《あつか》われてしまい、私《わたし》は慌《あわ》てて声《こえ》を上《あ》げる。

「口《くち》はたしかに悪《わる》いけど、でも朝比奈《あさひな》くんって話《はな》したら案外怖《あんがいこわ》くないよ」

言《い》い方《かた》はきつかったかもしれないけれど、それでも私《わたし》を助《たす》けてくれた。

「えー……朝葉優《あさはやさ》しい〜。さすが」

わかってもらいたくて口《くち》にした私《わたし》の言葉《ことば》が、別《べつ》の方向《ほうこう》に受《う》け取《と》られてしまった。焦《あせ》って考《かんが》えを巡《めぐ》らせるものの、上手《うま》い言葉《ことば》が浮《う》かばない。

「朝比奈《あさひな》くんもさ、落《お》ち着《つ》いてる子《こ》が好《この》みだから朝葉《あさは》に優《やさ》しいんじゃない？」

「自分《じぶん》が派手《はで》だから正反対《せいはんたい》が好《この》みってことかー」

「あ、それありそう！　朝葉《あさは》モテモテじゃん」

ストレッチをする手《て》を止《と》めて、みんなが盛《も》り上《あ》がり始《はじ》めた。さも真実《しんじつ》であるかのように話《はな》して、おかしそうに笑《わら》っている。

「朝比奈《あさひな》と付《つ》き合《あ》って不良《ふりょう》になっちゃったりしてー」

「そんな姿想像《すがたそうぞう》できないし、ウケるんだけど！」

「……違《ちが》うよ」

私《わたし》の弱々《よわよわ》しい否定《ひてい》は誰《だれ》にも届《とど》いていないらしく、耳《みみ》を塞《ふさ》ぎたくなるような笑《わら》い声《ごえ》が響《ひび》いてくる。

朝比奈《あさひな》くんは、私《わたし》の事情《じじょう》を知《し》っているから声《こえ》をかけて庇《かば》ってくれた。

性格悪《せいかくわる》くなんてないよ。危《あぶ》なくなんてないよ。

どうして関《かか》わるなって決《き》められなくちゃいけないの。

どうして朝比奈《あさひな》くんの気持《きも》ちを決《き》めつけるの。

「ちょっと、二年《にねん》！　喋《しゃべ》ってないで！」

眉《まゆ》をつり上《あ》げた三年《さんねん》の先輩《せんぱい》の怒声《どせい》が飛《と》んできた。

二年《にねん》たちが慌《あわ》てて口《くち》をつぐむのを見《み》ると、部長《ぶちょう》がため息《いき》をついて私《わたし》を横目《よこめ》で見《み》やる。

「朝葉《あさは》ちゃんからも注意《ちゅうい》してよ」

「……すみません」

「でたー……朝葉《あさは》ご指名《しめい》〜」

爪《つめ》が食《く》い込《こ》むくらい手《て》を握《にぎ》り、謝罪《しゃざい》の言葉《ことば》を口《くち》にする。

私《わたし》たちにしか聞《き》こえないくらいの小《ちい》さな声《こえ》で二年生《にねんせい》の誰《だれ》かが言《い》って、くすくす笑《わら》った。

二年《にねん》は他《ほか》にもいる。私《わたし》は部長《ぶちょう》でもリーダーでもなんでもない。

それなのに毎回先輩《まいかいせんぱい》たちは、二年《にねん》の中《なか》でなにかあれば私《わたし》を注意《ちゅうい》する。

「朝葉《あさは》ちゃん、大丈夫《だいじょうぶ》？　顔色《かおいろ》が悪《わる》いけど」

気《き》がつくと常磐先輩《ときわせんぱい》が私《わたし》の近《ちか》くに立《た》っていて、心配《しんぱい》そうに顔《かお》を覗《のぞ》き込《こ》んでくる。

……顔《かお》、色《いろ》？　私《わたし》は今《いま》、どんな顔《かお》をしているのだろう。

わからない。自分《じぶん》のことをまた見失《みうしな》う。

なにが好《す》きでなにが嫌《いや》なのか……感情《かんじょう》がぐちゃぐちゃにかき混《ま》ぜられていく。

私《わたし》はどうしてバスケ部《ぶ》を辞《や》められないんだっけ。

「そういえば、桑野先生《くわのせんせい》と話《はな》せた？」

「桑野《くわの》、先生《せんせい》……」

そもそも顧問《こもん》に相談《そうだん》したらどうかとアドバイスをしてくれたのは、常磐先輩《ときわせんぱい》だった。私《わたし》がなにかに悩《なや》んでいることに常磐先輩《ときわせんぱい》だけは気《き》づいてくれて、部活《ぶかつ》のことなら先生《せんせい》に話《はな》してみたほうがいいと言《い》ってくれたのだ。

「常磐先輩《ときわせんぱい》、あの」

今朝《けさ》相談《そうだん》を断《ことわ》られてしまったため、なんて答《こた》えるべきなのか迷《まよ》ってしまう。

桑野先生《くわのせんせい》に話《はなし》をしに行《い》ったけれど、私《わたし》の気持《きも》ちに寄《よ》り添《そ》ってくれることはなく、結局《けっきょく》なんの解決《かいけつ》にもならなかった。それを正直《しょうじき》に伝《つた》えるべきだろうか。

「なにしてる！　部活《ぶかつ》はもう始《はじ》まってるぞ！」

体育館《たいいくかん》の入《い》り口《ぐち》から、野太《のぶと》い声《こえ》が響《ひび》き渡《わた》る。空気《くうき》が一瞬《いっしゅん》にして、緊迫感《きんぱくかん》のあるものに塗《ぬ》り替《か》えられてしまう。

大股《おおまた》でこちらに歩《あゆ》み寄《よ》ってきた桑野先生《くわのせんせい》が周囲《しゅうい》を見渡《みわた》す。そして私《わたし》のところで視線《しせん》を止《と》めると、苛立《いらだ》った様子《ようす》で睨《にら》みつけてきた。

「間宮《まみや》、説明《せつめい》しろ。アップもせずになにしてた？」

「あ……」

「きちんと答《こた》えろ！」

声《こえ》が上手《うま》く出《で》てこない。そんな私《わたし》の後《うし》ろで杏里《あんり》が軽《かる》く背中《せなか》を叩《たた》いた。

「朝葉《あさは》、説明《せつめい》」

早《はや》くしなよと急《せ》かされて、ますます焦《あせ》りが渦巻《うずま》いていく。

「間宮《まみや》！　聞《き》いてるのか！」

……嫌《いや》だ。やめて。そんな大《おお》きな声《こえ》で、責《せ》め立《た》てないで。

「先生《せんせい》、すみません。私《わたし》のせいです」

萎縮《いしゅく》する私《わたし》を庇《かば》うように常磐先輩《ときわせんぱい》が声《こえ》を上《あ》げる。桑野先生《くわのせんせい》の視線《しせん》が私《わたし》から常磐先輩《ときわせんぱい》へ移《うつ》り、眉間《みけん》のシワが一層深《いっそうふか》く刻《きざ》まれた。

「どういうことだ、常磐《ときわ》」

「間宮《まみや》さんが先生《せんせい》に相談《そうだん》しに行《い》ったみたいなので、その件《けん》について聞《き》いていました」

〝相談《そうだん》〟という言葉《ことば》に周囲《しゅうい》が少《すこ》しざわつく。

庇《かば》ってくれたことはありがたいけれど、できればみんなの前《まえ》で言《い》わないでほしかった。

「ああ、そのことか。部《ぶ》のことで悩《なや》んでいたから叱《しか》っただけだ。試合《しあい》を控《ひか》えた時期《じき》に甘《あま》えたことを言《い》っていたからな。まさか昨日休《きのうやす》んだのはそのせいか？」

呆《あき》れたような桑野先生《くわのせんせい》の声《こえ》を聞《き》いて、虚《むな》しくも再《ふたた》び痛感《つうかん》してしまう。私《わたし》がどれだけ勇気《ゆうき》を出《だ》して相談《そうだん》したのかを、この人《ひと》はまったく理解《りかい》していない。昨日《きのう》の欠席《けっせき》も、私《わたし》が反抗《はんこう》したためだと思《おも》っているようだった。

「仮病《けびょう》だったの？」

「そんな理由《りゆう》だったの？」

杏里《あんり》が漏《も》らした一言《ひとこと》が波紋《はもん》を広《ひろ》げ始《はじ》める。

「嘘《うそ》……ズルくない？」

私《わたし》を見《み》るみんなの目《め》が冷《つめ》たく刺《さ》すようで、身震《みぶる》いした。

きっとなにを口《くち》にしても言《い》い訳《わけ》にしか受《う》け取《と》られない。

「そうなのか？　間宮《まみや》」

ズル休《やす》みをしたのかどうか、とがめるように桑野先生《くわのせんせい》が私《わたし》を見《み》つめる。

苛立《いらだ》ちと不快感《ふかいかん》を含《ふく》んだ眼差《まなざ》しは、私《わたし》の意見《いけん》を聞《き》く気《き》があるようには思《おも》えなかった。

「は……っ、ぁ」

息《いき》が苦《くる》しい。喉《のど》になにかが張《は》りついたように言葉《ことば》が出《で》てこない。

「朝葉《あさは》ちゃん？」

なにか言《い》わなければ、肯定《こうてい》したことになってしまう。けれど、なにから説明《せつめい》をしたらわかってもらえるのだろう。青年期失顔症《せいねんきしつがんしょう》のことは知《し》られたくない。

——青年期失顔症《せいねんきしつがんしょう》。

再度《さいど》その言葉《ことば》を意識《いしき》したことによって、暗《くら》く冷《つめ》たい場所《ばしょ》に突《つ》き落《お》とされたような恐怖《きょうふ》に体《からだ》がぐらりと揺《ゆ》れる。

「間宮《まみや》？」

桑野先生《くわのせんせい》の声《こえ》が聞《き》こえてきたけれど、私《わたし》はうつむいたまま自分《じぶん》の足元《あしもと》を見《み》つめることしかできない。

まわりには複数《ふくすう》のバスケットシューズが見《み》えて、自分《じぶん》が注目《ちゅうもく》されているのが嫌《いや》でもわかってしまう。

この場《ば》から逃《に》げてしまいたい。

誰《だれ》にも見《み》られたくない。私《わたし》のことなんて放《ほう》っておいてほしい。

涙《なみだ》で視界《しかい》が歪《ゆが》んで、その場《ば》に崩《くず》れ落《お》ちていく。

私《わたし》を呼《よ》ぶ声《こえ》をかき消《け》すように両手《りょうて》で耳《みみ》を塞《ふさ》いだ。

焦《あせ》ったような桑野先生《くわのせんせい》の声《こえ》が聞《き》こえると同時《どうじ》に、腕《うで》を強《つよ》く引《ひ》っ張《ぱ》られて強引《ごういん》に立《た》たされる。

「おい、誰《だれ》かいったん保健室《ほけんしつ》へ連《つ》れていけ！」

「朝葉《あさは》、大丈夫《だいじょうぶ》？」

みんなの声《こえ》が途切《とぎ》れ途切《とぎ》れに聞《き》こえたけれど、私《わたし》はなにも答《こた》えられなかった。

杏里《あんり》や二年《にねん》たち数人《すうにん》によって支《ささ》えられながら、保健室《ほけんしつ》へ連《つ》れていかれた。みんなが言《い》うには顔《かお》が真《ま》っ青《さお》で、今《いま》にも倒《たお》れそうに見《み》えるらしい。

保健室《ほけんしつ》に行《い》くと、叶《かな》ちゃん先生《せんせい》となぜかまんじゅうを食《た》べている朝比奈《あさひな》くんがいた。

叶《かな》ちゃん先生《せんせい》がすぐにパイプ椅子《いす》を用意《ようい》してくれて、私《わたし》はうつむきがちに座《すわ》る。

「なにがあったの？」

穏《おだ》やかな口調《くちょう》で叶《かな》ちゃん先生《せんせい》が問《と》う。私《わたし》が答《こた》えるよりも先《さき》に、まわりの子《こ》たちがすぐに説明《せつめい》を始《はじ》める。

「朝葉《あさは》が昨日《きのう》部活《ぶかつ》をズル休《やす》みして……先生《せんせい》が問《と》い詰《つ》めたら泣《な》き崩《くず》れちゃって」

私《わたし》は自分《じぶん》の気持《きも》ちを伝《つた》えず、理由《りゆう》も話《はな》していない。だから、みんなから私《わたし》がそう見《み》えていたのは、仕方《しかた》のないことだとわかっている。

それでもいざ口《くち》にされると、傷口《きずくち》が抉《えぐ》られるようで、ひりひりとした痛《いた》みを感《かん》じた。

「ねえ、朝葉《あさは》」

杏里《あんり》が私《わたし》のすぐそばにしゃがみ込《こ》み、顔《かお》を覗《のぞ》くと手《て》のひらを重《かさ》ねる。

「仮病《けびょう》で休《やす》んだこと、ちゃんと先生《せんせい》や先輩《せんぱい》たちに謝《あやま》ろうよ」

溢《あふ》れ出《で》てきそうな感情《かんじょう》を堰《せ》き止《と》めるように、下唇《したくちびる》を強《つよ》く噛《か》みしめた。

「厳《きび》しいこと言《い》うようだけど、みんなが頑張《がんば》ってるのに、ひとりだけズル休《やす》みするのってよくないと思《おも》う」

「だよね。私《わたし》もそれはさすがにダメだと思《おも》うわー。早《はや》いとこ謝《あやま》りなって」

みんなの言葉《ことば》が刺《さ》すように降《ふ》ってきて、目《め》に涙《なみだ》が浮《う》かんでいく。

……私《わたし》がいけなかった。部活《ぶかつ》を休《やす》んだからこうなっちゃったんだ。

朝比奈《あさひな》くんの自転車《じてんしゃ》の後《うし》ろに乗《の》って駄菓子屋《だがしや》さんへ行《い》ったのは、部活《ぶかつ》にちゃんと出《で》ていたみんなにとってはズル休《やす》みでしかない。

でも……あの時間《じかん》があってよかったとも思《おも》う。あれがなかったら私《わたし》は、今以上《いまいじょう》に心《こころ》が砕《くだ》けてしまっていた。

そのときバンッと勢《いきお》いよくテーブルを叩《たた》く音《おと》がして、反射的《はんしゃてき》に顔《かお》を上《あ》げる。

「——っ⁉」

ずっと話《はなし》を聞《き》いていたらしい朝比奈《あさひな》くんが、不機嫌《ふきげん》そうな面持《おもも》ちでこちらを睨《にら》んでいた。

「間宮《まみや》が一言《ひとこと》も喋《しゃべ》ってないのに、決《き》めつけてんなよ」

彼《かれ》が唇《くちびる》を動《うご》かした瞬間《しゅんかん》、なにかを言《い》われる覚悟《かくご》をして身構《みがま》えたけれど、朝比奈《あさひな》くんの怒《いか》りは私《わたし》ではなく杏里《あんり》たちに向《む》けられている。

「なんで朝比奈《あさひな》くんが朝葉《あさは》のこと庇《かば》うの？」

私《わたし》から手《て》を離《はな》し、立《た》ち上《あ》がった杏里《あんり》が反論《はんろん》すると、さらに朝比奈《あさひな》くんの表情《ひょうじょう》が険《けわ》しくなった。

「謝《あやま》るってなんだよ。事情《じじょう》も聞《き》かずに、まわりが決《き》めることなのかよ」

「だからっ」

「誰《だれ》のこと見《み》てんの」

朝比奈《あさひな》くんと視線《しせん》が重《かさ》なる。

顧問《こもん》の桑野先生《くわのせんせい》でも、部活《ぶかつ》の先輩《せんぱい》や友達《ともだち》でもなく、朝比奈《あさひな》くんのほうが、間宮朝葉《まみやあさは》という人間《にんげん》をきちんと見《み》てくれている気《き》がした。

「意味《いみ》わかんないんだけど。私《わたし》らは事実《じじつ》を言《い》ってるだけだし」

郵 便 は が き

お手数ですが
切手をおはり
ください。

104-0031

東京都中央区京橋1-3-1
八重洲口大栄ビル7階

スターツ出版（株）書籍編集部
愛読者アンケート係

お名前（ふりがな）	**電話**　（　　）
ご住所（〒　　-　　）	
学年（　　年）　**年齢**（　　歳）　**性別**（　　）	
この本（はがきの入っていた本）のタイトルを教えてください。	

今後、新しい本などのご案内やアンケートのお願いをお送りしてもいいですか？
1. はい　　2. いいえ

いただいたご意見やイラストを、本の帯または新聞・雑誌・インターネットなどの広告で紹介してもいいですか？
1. はい　　2. ペンネーム（　　　　　　）ならOK　　3. いいえ

お客様の情報を統計調査データとして使用するために利用させていただきます。また頂いた個人情報に弊社からのお知らせをお送りさせて頂く場合があります。
個人情報保護管理責任者：スターツ出版株式会社　出版マーケティンググループ　部長　連絡先：TEL 03-6202-0311

「野いちごジュニア文庫」愛読者カード

「野いちごジュニア文庫」の本をお買い上げいただき、ありがとうございました！
今後の作品づくりの参考にさせていただきますので、下の質問にお答えください。
（当てはまるものがあれば、いくつでも選んでOKです）

♥この本を知ったきっかけはなんですか？
1. 書店で見て　2. 人におすすめされて（友だち・親・その他）　3. ホームページ
4. 図書館で見て　5. LINE　6. Twitter　7. YouTube
8. その他（　　　　　　　　　　　　　　）

♥この本を選んだ理由を教えてください。
1. 表紙が気に入って　2. タイトルが気に入って　3. あらすじがおもしろそうだった
4. 好きな作家だから　5. 人におすすめされて　6. 特典が欲しかったから
7. その他（　　　　　　　　　　　　　　）

♥スマホを持っていますか？　1. はい　2. いいえ

♥本やまんがは1日のなかでいつ読みますか？
1. 朝読の時間　2. 学校の休み時間　3. 放課後や通学時間
4. 夜寝る前　5. 休日

♥最近おもしろかった本、まんが、テレビ番組、映画、ゲームを教えてください。

♥本についていたらうれしい特典があれば、教えてください。

♥最近、自分のまわりの友だちのなかで流行っているものを教えてね。
服のブランド、文房具など、なんでもOK！

♥学校生活の中で、興味関心のあること、悩み事があれば教えてください。

♥選んだ本の感想を教えてね。イラストもOKです！

ご協力、ありがとうございました！

みんなの話《はなし》だけを聞《き》いていたら、私《わたし》はただのサボりで桑野先生《くわのせんせい》に問《と》い詰《つ》められて逃《に》げ出《だ》しただけに見《み》えるのかもしれない。

けれど、どうして私《わたし》が部活《ぶかつ》を休《やす》んだのか、誰《だれ》も聞《き》いてくれなかった。

「謝《あやま》れとか今《いま》しんどそうなやつにかける言葉《ことば》じゃないだろ」

朝比奈《あさひな》くんの言葉《ことば》は、まっすぐ私《わたし》の心《こころ》に響《ひび》いてくる。

少々荒《しょうしょうあら》っぽい口調《くちょう》で、けれど優《やさ》しく思《おも》いやりのある言葉《ことば》を惜《お》しみなく渡《わた》してくれるのだ。

空気《くうき》を切《き》り替《か》えるように叶《かな》ちゃん先生《せんせい》が両手《りょうて》を叩《たた》くと、時計《とけい》を指《ゆび》さしてみんなに声《こえ》をかけている。

「ほら、もうこんな時間《じかん》よ。あなたたちは部活《ぶかつ》へ戻《もど》りなさい」

「……はい。朝葉《あさは》、またあとでね」

杏里《あんり》の何気《なにげ》ない言葉《ことば》に私《わたし》の体《からだ》が硬直《こうちょく》した。

体育館《たいいくかん》から逃《に》げ出《だ》せたように思《おも》えたけれど、また戻《もど》らなくてはいけないと、思考《しこう》が再《ふたた》び不安《ふあん》へと染《そ》められていく。

バスケ部《ぶ》の二年生《にねんせい》たちが出《で》ていくと、叶《かな》ちゃん先生《せんせい》がそっと私《わたし》の頭《あたま》を撫《な》でた。

「間宮《まみや》さん、戻《もど》らなくていいのよ」

「え……」

私《わたし》の心《こころ》を読《よ》んだような発言《はつげん》に目《め》を瞬《しばたた》く。

「『またあとで』って声《こえ》をかけられたとき、怯《おび》えたように見《み》えたから。違《ちが》うかしら？」

首《くび》を横《よこ》に振《ふ》る。叶《かな》ちゃん先生《せんせい》の言《い》うとおり、心《こころ》が凍《こお》りついてしまいそうだった。

「部活《ぶかつ》は義務《ぎむ》ではないわ。もちろん最初《さいしょ》は好《す》きで選《えら》んだのでしょうけど、必《かなら》ずしも行《い》かなくてはいけない場所《ばしょ》ではないもの。つらいなら、休《やす》んだっていいの」

「だけど、来週《らいしゅう》練習《れんしゅう》試合《じあい》があって交通手段《こうつうしゅだん》とか調《しら》べないといけなくて。それに最近《さいきん》、一《いち》年生《ねんせい》と二年生《にねんせい》の関係《かんけい》が悪化《あっか》してて……」

「それよりも大事《だいじ》なのは、あなたの心《こころ》よ」

私《わたし》のことを思《おも》って言《い》ってくれた言葉《ことば》に、鼻《はな》の奥《おく》がツンと痛《いた》む。

「間宮《まみや》さん」

一呼吸《ひとこきゅう》置《お》いてから、叶《かな》ちゃん先生《せんせい》が神妙《しんみょう》な面持《おもも》ちで話《はなし》を切《き》り出《だ》した。

「あなた〝青年期失顔症《せいねんきしつがんしょう》〟ね」

心臓《しんぞう》が激《はげ》しく鼓動《こどう》し始《はじ》める。知《し》られることには抵抗《ていこう》があったけれど、朝比奈《あさひな》くんから叶《かな》ちゃん先生《せんせい》のことを聞《き》いていたため、誤魔化《ごまか》すことはせずに頷《うなず》いた。

「いつからか教《おし》えてくれる？」

「……倒《たお》れて、朝比奈《あさひな》くんに保健室《ほけんしつ》まで運《はこ》んでもらった一昨日《おととい》からです」

叶《かな》ちゃん先生《せんせい》は納得《なっとく》したように私《わたし》と朝比奈《あさひな》くんを見《み》やる。

「だから、さっき間宮《まみや》さんたちの会話《かいわ》に割《わ》って入《はい》ったのね」

「別《べつ》にあれは、腹立《はらた》っただけ」

「そう？　あなたにしてはめずらしく首突《くびつ》っ込《こ》むように見《み》えたけど」

笑《え》みを浮《う》かべている叶《かな》ちゃん先生《せんせい》に、朝比奈《あさひな》くんはなにか言《い》いたげに顔《かお》をしかめた。

「あの……親《おや》に言《い》わないといけないですか？」

なるべく言《い》いたくない。すると、叶《かな》ちゃん先生《せんせい》は首《くび》をわずかに傾《かたむ》けた。

「青年期失顔症《せいねんきしつがんしょう》のこと、ご両親《りょうしん》に話《はな》しづらい？」

「……はい。話《はな》したらきっとショックを受《う》けると思《おも》いますし、家《いえ》の中《なか》が大騒《おおさわ》ぎになりそうで……怖《こわ》くて」

お母《かあ》さんの中《なか》で描《えが》いていた私《わたし》の人生設計《じんせいせっけい》に綻《ほころ》びが生《しょう》じれば、きっと幻滅《げんめつ》されてしまう。

すぐに担任《たんにん》や顧問《こもん》に連絡《れんらく》を入《い》れて、事《こと》を大《おお》きくしてしまいそうだ。

桑野先生《くわのせんせい》が知《し》れば、バスケ部《ぶ》のみんなにも広《ひろ》まってしまうかもしれない。

「もしかして、普段《ふだん》からあまり学校《がっこう》の話《はなし》はご両親《りょうしん》としていないの？」

「ほとんどしていないです」

お母《かあ》さんが私《わたし》の学校生活《がっこうせいかつ》や人間関係《にんげんかんけい》について尋《たず》ねることはほとんどない。触《ふ》れられるのは成績《せいせき》や進路《しんろ》に関《かん》することばかりだ。

「間宮《まみや》さんみたく、ご両親《りょうしん》に病気《びょうき》のことを話《はな》したくないっていう子《こ》は結構多《けっこうおお》いわ」

「そうなんですか？」

「青年期失顔症《せいねんきしつがんしょう》に理解《りかい》がない大人《おとな》も中《なか》にはいて、相談《そうだん》したことで症状《しょうじょう》が悪化《あっか》することもあるの」

今《いま》よりも悪《わる》くなることがあるのかと、握《にぎ》りしめた手《て》が震《ふる》える。

「言《い》いたくないのであれば、無理《むり》して話《はな》す必要《ひつよう》はないから大丈夫《だいじょうぶ》よ」

「本当《ほんとう》ですか？　……よかった」

親《おや》に告《つ》げなくてもいいのだと言《い》われ、胸《むね》を撫《な》で下《お》ろす。このまま知《し》られることなく、完治《かんち》させたい。

「ただ、ひとりで抱《かか》え込《こ》まないでね。私《わたし》でよければ、いつでも話《はな》し相手《あいて》になるわ」

「……はい」

私《わたし》の持《も》っている知識《ちしき》はネットからかき集《あつ》めたものばかりで、自分《じぶん》に合《あ》った治療法《ちりょうほう》がまだわからない。これからは叶《かな》ちゃん先生《せんせい》を頼《たよ》ってもいいのだろうか。

「やる」

テーブルに視線《しせん》を移《うつ》すと、透明《とうめい》な袋《ふくろ》に包《つつ》まれた茶色《ちゃいろ》のおまんじゅうがひとつ置《お》かれている。まんじゅうの皮《かわ》に焼《や》き印《いん》が押《お》されているのは【藤水堂《ふじみどう》】の文字《もじ》。

「これ……」

「間宮《まみや》が藤水堂《ふじみどう》のあんこが好《す》きとか言《い》うから、食《く》いたくなって買《か》ってきた」

「貰《もら》っていいの？」

「どーぞ」

まんじゅうを、そっと両手《りょうて》で包《つつ》む。朝比奈《あさひな》くんが藤水堂《ふじみどう》に買《か》いに行《い》く姿《すがた》を思《おも》い浮《う》かべると、自然《しぜん》と笑《え》みが零《こぼ》れる。

「ここのあんこ、好《す》きなんだろ」

私《わたし》が送《おく》ったメッセージの内容《ないよう》を覚《おぼ》えていてくれたんだ。

「朝比奈《あさひな》くん……ありがとう」

視界《しかい》が滲《にじ》み、雫《しずく》がぽたりとまんじゅうの袋《ふくろ》の上《うえ》に落《お》ちていく。

「……部活《ぶかつ》サボったって思《おも》われてんだよな。俺《おれ》が寄《よ》り道《みち》させたのに、悪《わる》かった」

「違《ちが》う……っ、そうじゃないよ」

あのときの私《わたし》の心《こころ》を救《すく》ってくれたのは、朝比奈《あさひな》くんだった。駄菓子屋《だがしや》さんへ行《い》ったあの時間《じかん》は、私《わたし》の中《なか》で救《すく》いのような楽《たの》しい時間《じかん》だった。

「私《わたし》……朝比奈《あさひな》くんにたくさん助《たす》けられてる。だから、ありがとう」

「泣《な》きすぎ。すげぇ顔《かお》」

「ひどい」

「とりあえず拭《ふ》け」

箱《はこ》のままティッシュを差《さ》し出《だ》してくれる朝比奈《あさひな》くんは、不器用《ぶきよう》だけど優《やさ》しい。苦手《にがて》だと決《き》めつけずに、もっと早《はや》く彼《かれ》のことを知《し》ろうとすればよかった。

ティッシュで涙《なみだ》を拭《ぬぐ》ってから、まんじゅうの包《つつ》みを開《ひら》く。

半分《はんぶん》に割《わ》ると黒糖《こくとう》の味《あじ》がついた薄《うす》い皮《かわ》の中《なか》に、こしあんがぎゅっと詰《つ》まっている。

ひとくち食《た》べると、甘《あま》くて美味《おい》しくて、再《ふたた》び泣《な》きそうになった。

「叶《かな》ちゃん先生《せんせい》」

顧問《こもん》でも担任《たんにん》でもない叶《かな》ちゃん先生《せんせい》に話《はな》しても困《こま》らせるだけかもしれない。

けれど叶《かな》ちゃん先生《せんせい》は黙《だま》って私《わたし》を見《み》つめながら、次《つぎ》の言葉《ことば》を待《ま》ってくれている。

「……っ、私《わたし》、もう……部活《ぶかつ》辞《や》めたい」

陰《かげ》で悪口《わるくち》を言《い》われていたことを知《し》ってしまい、桑野先生《くわのせんせい》からも全《すべ》ては私《わたし》の甘《あま》えだと言《い》われて、我慢《がまん》の限界《げんかい》がきてしまった。

「でも続《つづ》けるのも、辞《や》めるのもどっちも怖《こわ》い」

辞《や》めるという決断《けつだん》をすれば、おそらく部員《ぶいん》たちとの関係《かんけい》も途切《とぎ》れる。

それに安堵《あんど》できるのか、それとも気《き》まずさを感《かん》じて後悔《こうかい》するのか、自分《じぶん》の選択《せんたく》ひとつで大《おお》きく変《か》わってしまいそうで勇気《ゆうき》が出《で》ない。

「自分《じぶん》を見失《みうしな》ってまで部活《ぶかつ》って続《つづ》けないといけねーの？」

「だけど……」

「間宮《まみや》の言《い》いたいことはわかる。単純《たんじゅん》に部活《ぶかつ》を辞《や》めるってだけじゃなくて、人間関係《にんげんかんけい》だって今《いま》までどおりじゃなくなるってことだろ。俺《おれ》だって中学《ちゅうがく》のとき、そうだった」

朝比奈《あさひな》くんも退部《たいぶ》したあと、サッカー部《ぶ》の人《ひと》たちとは一緒《いっしょ》につるまなくなっていた。部《ぶ》活《かつ》というのは学校生活《がっこうせいかつ》にも大《おお》きく影響《えいきょう》を与《あた》えるのだ。

「精神的《せいしんてき》にしんどくなってまで、バスケ部《ぶ》との関係《かんけい》を守《まも》りたいっていうのなら、続《つづ》けること止《と》めないけど」

私《わたし》はどうしてそこまで部《ぶ》を抜《ぬ》けることを怖《こわ》がっているのだろう。たとえ続《つづ》けていたとしても、二年《にねん》のみんなは私《わたし》のことをよく思《おも》っていないのに。

揉《も》め事《ごと》の板挟《いたばさ》みになりながら、また耐《た》えていく日々《ひび》が引退《いんたい》まで続《つづ》いていくはずだ。

「間宮《まみや》さん」

叶《かな》ちゃん先生《せんせい》が申《もう》し訳《わけ》なさそうな表情《ひょうじょう》で頭《あたま》を下《さ》げた。

「気《き》づかなくてごめんなさい」

「え？」

「倒《たお》れたときが、あなたのSOS《エスオーエス》だったのに」

私《わたし》のSOS《エスオーエス》。今思《いまおも》うとそうだったのかもしれない。

でも叶《かな》ちゃん先生《せんせい》は私《わたし》の様子《ようす》がおかしいことに気《き》づいてくれていた。触《ふ》れないでほしいと願《ねが》っていた私《わたし》を、あえてそっとしておいてくれたようにも思《おも》える。

「部活《ぶかつ》のこと、桑野先生《くわのせんせい》に話《はな》しにくいでしょう？」

「……はい」

「まだ辞《や》めるかどうか決断《けつだん》し切《き》れないのなら、私《わたし》から桑野先生《くわのせんせい》に間宮《まみや》さんを休部《きゅうぶ》させてほしいって話《はな》しておくわ」

「え、でもっ」

そうなると、無関係《むかんけい》だった叶《かな》ちゃん先生《せんせい》を巻《ま》き込《こ》んでしまうことになる。

ためらっていると、額《ひたい》に突如痛《とつじょいた》みが走《はし》った。

「いっ！」

「気《き》にしすぎ」

どうやら朝比奈《あさひな》くんが私《わたし》にデコピンをしたらしい。ひりひりとする痛《いた》みに耐《た》えるように手《て》で額《ひたい》をさすっていると、髪《かみ》をくしゃっとするように撫《な》でられた。

「こういうときは頼《たよ》っておけば」

「……うん」

休《きゅう》部《ぶ》ということは、少《すこ》しの間《あいだ》私《わたし》は部活《ぶかつ》へ行《い》かなくて済《す》む。……〝済《す》む〟と考《かんが》えた時点《じてん》で、私《わたし》の中《なか》で部活《ぶかつ》がどういうものなのかを痛感《つうかん》してしまう。

それなのに悩《なや》んでしまうのは、まわりから嫌《きら》われて居場所《いばしょ》を失《うしな》うのが怖《こわ》いからだ。

「少《すこ》し考《かんが》えて、間宮《まみや》さんがやっぱり辞《や》めたいと思《おも》うなら退部届《たいぶとどけ》を提出《ていしゅつ》すればいいわ」

「はい。ありがとうございます」

私《わたし》の返答《へんとう》に叶《かな》ちゃん先生《せんせい》は任《まか》せてと頷《うなず》いた。

「ちょっとくらいは気楽《きらく》に生《い》きろよ」

「って、またやるのやめてよ！」

朝比奈《あさひな》くんは満足《まんぞく》げに再《ふたた》びデコピンをしてこようとしたので、咄嗟《とっさ》に頭《あたま》を後《うし》ろに倒《たお》して避《さ》ける。

「うわ、でこ赤《あか》くなってる」

「誰《だれ》のせい!?」

額《ひたい》は地味《じみ》に痛《いた》いけれど、冷静《れいせい》になれた気《き》がする。バスケ部《ぶ》から距離《きょり》を置《お》いて、ゆっくり考《かんが》える時間《じかん》がほしい。

「仲《なか》がいいのね」

「どこが」

「違《ちが》います！」

反論《はんろん》する私《わたし》たちを見《み》て、叶《かな》ちゃん先生《せんせい》が楽《たの》しげに笑《わら》った。


その日《ひ》の夜《よる》、お風呂上《ふろあ》がりにスマホを確認《かくにん》すると朝比奈《あさひな》くんからメッセージがきていた。

【雨村《あめむら》からの伝言《でんごん》。桑野《くわの》と話《はな》して、明日《あした》からは休部扱《きゅうぶあつか》いになったって】

その文面《ぶんめん》を見《み》て、即座《そくざ》に返答《へんとう》する。

【ありがとう】

部活《ぶかつ》を休《やす》めるということにホッとした気持《きも》ちと、みんなにどう思《おも》われるかという不安《ふあん》が半分《はんぶん》ずつ存在《そんざい》している。

自分《じぶん》の日常《にちじょう》が変《か》わり始《はじ》めるのだと、休部《きゅうぶ》という文字《もじ》を見《み》ながら思《おも》った。

ずっと自分《じぶん》の一部《いちぶ》だった部活《ぶかつ》から離《はな》れた私《わたし》には、なにが待《ま》っているのだろう。

【なんかあったら雨村《あめむら》のとこ行《い》けよ】

今後《こんご》は青年期失顔症《せいねんきしつがんしょう》に詳《くわ》しい叶《かな》ちゃん先生《せんせい》を頼《たよ》るべきなのだろう。だから朝比奈《あさひな》くんとはもう話《はなし》をする機会《きかい》も減《へ》ってしまうかもしれない。

寂《さび》しさを感《かん》じていると、すぐにもう一通《いっつう》メッセージが届《とど》いた。

【別《べつ》に俺《おれ》でもいいけど】

その言葉《ことば》を見《み》ながら頬《ほお》が緩《ゆる》むのがわかった。少《すこ》し緊張《きんちょう》しながら、返信《へんしん》を打《う》っていく。

送《おく》るのを悩《なや》んだけれど、ぎゅっと目《め》を瞑《つむ》って送信《そうしん》ボタンを勢《いきお》いで押《お》した。

【朝比奈《あさひな》くんとも話《はな》したいです】

照《て》れくさくて顔《かお》が熱《あつ》くなるのを感《かん》じながら、朝比奈《あさひな》くんらしい【おー】という気《き》の抜《ぬ》けた返事《へんじ》を見《み》て、小《ちい》さく笑《わら》った。

• • • • • • • • • • • •

翌朝《よくあさ》、リビングで渡《わた》された洗《あら》いたての体育着《たいいくぎ》を抱《かか》えて立《た》ち尽《つ》くす。

「忘《わす》れないよう、早《はや》くカバンに入《い》れなさい」

朝食《ちょうしょく》のお皿《さら》を用意《ようい》していたお母《かあ》さんが振《ふ》り返《かえ》り、首《くび》を傾《かし》げる。

「どうしたの？」

小学校低学年《しょうがっこうていがくねん》のころに友達《ともだち》と喧嘩《けんか》をして学校《がっこう》へ行《い》きたくないと私《わたし》が泣《な》いたとき、『そんな理由《りゆう》で休《やす》むのはダメ』と叱《しか》られたことがある。

今回《こんかい》も叱《しか》られるかもしれない。

それに部活《ぶかつ》は進路《しんろ》に影響《えいきょう》する場合《ばあい》があるから絶対《ぜったい》に入《はい》るようにと、中学《ちゅうがく》でも高校《こうこう》でも言《い》われていた。

もしも退部《たいぶ》したいと言《い》ってしまえば、ダメだと言《い》って許《ゆる》してはくれないはずだ。そしてカウンセリングに通《かよ》いながら部活《ぶかつ》へ行《い》かされるだろう。

「なんでもないよ」

普段《ふだん》どおりを意識《いしき》して答《こた》えると、お母《かあ》さんが微笑《ほほえ》んだ。

「朝《あさ》ごはん、もう少《すこ》しでできるわよ」

お母《かあ》さんのことは好《す》きだけれど、私《わたし》の意見《いけん》を言《い》うことはためらってしまう。お兄《にい》ちゃんが反発《はんぱつ》するたびに叱《しか》り、そのあとお母《かあ》さんはひとりで泣《な》いていた。

お父《とう》さんは自由《じゆう》にやらせてやればいいとお兄《にい》ちゃんのときは言《い》っていたけれど、『朝葉《あさは》はお母《かあ》さんを困《こま》らせないようにな』と、お母《かあ》さんとお兄《にい》ちゃんが衝突《しょうとつ》するたびに私《わたし》に言《い》っていた。

だからお父《とう》さんにも話《はな》せずにいる。きっと今《いま》の私《わたし》の状況《じょうきょう》は、お父《とう》さんのことも、お母《かあ》さんのことも困《こま》らせてしまうから。


学校《がっこう》に行《い》くと、バスケ部《ぶ》の人《ひと》たちは誰《だれ》ひとり私《わたし》を訪《たず》ねてこなかった。

いつもなら教科書《きょうかしょ》や辞書《じしょ》を借《か》りにくることが多《おお》い。そして部活《ぶかつ》の先輩《せんぱい》たちの愚痴《ぐち》やクラスの女子《じょし》たちの噂話《うわさばなし》などを、ついでのように私《わたし》に零《こぼ》していた。

おそらくは私《わたし》が休部《きゅうぶ》することが部員《ぶいん》たちに伝《つた》わっているのだろう。

呆気《あっけ》なく関係《かんけい》は崩《くず》れ、離《はな》れていくのだと実感《じっかん》して悲《かな》しくなる。

それでも部活《ぶかつ》に行《い》かなくていいのだと思《おも》うと、昨日《きのう》よりも心《こころ》は軽《かる》かった。クラスの子《こ》たちと過《す》ごす時間《じかん》は、精神的《せいしんてき》に苦痛《くつう》を感《かん》じることもない。想像《そうぞう》とはまったく異《こと》なり、平和《へいわ》だった。

ただひとつ、不安《ふあん》なのは教室《きょうしつ》の外《そと》に出《で》ることだった。

もしもすれ違《ちが》ったら、どんな反応《はんのう》をされるのだろう。

無視《むし》されるかもしれない。裏《うら》でなにか言《い》われるかもしれない。

よくないことばかり考《かんが》えてしまって、私《わたし》はその日《ひ》のほとんどを教室《きょうしつ》で過《す》ごしていた。

けれどトイレへ行《い》くために、やむを得《え》ず廊下《ろうか》へ出《で》ると、ちょうど杏里《あんり》と鉢合《はちあ》わせた。

お互《たが》い目《め》を見開《みひら》いたまま、硬直《こうちょく》してしまい数秒《すうびょう》の間《あいだ》見《み》つめ合《あ》う。休部《きゅうぶ》の件《けん》を直接伝《ちょくせつつた》えるべきかと考《かんが》えていると、杏里《あんり》が口《くち》を開《ひら》いた。

「朝葉《あさは》、あのさ」

「……うん」

「休部《きゅうぶ》って本当《ほんとう》？」

やはりすでに伝《つた》わっているようだった。昨夜桑野先生《さくやくわのせんせい》から部長《ぶちょう》に連絡《れんらく》が行《い》き、そこから各学年《かくがくねん》に流《なが》れたのかもしれない。

「本当《ほんとう》。……急《きゅう》にごめんね」

杏里《あんり》は視線《しせん》を逸《そ》らして、押《お》し黙《だま》ってしまう。

つらい沈黙《ちんもく》が流《なが》れて、廊下《ろうか》に立《た》ち尽《つ》くしていると、「杏里《あんり》、次移動《つぎいどう》だよー！」と彼女《かのじょ》を呼《よ》ぶ声《こえ》が聞《き》こえてきた。

「あ、ごめん。もう行《い》くね」

杏里《あんり》がぎこちなく笑《わら》うと、呼《よ》んでいた同《おな》じクラスの女子《じょし》のほうへと小走《こばし》りに駆《か》けていく。

気《き》まずさはあったけれど、こうして話《はな》してみると案外心《あんがいこころ》は平穏《へいおん》だった。

もっと気持《きも》ちが乱《みだ》れる覚悟《かくご》をしていたけれど、輪《わ》から一歩抜《いっぽぬ》けてみても私《わたし》の学校生活全《がっこうせいかつすべ》てが壊《こわ》れるわけではない。

教室《きょうしつ》は部活《ぶかつ》ごとにグループができてはいるものの、仲《なか》がいい子《こ》たちだっている。

休部《きゅうぶ》によって居場所《いばしょ》が完全《かんぜん》に失《うしな》われるわけでも、白《しろ》い目《め》で見《み》られるわけでもない。

私《わたし》は、自分《じぶん》の日常《にちじょう》が変《か》わることに怯《おび》えすぎていたのかもしれない。


その日《ひ》の放課後《ほうかご》、私《わたし》はお礼《れい》を言《い》うために朝比奈《あさひな》くんと保健室《ほけんしつ》に行《い》った。

「いらっしゃい」

迎《むか》えてくれる叶《かな》ちゃん先生《せんせい》の笑顔《えがお》は、心《こころ》にホッと明《あ》かりが灯《とも》るような温《あたた》かさがあった。

パイプ椅子《いす》を置《お》いて昨日《きのう》と同《おな》じ場所《ばしょ》に座《すわ》り、パソコン作業《さぎょう》をしている叶《かな》ちゃん先生《せんせい》に向《む》かって頭《あたま》を下《さ》げる。

「休部《きゅうぶ》の件《けん》、ありがとうございました」

「いいのよ。私《わたし》こそ、聖《ひじり》と仲良《なかよ》くしてくれてうれしいもの」

「仲良《なかよ》くない」

「照《て》れないの」

「違《ちが》うって」

不服《ふふく》そうに眉《まゆ》を寄《よ》せる朝比奈《あさひな》くんに、叶《かな》ちゃん先生《せんせい》が微笑《ほほえ》みながらからかうような口《く》調《ちょう》で返《かえ》している。

ふたりのやり取《と》りを見《み》て、改《あらた》めていとこ同士《どうし》なのだなと実感《じっかん》した。私《わたし》の視線《しせん》に気《き》づいた叶《かな》ちゃん先生《せんせい》が口角《こうかく》を上《あ》げる。

「聖《ひじり》から私《わたし》たちのこと聞《き》いたのよね？」

「はい。いとこなんですよね」

「ええ。家《いえ》も近所《きんじょ》だったのよ」

叶《かな》ちゃん先生《せんせい》は、まるで弟《おとうと》のように朝比奈《あさひな》くんに接《せっ》している。もしかしたら昔《むかし》から弟《おとうと》がふたりいるような感覚《かんかく》だったのかもしれない。

「あの、聞《き》いてもいいですか」

「どうぞ」

「……青年期失顔症《せいねんきしつがんしょう》って、治《なお》りにくいんですか」

言葉《ことば》を探《さが》すように視線《しせん》を巡《めぐ》らせると、叶《かな》ちゃん先生《せんせい》はノートパソコンを閉《と》じた。そして手《て》を組《く》み、おもむろに話《はな》し出《だ》す。

「なにを抱《かか》えているかによるわね。それぞれ性格《せいかく》や環境《かんきょう》が異《こと》なるでしょう？」

ネットを調《しら》べて出《で》てきた情報《じょうほう》には集団生活《しゅうだんせいかつ》に疲弊《ひへい》して発症《はっしょう》した人《ひと》は、ちょっとしたことで気分《きぶん》が浮上《ふじょう》して治《なお》るというケースも多《おお》いと書《か》いてあった。

そのため、私《わたし》も気分《きぶん》が上《あ》がることによって治《なお》るのではないかと期待《きたい》してしまっている。

「心《こころ》のちょっとした揺《ゆ》れによって発症《はっしょう》した人《ひと》は、翌日《よくじつ》に治《なお》るケースもあるわ。でも一日《いちにち》が経過《けいか》してもよくならない人《ひと》は、なにもせずに治《なお》る例《れい》はあまりないわね」

「じゃあ、私《わたし》もすぐには治《なお》らないってことですよね」

漠然《ばくぜん》とした不安《ふあん》が押《お》し寄《よ》せてきて、スカートを強《つよ》く掴《つか》む。

「間宮《まみや》さん、一日《いちにち》で治《なお》らない人《ひと》もたくさんいるわ。だから思《おも》い詰《つ》めないで」

「でも……なにをしたらこの症状《しょうじょう》って治《なお》るんですか？」

叶《かな》ちゃん先生《せんせい》は人差《ひとさ》し指《ゆび》を立《た》てて、完治《かんち》するために必要《ひつよう》なことを教《おし》えてくれる。

「大《おお》きく分《わ》けると根本的《こんぽんてき》な問題《もんだい》を取《と》り除《のぞ》くか、あるいは本人《ほんにん》が心《こころ》に溜《た》まっているストレスを発散《はっさん》する方法《ほうほう》を見《み》つける。このどちらかの方法《ほうほう》で、完治《かんち》する人《ひと》が多《おお》いわね」

根本的《こんぽんてき》な問題《もんだい》となると、私《わたし》の場合《ばあい》はバスケ部《ぶ》の人間関係《にんげんかんけい》を解決《かいけつ》しなければならない。

だけど、私《わたし》がまわりに本音《ほんね》を言《い》えるようになっても、余計《よけい》にこじれるだけだ。

「間宮《まみや》はたぶん、祈《いのり》に近《ちか》い」

「……そう」

祈《いのり》という名前《なまえ》は駄菓子屋《だがしや》さんで聞《き》いた。叶《かな》ちゃん先生《せんせい》の弟《おとうと》で、朝比奈《あさひな》くんが青年期失《せいねんきしつ》顔症《がんしょう》について詳《くわ》しくなるきっかけとなった人《ひと》だ。

「私《わたし》の弟《おとうと》は、感情《かんじょう》を抑《おさ》え込《こ》んで周囲《しゅうい》から求《もと》められている理想像《りそうぞう》を叶《かな》えようとしていたの。本当《ほんとう》の自分《じぶん》を見失《みうしな》って、あるとき限界《げんかい》がきて発症《はっしょう》した」

その話《はなし》を聞《き》く限《かぎ》りだと朝比奈《あさひな》くんの言《い》うとおり、私《わたし》と似《に》ている。部活《ぶかつ》や家《いえ》で望《のぞ》まれる自分《じぶん》になろうとして、壊《こわ》れてしまった。自分自身《じぶんじしん》の心《こころ》が悲鳴《ひめい》を上《あ》げていても私《わたし》は気《き》づかないフリをし続《つづ》けていたのだと思《おも》う。

「祈《いのり》は勉強《べんきょう》ができて運動神経《うんどうしんけい》もいい優等生《ゆうとうせい》って感《かん》じで頼《たよ》られるやつだったんだよ」

でも……と朝比奈《あさひな》くんが表情《ひょうじょう》を曇《くも》らせる。

「人前《ひとまえ》に立《た》つことが本当《ほんとう》は苦手《にがて》だったんだ。なのに、まわりから押《お》しつけられてまとめ役《やく》とかをよくやらされてた」

そういう我慢《がまん》の積《つ》み重《かさ》ねで、知《し》らず知《し》らずのうちに祈《いのり》さんの心《こころ》は限界《げんかい》がきて発症《はっしょう》してしまったそうだ。

「たしか、最初《さいしょ》は朝起《あさお》きれなくなったんだよな」

「……起《お》きられなかったというより、精神的《せいしんてき》な問題《もんだい》で体《からだ》が思《おも》うように動《うご》かなかったのだと思《おも》うわ」

叶《かな》ちゃん先生《せんせい》やお母《かあ》さんたちが、遅刻《ちこく》しないようにと必死《ひっし》に起《お》こして、学校《がっこう》へ向《む》かわせることが数日続《すうじつつづ》いたそうだ。

「部活《ぶかつ》をしながら遅《おそ》くまで勉強《べんきょう》をしていたから、寝不足《ねぶそく》なんだとばかり思《おも》っていたわ」

精神的《せいしんてき》につらい状態《じょうたい》を隠《かく》すように祈《いのり》さんは笑《わら》って、ただ少《すこ》し疲《つか》れているだけだから心配《しんぱい》しなくても大丈夫《だいじょうぶ》だと言《い》っていたらしい。

「そんな中《なか》、事前《じぜん》に相談《そうだん》もなく担任《たんにん》の先生《せんせい》から生徒会役員選挙《せいとかいやくいんせんきょ》に出《で》るようにと、クラスメイトたちの前《まえ》で言《い》われたらしいの」

「周囲《しゅうい》からの拍手《はくしゅ》と応援《おうえん》するという声《こえ》を聞《き》きながら、なにかがパキリと割《わ》れる感覚《かんかく》がしたって、祈《いのり》が言《い》ってた」

朝比奈《あさひな》くんの言葉《ことば》に、自分《じぶん》にも思《おも》い当《あ》たることがあった。

「……それが発症《はっしょう》したタイミングだったんだね」

「ああ」

私《わたし》のときも、桑野先生《くわのせんせい》に私《わたし》らしくないと言《い》われて、なにかが割《わ》れる音《おと》がした。そしてその直後《ちょくご》に、窓《まど》ガラスに映《うつ》った自分《じぶん》の顔《かお》がひび割《わ》れて見《み》える現象《げんしょう》が起《お》こったのだ。

「祈《いのり》が部屋《へや》から出《で》てこなくなったって聞《き》いて、俺《おれ》はすぐに駆《か》けつけた」

なんとか説得《せっとく》をして朝比奈《あさひな》くんが部屋《へや》のドアを開《あ》けてもらうと、そこにはなにかに怯《おび》えたような祈《いのり》さんがいたそうだ。

「祈《いのり》は顔《かお》を隠《かく》すようにうつむいてた。自分《じぶん》の顔《かお》が見《み》えないって泣《な》きながら訴《うった》えてきて……あんな祈《いのり》、初《はじ》めて見《み》た」

朝比奈《あさひな》くんは悲《かな》しげに目《め》を伏《ふ》せる。兄《あに》のような存在《そんざい》だと言《い》っていた彼《かれ》にとって、祈《いのり》さんが本当《ほんとう》は苦《くる》しんでいたことに気《き》づけなかったことへの後悔《こうかい》があるのかもしれない。

「なのに祈《いのり》は、生徒会《せいとかい》の選挙《せんきょ》もあるし部活《ぶかつ》もあるから学校《がっこう》に行《い》かなくちゃって、無理《むり》やり家《いえ》を出《で》ようとしてたわ」

まるで自分《じぶん》の義務《ぎむ》だというように、祈《いのり》さんは震《ふる》える手《て》で制服《せいふく》に着替《きが》えようとしたそうだ。

「行《い》かなくてもいいって、母《はは》が祈《いのり》に言《い》ったの。学校《がっこう》は大事《だいじ》ではあるけど、それが全《すべ》てじゃないから苦《くる》しいくらいなら休《やす》んでもいいって」

頑《かたく》なに登校《とうこう》しなければと言《い》っていた祈《いのり》さんにとって、その言葉《ことば》は衝撃的《しょうげきてき》だったらしい。

「祈《いのり》は驚《おどろ》いた様子《ようす》でしばらく黙《だま》り込《こ》んだあと、行《い》きたくないって言《い》って泣《な》いていたわ」

それからまもなくして、生徒会《せいとかい》の推薦《すいせん》も取《と》り消《け》され、部活《ぶかつ》も辞《や》めることになったそうだ。

「そういえば、聖《ひじり》も部活《ぶかつ》辞《や》めたとき、祈《いのり》とそのことで喧嘩《けんか》してたわね」

「あいつが、なんで俺《おれ》のためにサッカー辞《や》めるんだって怒《おこ》ってきたから」

「本当《ほんとう》子《こ》どもっぽい喧嘩《けんか》だったわよね」

叶《かな》ちゃん先生《せんせい》が笑《わら》うと、不服《ふふく》そうに朝比奈《あさひな》くんが口《くち》をへの字《じ》に曲《ま》げる。

不機嫌《ふきげん》そうにしつつも、朝比奈《あさひな》くんは恥《は》ずかしがっているようにも見《み》えた。

「でもきっと、聖《ひじり》がいつもそばにいてくれたから祈《いのり》は悪化《あっか》せずに済《す》んだのだと思《おも》うわ」

「別《べつ》に俺《おれ》なんもできてねーじゃん」

「そんなことないわよ。あのころの祈《いのり》が感情的《かんじょうてき》になって喧嘩《けんか》してたのは、聖《ひじり》だけだったから。ずっと我慢《がまん》していた祈《いのり》にとって、聖《ひじり》の存在《そんざい》はすごく大《おお》きかったはずよ」

サッカー部《ぶ》を辞《や》めて、祈《いのり》さんとの時間《じかん》を増《ふ》やすと決《き》めた朝比奈《あさひな》くんの決断《けつだん》は、祈《いのり》さんの心《こころ》に寄《よ》り添《そ》える結果《けっか》になったようだ。

「朝比奈《あさひな》くんは、かっこいいね」

朝比奈《あさひな》くんは目《め》を丸《まる》くして、いきなりなんだとでも言《い》いたげだ。

「大事《だいじ》な人《ひと》のそばにいるために大《おお》きな決断《けつだん》をした朝比奈《あさひな》くんは、すごくかっこいいなって」

表情《ひょうじょう》を隠《かく》すように、朝比奈《あさひな》くんは頬杖《ほおづえ》をついて顔《かお》を逸《そ》らした。

「……そんなすごいもんじゃない」

「だって私《わたし》が朝比奈《あさひな》くんの立場《たちば》だったら、同《おな》じ決断《けつだん》はできなかったと思《おも》う」

誰《だれ》かを救《すく》いたくて、守《まも》りたくて、そばにいたいと思《おも》ったとしても、行動《こうどう》するのをためらってしまうはずだ。自分《じぶん》のことでさえ、変《か》えていくことをずっと恐《おそ》れていたのだから。

「祈《いのり》さんは、どうやって治《なお》ったんですか」

「いろいろな方法《ほうほう》を試《ため》したけれど、やっぱりきっかけはあれかしら？」

頬《ほお》に手《て》を当《あ》てた叶《かな》ちゃん先生《せんせい》が、ちらりと朝比奈《あさひな》くんを見《み》やる。すると朝比奈《あさひな》くんが姿《し》勢《せい》を戻《もど》し、私《わたし》のほうを見《み》て苦笑《くしょう》する。

「祈《いのり》の言《い》いたいことを俺《おれ》らの前《まえ》で好《す》き放題《ほうだい》言《い》わせて、感情《かんじょう》を吐《は》き出《だ》させた」

「好《す》き放題《ほうだい》言《い》って治《なお》ったの？」

もっと手《て》の込《こ》んだ方法《ほうほう》だと思《おも》っていたため、拍子抜《ひょうしぬ》けしてしまう。

「でも祈《いのり》は人《ひと》のことを悪《わる》く言《い》うことに抵抗《ていこう》あったらしくて、最初《さいしょ》はなかなか不満《ふまん》を口《くち》にできなかった」

「……そういう方法《ほうほう》もあるんだ」

「まあ、それだけじゃないけど、大《おお》きなきっかけではあっただろうな。そこから少《すこ》しずつ祈《いのり》は自分《じぶん》の意見《いけん》を言《い》うようになったし」

「他《ほか》にも三人《さんにん》で頻繁《ひんぱん》に外《そと》に出《で》かけて、児童館《じどうかん》のボランティアにも参加《さんか》したわね」

小学生《しょうがくせい》たちと触《ふ》れ合《あ》って、子《こ》どもみたいに一緒《いっしょ》に遊《あそ》ぶようになってから、祈《いのり》さんは明《あか》るさを取《と》り戻《もど》していったそうだ。

「祈《いのり》は元々《もともと》真面目《まじめ》だったから、留年《りゅうねん》するわけにはいかないとか言《い》い出《だ》して、七月《しちがつ》くらいにはまた学校《がっこう》行《い》き始《はじ》めた。んで、夏休《なつやす》みも補習《ほしゅう》に出《で》て、完全《かんぜん》に復帰《ふっき》してたな」

不登校《ふとうこう》になった期間《きかん》もあるのに、学校《がっこう》へ行《い》くことは怖《こわ》くなかったのだろうかと気《き》になっていると、叶《かな》ちゃん先生《せんせい》が補足《ほそく》するように教《おし》えてくれた。

「最初《さいしょ》は保健室登校《ほけんしつとうこう》をして、少《すこ》しずつ授業《じゅぎょう》に復帰《ふっき》するようになったの。そこから自分《じぶん》の顔《かお》が、ときどき見《み》えるようになったみたいだったわ」

生徒会《せいとかい》の話《はなし》もなくなり、部活《ぶかつ》を辞《や》め、ストレスの原因《げんいん》が消《き》えたことで徐々《じょじょ》に治《なお》っていったようだ。

「クラスの子《こ》たちとも距離《きょり》があったらしいけれど、幸《さいわ》い中学《ちゅうがく》から一緒《いっしょ》の友達《ともだち》が同《おな》じクラスだったから秋《あき》ごろには馴染《なじ》めたみたいだったわ」

「完治《かんち》したのもそのころだったよな」

膝《ひざ》の上《うえ》でスカートを握《にぎ》りしめていた手《て》の力《ちから》を少《すこ》しだけ緩《ゆる》めていく。勇気《ゆうき》を出《だ》せない私《わたし》にとって、手放《てばな》すことも大事《だいじ》なのだと祈《いのり》さんの話《はなし》を聞《き》きながら感《かん》じた。

「いい人《ひと》ってなんなのかしらね」

叶《かな》ちゃん先生《せんせい》がため息交《いきま》じりに呟《つぶや》く。

「祈《いのり》はいい人《ひと》でいたくて本心《ほんしん》が言《い》えなかったみたいなの」

……ああ、そうだ。と心《こころ》に言葉《ことば》がすとんと落《お》ちてきた。

「私《わたし》もいい人《ひと》でいたかったんだと思《おも》う」

嫌《きら》われることを恐《おそ》れて、自己主張《じこしゅちょう》ができなかった。

なにかに不満《ふまん》を抱《いだ》いても、それを他人《たにん》に伝《つた》えたらいい人《ひと》ではなくなってしまう気《き》がしていたのだ。

「人《ひと》のこと悪《わる》く言《い》わないやつが、いい人《ひと》ってわけじゃねぇと思《おも》うけどな」

「そうだね。私《わたし》は表面上《ひょうめんじょう》のいい人《ひと》に囚《とら》われてたのかも」

「まあ、誰《だれ》にでも愚痴《ぐち》を言《い》うのは火種《ひだね》を生《う》むだけだし、やめておいたほうがいいとは思《おも》うけど」

朝比奈《あさひな》くんはポケットから取《と》り出《だ》した飴玉《あめだま》の袋《ふくろ》を開《あ》けると、口《くち》の中《なか》に放《ほう》り込《こ》んだ。

駄菓子屋《だがしや》さんのときも思《おも》ったけれど、甘党《あまとう》なのかもしれない。

「信頼《しんらい》してる人間《にんげん》の前《まえ》くらい、好《す》きとか嫌《きら》いとか自由《じゆう》に言《い》ってもいいのにな」

それは祈《いのり》さんだけでなく私《わたし》にも言《い》っている気《き》がした。

「聞《き》かされたところで、そいつのこと嫌《きら》いになるわけじゃねぇのに」

ポケットからもうひとつ飴玉《あめだま》の袋《ふくろ》を取《と》り出《だ》すと、朝比奈《あさひな》くんは私《わたし》に軽《かる》く放《ほう》り投《な》げる。

受《う》け取《と》った飴玉《あめだま》は、黄緑色《きみどりいろ》をしていた。

「……ありがとう。これ、何味《なにあじ》？」

「マスカット。嫌《いや》だったら、レモンもある」

「ううん、マスカットがいい」

袋《ふくろ》を開《あ》けて、飴玉《あめだま》を口《くち》の中《なか》に入《い》れると瑞々《みずみず》しさを感《かん》じる甘《あま》い味《あじ》に頬《ほお》が緩《ゆる》む。またひとつ、好《す》きなものができた。

「うれしいことも、つらいことも、打《う》ち明《あ》けられる相手《あいて》がいるかどうかが重要《じゅうよう》よね」

叶《かな》ちゃん先生《せんせい》が私《わたし》と朝比奈《あさひな》くんを交互《こうご》に見《み》て、「間宮《まみや》さんにとってその相手《あいて》が聖《ひじり》なのかしら」と笑《わら》う。

「ちげぇって。ただ偶然《ぐうぜん》、俺《おれ》が事情《じじょう》知《し》っただけだし」

朝比奈《あさひな》くんは素《そ》っ気《け》なく返《かえ》すと、私《わたし》から顔《かお》を背《そむ》けてしまった。

「でも私《わたし》は事情《じじょう》を知《し》られたのが朝比奈《あさひな》くんでよかったよ。助《たす》けてくれてありがとう」

「……あっそ」

髪《かみ》の間《あいだ》から見《み》える朝比奈《あさひな》くんの耳《みみ》がほんのりと赤《あか》い。もしかしたら照《て》れているのかもしれない。

……朝比奈《あさひな》くんがそんな反応《はんのう》をするとは思《おも》わなかった。

うつむくと髪《かみ》がさらりと流《なが》れ落《お》ちてきて、耳《みみ》にかけようとすると指先《ゆびさき》に熱《ねつ》が伝《つた》わってくる。自分《じぶん》の耳《みみ》も赤《あか》くなっていることに気《き》づいて、動揺《どうよう》してしまう。きっと朝比奈《あさひな》くんの熱《ねつ》がうつったんだ。

くすぐったさを感《かん》じて、気持《きも》ちを落《お》ち着《つ》かせるように冷《ひ》えた手《て》の甲《こう》でさりげなく頬《ほお》を冷《ひ》やしながら、深《ふか》く息《いき》を吐《は》いた。

気《き》を取《と》り直《なお》して顔《かお》を上《あ》げると、叶《かな》ちゃん先生《せんせい》がノートパソコンを見《み》て考《かんが》えるように腕《うで》を組《く》む。

「青年期失顔症《せいねんきしつがんしょう》にかかった人《ひと》たちの、発症原因《はっしょうげんいん》などがまとめられているレポートがあるの。これを参考《さんこう》に間宮《まみや》さんの治療方法《ちりょうほうほう》を考《かんが》えていくのがいいかもしれないわね」

発症《はっしょう》した理由《りゆう》で一番多《いちばんおお》いのがクラスでの人間関係《にんげんかんけい》で、次《つぎ》に多《おお》いのは部活関係《ぶかつかんけい》。

私《わたし》と同《おな》じ部活関係《ぶかつかんけい》の人《ひと》でも、意見《いけん》をのみ込《こ》んでしまうことや、友達《ともだち》との衝突《しょうとつ》、部活《ぶかつ》の練習《れんしゅう》についていけないなど理由《りゆう》はさまざまだそうだ。

「自分《じぶん》の意見《いけん》をのみ込《こ》んでいる間宮《まみや》さんは、まわりのことを考《かんが》えているってことでしょう。普段《ふだん》から怒《おこ》ることもあまりないんじゃない？」

「言《い》われてみれば、ないかもしれません」

誰《だれ》かに対《たい》して感情《かんじょう》を露《あら》わにすることは、幼《おさな》いころはあった。

友達《ともだち》と口喧嘩《くちげんか》してしまうことも、お兄《にい》ちゃんにちょっと意地悪《いじわる》されて怒《おこ》ったこともある。

けれど中学生《ちゅうがくせい》あたりから誰《だれ》かと喧嘩《けんか》した記憶《きおく》がない。

「間宮《まみや》さん」

視線《しせん》を向《む》けると、私《わたし》の心情《しんじょう》を察《さっ》したように叶《かな》ちゃん先生《せんせい》が穏《おだ》やかに微笑《ほほえ》みかけてくれた。

「無理《むり》して本音《ほんね》を話《はな》そうとしなくて大丈夫《だいじょうぶ》よ。祈《いのり》の話《はなし》は、あくまでも一例《いちれい》だからね」

「……はい」

ふと朝比奈《あさひな》くんなら聞《き》いてくれるかもしれないと思《おも》ったけれど、最近話《さいきんはな》すようになったばかりで、迷惑《めいわく》をたくさんかけてしまっている。そんな彼《かれ》に本音《ほんね》を吐露《とろ》しても、重荷《おもに》でしかないはずだ。あまりにも都合《つごう》がよすぎる。

そんなことを考《かんが》えていると、保健室《ほけんしつ》のドアが勢《いきお》いよく開《あ》けられた。

「叶《かな》ちゃん先生《せんせい》！　大変《たいへん》！　中条《なかじょう》さんがまた倒《たお》れた！」

すぐに男《おとこ》の先生《せんせい》が数名《すうめい》の女子生徒《じょしせいと》たちと中《なか》に入《はい》ってくる。男《おとこ》の先生《せんせい》は意識《いしき》を失《うしな》っている様子《ようす》の女子生徒《じょしせいと》を背負《せお》っている。

「先生《せんせい》、中条《なかじょう》さんをこちらに」

立《た》ち上《あ》がった叶《かな》ちゃん先生《せんせい》は、カーテンを開《あ》けてベッドのほうへと促《うなが》す。

どうやら倒《たお》れた生徒《せいと》が運《はこ》ばれてきたらしい。それにしても、〝また〟ということは、なにか持病《じびょう》がある生徒《せいと》なのだろうか。

ベッドに寝《ね》かされたのは、緩《ゆる》やかなウェーブがかかった黒髪《くろかみ》をふたつに結《むす》んでいる女子《じょし》だった。

すぐそばに置《お》かれた上履《うわば》きの色《いろ》は赤《あか》なので、一年生《いちねんせい》だ。

朝比奈《あさひな》くんが彼女《かのじょ》を見下《みお》ろすと、呆《あき》れたようにため息《いき》をつく。

「……懲《こ》りねぇな」

その口《くち》ぶりから知《し》っているようだった。一方《いっぽう》、ベッドの上《うえ》にいる女子《じょし》は寝息《ねいき》を立《た》てている。よく見《み》ると、隈《くま》ができていて顔色《かおいろ》も悪《わる》い。

「先生《せんせい》、これ中条《なかじょう》さんのです」

付《つ》き添《そ》いできた女子生徒《じょしせいと》が、叶《かな》ちゃん先生《せんせい》に倒《たお》れた彼女《かのじょ》のものらしきカバンと分厚《ぶあつ》い本《ほん》を三冊渡《さんさつわた》す。

「ありがとう。あとは私《わたし》に任《まか》せて、戻《もど》って大丈夫《だいじょうぶ》よ。先生《せんせい》もありがとうございました」

背負《せお》ってきてくれた男《おとこ》の先生《せんせい》と生徒《せいと》たちが保健室《ほけんしつ》から出《で》ていくと、叶《かな》ちゃん先生《せんせい》が抱《かか》えていたカバンと本《ほん》をテーブルの上《うえ》に置《お》いた。

そして、どうしたものかといった様子《ようす》で眠《ねむ》っている彼女《かのじょ》を見《み》やる。

「また寝不足《ねぶそく》みたいね」

「何度《なんど》も倒《たお》れているんですか？」

「ええ……読書中毒《どくしょちゅうどく》、というのかしら。寝《ね》る間《ま》も惜《お》しんで本《ほん》を読《よ》んでいるみたいで、最近《さいきん》寝不足《ねぶそく》で倒《たお》れることが多《おお》いのよ」

そこまでして読《よ》みたい本《ほん》があるのだろうか。シリーズものでも読《よ》んでいるのかと思《おも》ったけれど、本《ほん》のタイトルを見《み》る限《かぎ》りそれぞれジャンルが異《こと》なっている。

「ん……っ」

うっすらと目《め》を開《あ》けてぼんやりと天井《てんじょう》を眺《なが》めていた女子生徒《じょしせいと》が起《お》き上《あ》がり、あくびを漏《も》らす。

「私《わたし》、倒《たお》れました？」

眠《ねむ》たげに目《め》をこする彼女《かのじょ》に、叶《かな》ちゃん先生《せんせい》は深《ふか》いため息《いき》を漏《も》らす。

「中条《なかじょう》さん、睡眠時間《すいみんじかん》はしっかり取《と》りなさいと、あれほど注意《ちゅうい》したでしょう。毎回打撲《まいかいだぼく》で済《す》んでいるからいいものの、大怪我《おおけが》したらどうするの」

「だってどうしても、自分《じぶん》の顔《かお》を探《さが》したくて」

自分《じぶん》の顔《かお》を、探《さが》す？

もしかして、とある予感《よかん》がしたときだった。

潤《うる》んだ大《おお》きな瞳《ひとみ》が私《わたし》に向《む》けられ、人懐《ひとなつ》っこい笑《え》みで話《はな》しかけてくる。

「いつもはいない人《ひと》ですね」

「えっ、あ……二年《にねん》の間宮朝葉《まみやあさは》です」

「こんにちは！　私《わたし》は一年《いちねん》の中条月加《なかじょうつきか》です」

中条《なかじょう》さんは明《あか》るい口調《くちょう》で話《はな》しながら、ベッドの上《うえ》で足《あし》をばたつかせる。先《さき》ほど倒《たお》れたようには思《おも》えないほど元気《げんき》そうだった。

「中条《なかじょう》さん。本《ほん》を読《よ》むのは、少《すこ》し控《ひか》えたほうがいいんじゃないかしら」

「だって本《ほん》を読《よ》んで、自分探《じぶんさが》しをしたいんです」

私《わたし》から見《み》れば、探《さが》さなくても自分《じぶん》を持《も》っているように見《み》える。まわりに合《あ》わせるというよりも、物怖《ものお》じせず自由《じゆう》に発言《はつげん》しそうなタイプだ。

「あ、間宮先輩《まみやせんぱい》。私《わたし》、青年期失顔症《せいねんきしつがんしょう》なんですよ」

「えっ⁉」

「発症《はっしょう》したのは五月《ごがつ》なんですけど、一月《ひとつき》たっても治《なお》らなくって」

自分《じぶん》の顔《かお》を探《さが》すという発言《はつげん》に、もしかして私《わたし》と同《おな》じでは、とよぎった。

けれど、彼女《かのじょ》は表情《ひょうじょう》も豊《ゆた》かで青年期失顔症《せいねんきしつがんしょう》に悩《なや》まされているようには見《み》えないため、勘違《かんちが》いだと思《おも》っていた。

それに、発症《はっしょう》していることを平然《へいぜん》と話《はな》す人《ひと》を初《はじ》めて見《み》る。

「そう、なんだ……」

「あれ？　すんなり信《しん》じてくれるんですね！　私《わたし》、顔《かお》をなくしちゃったんで本《ほん》を読《よ》んで、なりたい自分《じぶん》を模索中《もさくちゅう》なんですよー！」

呆然《ぼうぜん》としている私《わたし》に、中条《なかじょう》さんが白《しろ》い歯《は》を見《み》せて笑《わら》いかけてくる。青年期失顔症《せいねんきしつがんしょう》にもいろいろなタイプがいるようだ。

「でも睡眠時間《すいみんじかん》を削《けず》ってまで読《よ》むのは危《あぶ》ないでしょう」

「先生《せんせい》、毎回《まいかい》ごめんなさい！」

「今日《きょう》はちゃんと寝《ね》るのよ」

「はぁい」

明《あか》るくてよく笑《わら》う中条《なかじょう》さんを見《み》ていると、発症《はっしょう》しているのが嘘《うそ》みたいだ。

でも倒《たお》れるくらい本《ほん》を読《よ》んでいたということは、それほど追《お》い込《こ》まれているのだろうか。

……表面《ひょうめん》だけを見《み》ていても、なにを抱《かか》えているかはわからない。私自身《わたしじしん》だってそれは同《おな》じだ。平気《へいき》なフリをして笑顔《えがお》を浮《う》かべていたのに、本当《ほんとう》はずっと苦《くる》しかった。

人《ひと》の苦《くる》しさなんて、他人《たにん》が簡単《かんたん》に推《お》し量《はか》ることなんてできない。

中条《なかじょう》さんは再《ふたた》び倒《たお》れたら危険《きけん》なため、保健室《ほけんしつ》で仮眠《かみん》を取《と》ってから帰《かえ》ることになった。眠《ねむ》りの妨《さまた》げになってしまわないようにと、私《わたし》と朝比奈《あさひな》くんは保健室《ほけんしつ》を出《で》る。

廊下《ろうか》を歩《ある》きながら昇降口《しょうこうぐち》へと向《む》かっていると、朝比奈《あさひな》くんがポケットの中《なか》から自転車《じてんしゃ》の鍵《かぎ》らしきものを取《と》り出《だ》した。

キーホルダーの銀色《ぎんいろ》の輪《わ》っかの部分《ぶぶん》に人差《ひとさ》し指《ゆび》を入《い》れて、くるくると回《まわ》す。

「間宮《まみや》、今日《きょう》もバス？」

「うん。朝比奈《あさひな》くんは自転車《じてんしゃ》？」

「おー……また共犯《きょうはん》にでもなる？」

こちらの顔色《かおいろ》をうかがいながらの悪《わる》い誘《さそ》いに噴《ふ》き出《だ》してしまう。

以前《いぜん》の私《わたし》ならためらっていたかもしれない。だけど今日《きょう》はすぐに返事《へんじ》をした。

「共犯《きょうはん》になろうかな」

「真面目《まじめ》そうに見《み》えるやつのほうが、実《じつ》は悪《わる》いことにすぐ染《そ》まるよな」

「だって、一度《いちど》やったら、次《つぎ》はまあいっかってなるっていうか……」

「それ、完全《かんぜん》によくない思考《しこう》だぞ」

朝比奈《あさひな》くんに言《い》われたくないと横目《よこめ》で睨《にら》むと、今度《こんど》は彼《かれ》が笑《わら》った。案外笑顔《あんがいえがお》はかわいい。

切《き》れ長《なが》の目《め》は、少《すこ》し冷《つめ》たい印象《いんしょう》を与《あた》えるけれど、笑《わら》うと愛嬌《あいきょう》がある。

普段《ふだん》からこうして笑《わら》っていたら、近寄《ちかよ》りがたく思《おも》われないかもしれないのに。

朝比奈《あさひな》くんの自転車《じてんしゃ》の後《うし》ろに乗《の》っているときに、あることを思《おも》い出《だ》して尋《たず》ねてみる。

「祈《いのり》さんが完治《かんち》したのって、朝比奈《あさひな》くんが中二《ちゅうに》の秋《あき》でしょ？　サッカー部《ぶ》を辞《や》めたことを後悔《こうかい》しなかったの？」

祈《いのり》さんが完治《かんち》したあとの朝比奈《あさひな》くんがどうしていたのかが気《き》になっていた。おそらくあのあと、どの部《ぶ》にも所属《しょぞく》していないはずだ。

「後悔《こうかい》してない」

きっぱりと言《い》い切《き》った朝比奈《あさひな》くんの声《こえ》に、偽《いつわ》りはないようだった。

「あ、でもある意味大変《いみたいへん》だったな。祈《いのり》と叶乃《かなの》が家庭教師《かていきょうし》になって、すげぇ勉強《べんきょう》させられてたし」

「え、家庭教師《かていきょうし》？」

「俺《おれ》が部活《ぶかつ》辞《や》めたこと、あいつら気《き》にしてたんだよ。だからせめて受験勉強《じゅけんべんきょう》の手伝《てつだ》いするって言《い》い出《だ》したから教《おそ》わってた」

その話《はなし》を聞《き》いて、疑問《ぎもん》だったことが解明《かいめい》された。

朝比奈《あさひな》くんはてっきり親《した》しかった先輩《せんぱい》たちと同《おな》じ高校《こうこう》に進《すす》むかと思《おも》っていたのに、進学《しんがく》に力《ちから》を入《い》れているこの高校《こうこう》に入《はい》ったことが意外《いがい》だったのだ。

「ここに入《はい》ったのは、叶《かな》ちゃん先生《せんせい》がいたから？」

「最初《さいしょ》は祈《いのり》のいる高校《こうこう》を受験《じゅけん》させられそうになって、遠《とお》くて嫌《いや》だっつったら、じゃあ近くてここがいいんじゃねーかって言《い》われて受験《じゅけん》した」

よくよく考《かんが》えてみれば、小学生《しょうがくせい》のころから朝比奈《あさひな》くんは勉強《べんきょう》ができる人《ひと》だったので、見《み》せないだけで努力家《どりょくか》なのかもしれない。

「勉強《べんきょう》すんのは面倒《めんどう》だったけど、部活《ぶかつ》を辞《や》めた後悔《こうかい》とかはなかった」

「そっか」

「俺《おれ》は、最初《さいしょ》からあんまり部活《ぶかつ》に執着《しゅうちゃく》してなかったのもあるかもしれねぇけど」

朝比奈《あさひな》くんからしてみたら私《わたし》は、部活《ぶかつ》にこだわりすぎているのだろう。きっとそのせいで視野《しや》が狭《せま》くなっている。

「間宮《まみや》は部活《ぶかつ》辞《や》めて、してみたいこととかないの？」

「してみたい、こと……」

部活《ぶかつ》を辞《や》めて私《わたし》にはなにが残《のこ》るのか、そればかり頭《あたま》の中《なか》で考《かん》えていた。新《あたら》しくしてみたいことなんて、すぐには思《おも》いつかない。

お兄《にい》ちゃんみたいに音楽《おんがく》に興味《きょうみ》があるわけでもなく、将来《しょうらい》の夢《ゆめ》も特《とく》にないのだ。

「そんな重《おも》く考《かん》えなくたって、バイトとかでもいいんじゃね？」

「バイト？　でもそれがやってみたいことって、どうなんだろ」

「いいじゃん別《べつ》に。バイトって言《い》っても、いろいろあるし。そこから好《す》きなことに繋《つな》がるかもしれないだろ」

高校三年間《こうこうさんねんかん》は部活《ぶかつ》に励《はげ》むべきだという考《かんが》えが頭《あたま》にあったため、バイトをする予定《よてい》なんてなかった。

「祈《いのり》なんて今《いま》、雑貨店《ざっかてん》でバイトしててラッピングが得意《とくい》とか言《い》って、俺《おれ》に借《か》りた物《もの》を返《かえ》すたびにラッピングまでしてくる」

「それちょっと見《み》てみたいかも」

「すげぇ上手《うま》い。あいつ器用《きよう》だから」

かわいくラッピングされた物《もの》を手渡《てわた》されている朝比奈《あさひな》くんを想像《そうぞう》すると、おかしくて声《こえ》を上《あ》げて笑《わら》ってしまう。

「やりたいことなんて、ちょっとしたことでいいと俺《おれ》は思《おも》うけど。新《あたら》しく別《べつ》の部《ぶ》に入《はい》りたいとかでもいいだろうし」

バスケ部《ぶ》を辞《や》めるか辞《や》めないか。

その二択《にたく》にしか目《め》を向《む》けていなかったけれど、その後《ご》に続《つづ》く選択肢《せんたくし》はいくらでもある。

他《ほか》に興味《きょうみ》がある部《ぶ》に入《はい》ることもできるし、バイトをする時間《じかん》もできる。

新《あたら》しい経験《けいけん》ができて、私《わたし》の好《す》きなことも見《み》つかっていくかもしれない。

「まだ辞《や》めるかは決断《けつだん》つかねぇの？」

「……うん」

休《きゅう》部《ぶ》したことすらお母《かあ》さんに話《はな》せていないため、退部届《たいぶとどけ》を出《だ》すとしても先《さき》に伝《つた》えなければいけない。

時間《じかん》を潰《つぶ》して帰《かえ》ったとしても、いずれは気《き》づかれてしまうはずだ。

「部《ぶ》のやつらはなんか言《い》ってきたのか？」

「誰《だれ》からも連絡《れんらく》はこなかったよ。昨日《きのう》の今日《きょう》だし、話《はな》したのは偶然廊下《ぐうぜんろうか》で会《あ》ったひとりだけ。でも休部《きゅうぶ》のことを少《すこ》し聞《き》かれたくらいだった」

杏里《あんり》とは、ぎこちなくて距離《きょり》があった。おそらく部活《ぶかつ》を辞《や》めたら以前《いぜん》のようには声《こえ》をかけてこなくなるはずだ。

「人《ひと》は思《おも》ってるよりも、他人《たにん》のこと見《み》てないだろ。みんな自分《じぶん》のことで手一杯《ていっぱい》だし」

朝比奈《あさひな》くんの言《い》うとおりだ。みんな私《わたし》のことをそこまで気《き》にしていないから、忘《わす》れ去《さ》られたかのように連絡《れんらく》がこなかったのかもしれない。

いなくなってもすぐに慣《な》れて、いつかその場《ば》に私《わたし》がいた過去《かこ》さえも消《き》えてしまう。

また仄暗《ほのぐら》い感情《かんじょう》が心《こころ》を蝕《むしば》む。

のまれてはいけない。そう思《おも》うのに、考《かんが》え出《だ》すとなかなか止《と》まらない。

待《ま》ち受《う》け画面《がめん》の私《わたし》だけがのっぺらぼうな顔《かお》を思《おも》い出《だ》して、きつく目《め》を閉《と》じる。

本当《ほんとう》に部活《ぶかつ》を辞《や》めたら、私《わたし》は見失《みうしな》っていた自分《じぶん》を取《と》り戻《もど》して、顔《かお》が戻《もど》るのだろうか。

「中条《なかじょう》と話《はな》してみたら」

その言葉《ことば》に意識《いしき》が引《ひ》っ張《ぱ》り上《あ》げられる。

「さっきの一年《いちねん》の子《こ》、だよね」

「間宮《まみや》はもっとバスケ部以外《ぶいがい》のやつとも会話《かいわ》をしてみたほうがいい気《き》がする。それに同《おな》じ発症者《はっしょうしゃ》だし、他《ほか》のやつには話《はな》しにくいことも打《う》ち明《あ》けやすいんじゃね？」

「……うん」

青年期失顔症《せいねんきしつがんしょう》であることを打《う》ち明《あ》けるのは抵抗《ていこう》があるけれど、中条《なかじょう》さんの話《はなし》も聞《き》いてみたい。

発症《はっしょう》していても、心《こころ》のどこかに認《みと》めたくない気持《きも》ちがずっとあった。だけど祈《いのり》さんの話《はなし》を聞《き》き、中条《なかじょう》さんも発症《はっしょう》していることを知《し》って、私《わたし》も見失《みうしな》った自分《じぶん》を探《さが》していきたいと思《おも》い始《はじ》めていた。

第三章《だいさんしょう》　手放《てばな》す勇気《ゆうき》

「朝葉《あさは》、起《お》きろ」

勢《いきお》いよくカーテンが開《ひら》かれて、部屋《へや》に降《ふ》り注《そそ》ぐ日差《ひざ》しの眩《まぶ》しさに眉根《まゆね》を寄《よ》せる。

「遅刻《ちこく》しても知《し》らないからな」

「ん……お兄《にい》ちゃん？」

私《わたし》を起《お》こしにきたのは、めずらしいことに寝坊《ねぼう》しがちな四《よっ》つ年上《としうえ》の兄《あに》だった。今日《きょう》は家《いえ》を出《で》るのが早《はや》い日《ひ》なのか、きちんと私服《しふく》に着替《きが》えている。

「おーい、早《はや》く起《お》きろって」

ベッドの横《よこ》に立《た》ち、呆《あき》れたように私《わたし》の掛《か》け布団《ふとん》を剥《は》ぐ。まだ頭《あたま》が冴《さ》えないけれど、上《じょう》半身《はんしん》を起《お》こして、大《おお》きなあくびを漏《も》らす。

「高校生《こうこうせい》になってもバスケ続《つづ》けてんだっけ？　バイトとかしないのか？」

「……部活《ぶかつ》の休《やす》みあまりないから」

「高校《こうこう》の部活《ぶかつ》ってそんなハードだっけ」

「うちのバスケ部《ぶ》は練習量《れんしゅうりょう》多《おお》いんだよね」

平日《へいじつ》の休《やす》みは一日《いちにち》だけで、それでもときおりミーティングが入《はい》る。土日《どにち》も練習《れんしゅう》三昧《ざんまい》だ。

中学《ちゅうがく》のころはここまでではなかったので、高校一年《こうこういちねん》の夏《なつ》ごろに一度《いちど》体調《たいちょう》を崩《くず》したことがある。

「朝葉《あさは》が好《す》きで続《つづ》けてんならいいけどさ」

「え？」

「母《かあ》さんの言《い》いなりになってるだけなら、好《す》きなことしたほうがいいんじゃない」

お母《かあ》さんとお兄《にい》ちゃんは昔《むかし》から折《お》り合《あ》いが悪《わる》い。

人《ひと》に決《き》められることを嫌《いや》がるお兄《にい》ちゃんは、お母《かあ》さんが勧《すす》めた偏差値《へんさち》の高《たか》い進学校《しんがくこう》ではなく、偏差値《へんさち》が低《ひく》くても自由《じゆう》な校風《こうふう》の高校《こうこう》に進《すす》んだ。

そのため、特《とく》にお兄《にい》ちゃんが高校生《こうこうせい》のころは衝突《しょうとつ》が絶《た》えなかった。

「朝葉《あさは》がバスケ始《はじ》めたのって、母《かあ》さんが勧《すす》めたからだろ」

「それは、そうだけど」

中学《ちゅうがく》に入学《にゅうがく》したとき、お母《かあ》さんに『スポーツ系《けい》はその後《ご》の進路《しんろ》に役立《やくだ》つかもしれないから、入《はい》りなさい』と言《い》われた。その中《なか》でもバスケ部《ぶ》にしたのは、お母《かあ》さんが昔《むかし》バスケをしていたということもあり、朝葉《あさは》も、と勧《すす》められたからだ。

「母《かあ》さんの人生《じんせい》じゃなくて、朝葉《あさは》の人生《じんせい》なんだから好《す》きに生《い》きろよ」

「お兄《にい》ちゃんは好《す》きに生《い》きすぎだよ」

「うわ、痛《いた》いとこつくなよなぁ」

お母《かあ》さんはお兄《にい》ちゃんに大学《だいがく》に進《すす》んでほしかったようだけど、お兄《にい》ちゃんはお父《とう》さんと話《はなし》をして、音楽関係《おんがくかんけい》の専門学校《せんもんがっこう》に入学《にゅうがく》した。

その後《ご》、専門学校《せんもんがっこう》を卒業《そつぎょう》したお兄《にい》ちゃんは楽器店《がっきてん》とライブハウスのバイトを掛《か》け持《も》ちして、作曲家《さっきょくか》を目指《めざ》している。お母《かあ》さんはそれも不満《ふまん》なようだった。

「でも朝葉《あさは》。マジでさ、母《かあ》さんに自分《じぶん》の選択権《せんたくけん》を与《あた》えるのは、やめたほうがいい」

「……選択権《せんたくけん》」

「それじゃあ、なにかを自分《じぶん》で決断《けつだん》しなくちゃいけないときに、なにもできなくなる」

今度《こんど》は私《わたし》が痛《いた》いところをつかれた。

部活《ぶかつ》に入《はい》るのだってお母《かあ》さんに言《い》われたとおりにして、この高校《こうこう》は評判《ひょうばん》がいいからと言《い》われて、今《いま》のところに入学《にゅうがく》した。けれど、部活《ぶかつ》を辞《や》めるか続《つづ》けるか、自分《じぶん》で選択《せんたく》しなければならなくなり、決断《けつだん》ができないでいる。

「ちゃんと自分《じぶん》で選《えら》ぶ癖《くせ》をつけたほうがいい」

黙《だま》り込《こ》む私《わたし》にお兄《にい》ちゃんは、「責《せ》めているわけじゃないよ」と苦笑《くしょう》して私《わたし》の部屋《へや》から出《で》ていった。


翌日《よくじつ》になっても、バスケ部《ぶ》の人《ひと》たちから連絡《れんらく》がくることはなかった。

すれ違《ちが》ってもぎこちなく挨拶《あいさつ》をするか、こちらを見《み》ることなく通《とお》りすぎていく。

みんなの中《なか》で私《わたし》はよくない印象《いんしょう》を抱《いだ》かれているのだろう。

……急《きゅう》に休部《きゅうぶ》して迷惑《めいわく》をかけているのだから、仕方《しかた》がないのかもしれない。

会《あ》ったところで気《き》まずいだけなので、内心《ないしん》ホッとしている自分《じぶん》が嫌《いや》になる。それに部活《ぶかつ》を続《つづ》けるにしても、辞《や》めるにしても話《はな》すことは避《さ》けて通《とお》れない。

昼休《ひるやす》みに一年生《いちねんせい》の教室《きょうしつ》がある四階《よんかい》へと足《あし》を踏《ふ》み入《い》れた。

中条《なかじょう》さんが何組《なんくみ》なのかわからないため、誰《だれ》かに聞《き》いてみようかと思《おも》っていると、階段《かいだん》近《ちか》くの教室《きょうしつ》の中《なか》から笑《わら》い声《ごえ》が聞《き》こえてくる。

入《い》り口《ぐち》から中《なか》を覗《のぞ》くと、男女数人《だんじょすうにん》が集《あつ》まっている輪《わ》の中《なか》に中条《なかじょう》さんがいた。楽《たの》しげに話《はな》している彼女《かのじょ》を見《み》ると、青年期失顔症《せいねんきしつがんしょう》にかかっているようには思《おも》えない。

私《わたし》に気《き》づいた中条《なかじょう》さんが立《た》ち上《あ》がり、まわりの人《ひと》たちになにかを言《い》ってから、こちらへと歩《あゆ》み寄《よ》ってきた。

「間宮先輩《まみやせんぱい》ですよね！　どうしたんですか？」

「急《きゅう》にごめんね。ちょっとだけ話《はな》せないかなって思《おも》って」

中条《なかじょう》さんは目《め》をまん丸《まる》くしたあと、すぐに笑顔《えがお》になった。

「私《わたし》も話《はな》してみたいなと思《おも》っていたのでうれしいです！　向《む》こうでゆっくり話《はな》しましょう」

中条《なかじょう》さんに促《うなが》されて、四階《よんかい》の廊下《ろうか》を進《すす》んでいく。

廊下《ろうか》の突《つ》き当《あ》たりは、生物実験室《せいぶつじっけんしつ》と準備室《じゅんびしつ》のため、まわりに生徒《せいと》がいない。壁《かべ》にもたれかかるようにしゃがんだ中条《なかじょう》さんが、上目《うわめ》づかいで私《わたし》を見《み》る。

「間宮先輩《まみやせんぱい》がきてくれるなんて、驚《おどろ》きました。よく私《わたし》のクラスわかりましたね」

「笑《わら》い声《ごえ》が聞《き》こえて、もしかしたらって思《おも》って」

「えー！　廊下《ろうか》まで聞《き》こえてました？　私《わたし》、声大《こえおお》きいってよく言《い》われるんですよね」

照《て》れくさそうに小《ちい》さく笑《わら》う中条《なかじょう》さんの横《よこ》に、私《わたし》もしゃがむ。

「中条《なかじょう》さんのこと、もっと知《し》りたくて会《あ》いにきたの」

「私《わたし》、自分《じぶん》を見失《みうしな》ってるので、間宮先輩《まみやせんぱい》の望《のぞ》む答《こた》えが得《え》られるかわからないですよ」

「あ、ごめんなさい！　……そういうつもりじゃなくて」

同《おな》じ青年期失顔症《せいねんきしつがんしょう》にかかっているのだから、精神面《せいしんめん》が揺《ゆ》れやすいはずだ。それなのに無神経《むしんけい》なことを言《い》ってしまった。

「悩《なや》みなさそうってよく言《い》われるんですよねー」

中条《なかじょう》さんは、あっけらかんとした口調《くちょう》で話《はな》しながら、両手《りょうて》の指《ゆび》を絡《から》めて伸《の》びをした。そのまま祈《いの》るように手《て》を合《あ》わせて口元《くちもと》へ持《も》っていくと、先《さき》ほどよりも低《ひく》めの声《こえ》のトーンで言葉《ことば》を続《つづ》ける。

「でも明《あか》るく見《み》えるからって、言《い》いたいことが言《い》えているわけでも、悩《なや》みがないわけでもないのに」

「……そうだね」

「それにつらさだって、人《ひと》によって違《ちが》いがあると思《おも》うんですよねー」

それぞれの人《ひと》が持《も》っている感情《かんじょう》は、他人《たにん》が覗《のぞ》けるわけでも、触《ふ》れることができるわけでもない。悲《かな》しいという感情《かんじょう》でも、人《ひと》によって痛《いた》みが異《こと》なる。育《そだ》った環境《かんきょう》や経験《けいけん》によって、感情《かんじょう》には無数《むすう》の違《ちが》いがあるのだと思《おも》う。

なにを抱《かか》えているかなんて誰《だれ》にも完璧《かんぺき》にはわからない。

「でも間宮先輩《まみやせんぱい》みたいに、私《わたし》のこと知《し》りたいって思《おも》ってもらえるのはうれしいです」

「……知《し》り合《あ》ったばかりなのに無神経《むしんけい》って思《おも》わない？」

「そんなふうに思《おも》ってもらえることのほうが少《すく》ないので、私《わたし》はうれしかったですよ」

そういえば、私《わたし》も友達《ともだち》に私《わたし》の考《かんが》えを知《し》りたいと言《い》われたことはない。いつだって聞《き》き役《やく》だった。

朝比奈《あさひな》くんが言《い》っていたとおり、人《ひと》は自分《じぶん》のことで手一杯《ていっぱい》で、他人《たにん》のことをそこまで気《き》にしていないのだろう。ふと虚《むな》しさが込《こ》み上《あ》げてきて乾《かわ》いた笑《え》みを漏《も》らす。

「だけど、私《わたし》も結局自分《けっきょくじぶん》のことばっかりだよ」

「えー、そんなのみんな一緒《いっしょ》ですって。自分《じぶん》が一番《いちばん》かわいいですもん。けど、それでもまわりに関心《かんしん》を持《も》って、考《かんが》えることが大事《だいじ》なんですよ」

ニッと歯《は》を見《み》せて笑《わら》った中条《なかじょう》さんを見《み》て、感情《かんじょう》が揺《ゆ》れる気《き》がする。

それは悪《わる》い方向《ほうこう》ではなく、いい方向《ほうこう》へと高揚《こうよう》しているように思《おも》えた。

「私《わたし》、中条《なかじょう》さんの考《かんが》え方《かた》、好《す》き」

ぎこちなくて、たどたどしい物言《ものい》いになってしまった。話《はな》せば話《はな》すほど、中条《なかじょう》さんが青年期失顔症《せいねんきしつがんしょう》とは思《おも》えない。けれど、当人《とうにん》はきょとんとして固《かた》まってしまっている。

「えーっと、なにか変《へん》なこと言《い》っちゃった？」

「……いつもこういうこと言《い》うと、私《わたし》らしくないとか、引《ひ》かれたりするので驚《おどろ》きました」

〝らしくない〟と誰《だれ》かに自分《じぶん》を決《き》めつけられる言葉《ことば》は、心《こころ》の重《おも》みとしてのしかかってくる。

桑野先生《くわのせんせい》に言《い》われたときも、そうだった。

「寝不足《ねぶそく》で倒《たお》れたときも、深刻《しんこく》に受《う》け止《と》められるっていうより、漫画《まんが》とか小説読《しょうせつよ》んでるからでしょって笑《わら》われちゃいました」

「人《ひと》っていろいろな面《めん》があって当《あ》たり前《まえ》なのにね」

「ですよねー。アニメや漫画《まんが》みたいに、キャラ付《づ》けされて、ちょっとでもそこからブレると、らしくないって言《い》われちゃって。……私《わたし》は笑《わら》っていないと変《へん》なのかなって」

私《わたし》も押《お》しつけられた雑用《ざつよう》に難色《なんしょく》を示《しめ》すと、いつもなら引《ひ》き受《う》けるのになにかあったの？　と言《い》われたことがあった。

我慢《がまん》していただけで、喜《よろこ》んで引《ひ》き受《う》けているわけではない。けれど、まわりにはそうは見《み》えなかったみたいだ。

「人《ひと》って矛盾《むじゅん》してる生《い》き物《もの》ですよね」

「矛盾《むじゅん》？」

「たとえば私《わたし》は元気《げんき》に見《み》られたかったんです。だけど、悩《なや》みがなくていつも笑《わら》っているって言《い》われるのは嫌《いや》なんですよ。自分勝手《じぶんかって》ですけど」

中条《なかじょう》さんの言《い》うとおりだ。つねに矛盾《むじゅん》を抱《かか》えながら私《わたし》は生《い》きている。

「私《わたし》も頼《たよ》られるのは好《す》きで、誇《ほこ》らしく思《おも》っていたこともあったけど、頼《たよ》られて都合《つごう》よく扱《あつか》われると、嫌《いや》になるときがあったんだよね」

「自分《じぶん》から望《のぞ》んでその立《た》ち位置《いち》にいたはずだというのに、気《き》づけば自分《じぶん》の首《くび》を絞《し》めていたりしますよね。それで自分《じぶん》を見失《みうしな》って……なにやってるんですかね」

私《わたし》も彼女《かのじょ》も、己《おのれ》の中《なか》の矛盾《むじゅん》に苦《くる》しめられているのだろう。

「昔《むかし》から得意《とくい》なことってないんですよね。特別《とくべつ》なにかができるわけでもなくて、趣味《しゅみ》もない。だからなにかひとつでいいから個性《こせい》みたいなものがほしかったんです」

「それが発症《はっしょう》の理由《りゆう》？」

「うーん、どうでしょう。たぶん、いろいろなことが重《かさ》なったんだと思《おも》います」

中条《なかじょう》さんは人《ひと》よりも秀《ひい》でた特技《とくぎ》や継続《けいぞく》できる趣味《しゅみ》がなく、ずっと欲《ほっ》していた。そしてそれを持《も》っている周囲《しゅうい》の人《ひと》が羨《うらや》ましかったそうだ。

「ただ、発症《はっしょう》のきっかけは妹《いもうと》です」

「……妹《いもうと》さん？」

「妹《いもうと》は水泳《すいえい》やっていてかなり実力《じつりょく》があるらしくて、大会《たいかい》とかでも優勝《ゆうしょう》しているんですよね。私《わたし》もやってたけど、あまり好《す》きじゃないというか窮屈《きゅうくつ》に思《おも》えて、途中《とちゅう》で水泳《すいえい》辞《や》めちゃったんです」

だからこそ、中条《なかじょう》さんは妹《いもうと》のようになにかに夢中《むちゅう》になりたかったらしい。

「妹《いもうと》が母《はは》や親戚《しんせき》の人《ひと》たちに、褒《ほ》められているのを間近《まぢか》で見《み》ていて、でも私《わたし》は褒《ほ》めてもらえることがなんにもなかった。親《おや》にも妹《いもうと》を見習《みなら》えって言《い》われて、せめて勉強《べんきょう》を頑張《がんば》ろうって思《おも》ったんです」

「それでこの高校《こうこう》に入《はい》ったの？」

「はい。でも頑張《がんば》って志望校《しぼうこう》に入《はい》れても、誰《だれ》も褒《ほ》めてくれませんでした」

まだ整理《せいり》しきれていない感情《かんじょう》のようで、中条《なかじょう》さんはつらそうに笑《わら》いながら手《て》を組《く》んだりほどいたりを繰《く》り返《かえ》している。

「私《わたし》って本当《ほんとう》、空《から》っぽで。趣味《しゅみ》ができたこともないですし」

「……本《ほん》をたくさん読《よ》むようになったのは、発症《はっしょう》してから？」

「いえ、発症前《はっしょうまえ》です。今図書委員《いまとしょいいん》なんですけど、先輩《せんぱい》に趣味《しゅみ》を見《み》つけるなら、まずはいろいろな系統《けいとう》の本《ほん》を読《よ》みあさってみたらどうかと勧《すす》められたんです」

そうして本《ほん》を読《よ》み始《はじ》めた中条《なかじょう》さんは、読《よ》めば読《よ》むほど自分《じぶん》がどんなふうになりたいのかわからなくなっていったそうだ。

「元気《げんき》に見《み》られたいはずだったのに、それも嫌《いや》になってきて、迷走《めいそう》しちゃって……私《わたし》ってなにがしたいのかが、ますますわからなくなっていきました」

そんなときに相談《そうだん》をしていた先輩《せんぱい》に、妹《いもうと》さんと話《はな》してみたらどうかと勧《すす》められたらしい。

身近《みぢか》な存在《そんざい》のほうが中条《なかじょう》さんのことをきっと理解《りかい》してくれているはずだと言《い》われ、妹《いもうと》さんに悩《なや》みを打《う》ち明《あ》けたところ、返《かえ》ってきた言葉《ことば》は――。

「お姉《ねえ》ちゃんって自分《じぶん》がないの？　って言《い》われちゃいました」

「え……でも趣味《しゅみ》がないからって、自分《じぶん》がないってわけじゃないのに」

「妹《いもうと》には私《わたし》に自分《じぶん》の意志《いし》がないように見《み》えたみたいなんです。結構《けっこう》その言葉《ことば》がグサッと刺《さ》さっちゃって。そしたら青年期失顔症《せいねんきしつがんしょう》になっちゃいました」

夢中《むちゅう》になれることが見《み》つからずに苦《くる》しんでいた中条《なかじょう》さんにとって、目指《めざ》すべき目標《もくひょう》がある妹《いもうと》さんの一言《ひとこと》は大《おお》きかったのだろう。

「今思《いまおも》うと練習《れんしゅう》ばかりでつらかった妹《いもうと》なりの叫《さけ》びというか、そんなくだらない悩《なや》みを打《う》ち明《あ》けるなって、私《わたし》に腹《はら》が立《た》ったんだと思《おも》います」

「それから妹《いもうと》さんとは仲直《なかなお》りできたの？」

「ギクシャクしたままです。発症《はっしょう》したことを親《おや》には話《はな》したので、たぶん、妹《いもうと》にも伝《つた》わっていますし、ちょっと気《き》まずくて。だから早《はや》く治《なお》したいんです」

中条《なかじょう》さんが今《いま》も本《ほん》を読《よ》み続《つづ》けながら自分《じぶん》の顔《かお》を探《さが》しているのは、本《ほん》を通《とお》して好《す》きなことを見《み》つけることができるのではないかと、一縷《いちる》の望《のぞ》みを懸《か》けているのかもしれない。

「本当《ほんとう》ダメな姉《あね》ですよね」

「私《わたし》は今《いま》のままの中条《なかじょう》さんも好《す》きだよ。って会《あ》ったばかりでこんなことを言《い》われてもうれしくないかもしれないけど」

「今《いま》のまま、ですか？」

「自分《じぶん》では気《き》づいていないのかもしれないけれど、中条《なかじょう》さんは自分《じぶん》を持《も》っているように私《わたし》には思《おも》えるし、一緒《いっしょ》にいる相手《あいて》によって対応《たいおう》やキャラが違《ちが》っていたっていいと思《おも》う」

全員《ぜんいん》に同《おな》じ対応《たいおう》ができて、キャラがぶれない人《ひと》なんていない。私《わたし》だって、家族《かぞく》の前《まえ》や友達《ともだち》の前《まえ》、そして朝比奈《あさひな》くんの前《まえ》で全部同《ぜんぶおな》じ自分《じぶん》ではない。

人《ひと》にはそれぞれ相性《あいしょう》があって、相手《あいて》が変《か》われば会話《かいわ》も対応《たいおう》も、そのときのテンションだって変《か》わるはずだ。

「全部同《ぜんぶおな》じ自分《じぶん》でいる必要《ひつよう》なんてないんじゃないかなって」

「い、今《いま》の私《わたし》、変《へん》じゃないですか？」

「そんなことないよ？　むしろ私《わたし》は中条《なかじょう》さんと話《はな》しやすい」

中条《なかじょう》さんはなにか言《い》いたげに口《くち》を動《うご》かしたあと、なぜか両手《りょうて》で顔《かお》を覆《おお》ってしまう。

「真面目《まじめ》な話《はなし》をしても笑《わら》わないでいてくれるの、すっごくうれしいです。……いつも結構《けっこう》、気《き》を張《は》ってて……だから、その、ありがとうございます」

触《ふ》れていいものなのか、ほんの少《すこ》し迷《まよ》いながらも中条《なかじょう》さんの頭《あたま》を軽《かる》く撫《な》でた。

「私《わたし》も今《いま》までだったら、こんなふうに話《はな》すことなんてほとんどなかったよ」

覆《おお》っていた手《て》を離《はな》して、中条《なかじょう》さんが首《くび》を傾《かし》げる。

「そうなんですか……？」

「基本的《きほんてき》に聞《き》き役《やく》で、相談《そうだん》があるって言《い》われても、最初《さいしょ》から答《こた》えが決《き》まっているようなことばかりだったんだ」

私《わたし》の意見《いけん》なんて、誰《だれ》も求《もと》めていなかった。ただ聞《き》いてくれる存在《そんざい》がほしかっただけ。

「だけど、朝比奈《あさひな》くんや中条《なかじょう》さんと話《はなし》をして、改《あらた》めて自分《じぶん》の中《なか》で考《かんが》えて伝《つた》えることの大切《たいせつ》さを実感《じっかん》した。だから私《わたし》と話《はな》してくれてありがとう」

この人《ひと》たちは、〝私《わたし》〟の話《はなし》をしっかりと受《う》け止《と》めて聞《き》いてくれている。だからこそ、自《じ》分《ぶん》の言葉《ことば》をちゃんと探《さが》したい。

「私《わたし》、決《き》めました」

「え？」

「このままでいます！」

「このままって……」

「無理《むり》に自分探《じぶんさが》しはせずに、今《いま》の自分《じぶん》のままでいます」

中条《なかじょう》さんが勢《いきお》いよく立《た》ち上《あ》がる。彼女《かのじょ》の表情《ひょうじょう》はなにかが吹《ふ》っ切《き》れているように見《み》えた。

「だけど、先輩《せんぱい》。たまには私《わたし》の真面目《まじめ》な話《はなし》を聞《き》いてくれますか？」

「私《わたし》でよければ」

「やった！」

歯《は》を見《み》せてうれしそうに笑《わら》う中条《なかじょう》さんは、保健室《ほけんしつ》で初《はじ》めて話《はな》したときと変《か》わらないはずなのに、あのときよりも眩《まぶ》しく感《かん》じる。

「妹《いもうと》にもちゃんと謝《あやま》ります。八《や》つ当《あ》たりしちゃったんで」

確信《かくしん》はないけれど、なんとなく彼女《かのじょ》はじきに治《なお》るような気《き》がした。中条《なかじょう》さんは自分《じぶん》のするべきことを見《み》つめて、歩《ある》き出《だ》そうとしている。迷《まよ》いがある私《わたし》とは違《ちが》う。

「あのね、中条《なかじょう》さん」

私《わたし》も立《た》ち上《あ》がり、中条《なかじょう》さんの隣《となり》に立《た》つ。秘密《ひみつ》を打《う》ち明《あ》ける決意《けつい》をして、言葉《ことば》を続《つづ》ける。

「私《わたし》も青年期失顔症《せいねんきしつがんしょう》なの」

驚《おどろ》かれるかと思《おも》った。けれど中条《なかじょう》さんは柔《やわ》らかく微笑《ほほえ》む。

「そんな気《き》がしてました」

「……そっか」

中条《なかじょう》さんがスカートのポケットの中《なか》から、スマホを取《と》り出《だ》す。カメラを起動《きどう》して、私《わたし》と中条《なかじょう》さんのふたりが画面《がめん》に映《うつ》った。

「不思議《ふしぎ》ですよね。私《わたし》には自分《じぶん》の顔《かお》が見《み》えなくて、間宮先輩《まみやせんぱい》の顔《かお》は見《み》えます」

「私《わたし》も自分《じぶん》の顔《かお》は見《み》えなくて、中条《なかじょう》さんの顔《かお》は見《み》える」

指先《ゆびさき》で自分《じぶん》の頬《ほお》に触《ふ》れる。

のっぺらぼうな自分《じぶん》の顔《かお》にまったく恐怖《きょうふ》が湧《わ》かないと言《い》えば嘘《うそ》になるけれど、もう目《め》を逸《そ》らしたいほどの怯《おび》えはなかった。

自分《じぶん》を失《うしな》う前《まえ》の私《わたし》は、どんな顔《かお》だったのだろう。

「お互《たが》い、いつか自分《じぶん》の顔《かお》が見《み》えるようになるといいね」

「じゃあ、そのためにも今記念撮影《いまきねんさつえい》しておきましょうよ！」

目《め》をキラキラと輝《かがや》かせた中条《なかじょう》さんの勢《いきお》いに負《ま》けて、私《わたし》は頷《うなず》く。自分《じぶん》の表情《ひょうじょう》は見《み》えないけれど、レンズに向《む》かって笑《わら》ってみる。

「治《なお》ったら、この写真《しゃしん》見《み》て思《おも》い出話《でばなし》でもしましょう！　撮《と》りますよ～」

中条《なかじょう》さんの合図《あいず》が聞《き》こえた直後《ちょくご》、カ

シャッと音《おと》が鳴《な》る。あとで送《おく》りますと言《い》われて、私《わたし》たちは連絡先《れんらくさき》を交換《こうかん》した。

週明《しゅうあ》けの月曜日《げつようび》。三限目《さんげんめ》の終《お》わりに、私《わたし》のスマホにメッセージが届《とど》いた。

差出人《さしだしにん》は、金守杏里《かなもりあんり》。

それを見《み》た瞬間《しゅんかん》、全身《ぜんしん》が強張《こわば》った。ためらいながらも震《ふる》える指先《ゆびさき》で操作《そうさ》する。

【今日《きょう》の昼休《ひるやす》み、話《はなし》がしたいんだけどいい？】

休部《きゅうぶ》の件《けん》だろう。

無視《むし》するわけにもいかず、私《わたし》は【わかった】とだけ返《かえ》した。

緊張《きんちょう》のあまり、胃《い》がねじれるような痛《いた》みと不快感《ふかいかん》に襲《おそ》われて授業《じゅぎょう》に集中《しゅうちゅう》できなかった。

四限目《よげんめ》が終《お》わるチャイムが鳴《な》ると、指先《ゆびさき》が冷《つめ》たくなり震《ふる》えてきた。話《はな》すのは怖《こわ》い。けれど、これは避《さ》けて通《とお》れない道《みち》だ。

昼休《ひるやす》みになると教室《きょうしつ》が一気《いっき》に騒《さわ》がしくなり、椅子《いす》を引《ひ》く音《おと》や楽《たの》しげな話《はな》し声《ごえ》で溢《あふ》れ返《かえ》る。待《ま》ち合《あ》わせ場所《ばしょ》について連絡《れんらく》をしようかと考《かんが》えていると、教室《きょうしつ》の出入《でい》り口《ぐち》のところに杏里《あんり》がいた。

「朝葉《あさは》、いい？」

どくりと心臓《しんぞう》の音《おと》が嫌《いや》なくらい体中《からだじゅう》に伝《つた》わってくる。

勇気《ゆうき》を振《ふ》り絞《しぼ》って立《た》ち上《あ》がると、窓際《まどぎわ》にいた朝比奈《あさひな》くんと目《め》が合《あ》った。

なにか言《い》いたげにしていたけれど、大丈夫《だいじょうぶ》と自分《じぶん》にも言《い》い聞《き》かせるようにわずかに頷《うなず》く。

杏里《あんり》と話《はなし》をするだけだ。いつまで休部《きゅうぶ》をするのかと聞《き》かれたら、もう少《すこ》しだけ時間《じかん》がほしいと伝《つた》えよう。

どの道《みち》、夏《なつ》の練習《れんしゅう》が始《はじ》まる前《まえ》までには、答《こた》えを出《だ》さなければならない。

ドアのところで待《ま》っている杏里《あんり》の元《もと》へ行《い》くと、そこには常磐先輩《ときわせんぱい》もいた。

杏里《あんり》とふたりきりで話《はな》すわけではないらしい。もしかしてふたりが代表《だいひょう》として話《はなし》を聞《き》きにきたのだろうか。

「別《べつ》の場所《ばしょ》でもいい？」

常磐先輩《ときわせんぱい》が私《わたし》の顔色《かおいろ》をうかがうように聞《き》いてきた。私《わたし》もできればクラスメイトのいない場所《ばしょ》で話《はな》したい。

階段《かいだん》を下《お》りながら、無言《むごん》の時間《じかん》が流《なが》れていく。右《みぎ》に杏里《あんり》が立《た》ち、左《ひだり》には常磐先輩《ときわせんぱい》がいる。この時間《じかん》がとてつもなく長《なが》く感《かん》じて、なんだか胸騒《むなさわ》ぎがする。

杏里《あんり》たちに案内《あんない》されたのは、体育館《たいいくかん》に向《む》かう途中《とちゅう》にあるピロティだった。待《ま》ち受《う》けている人《ひと》たちを見《み》て、血《ち》の気《け》が引《ひ》いていく。

そこにいたのは、女子《じょし》バスケ部員全員《ぶいんぜんいん》と桑野先生《くわのせんせい》だった。

桑野先生《くわのせんせい》の鋭《するど》い視線《しせん》に息《いき》をのむ。

「間宮《まみや》は休部中《きゅうぶちゅう》だが、この話《はなし》は間宮《まみや》も聞《き》いたほうがいいと思《おも》って、金守《かなもり》に呼《よ》んでもらった」

「え……？」

休部《きゅうぶ》の件《けん》で呼《よ》ばれたわけではないのだろうか。

まわりをよくよく見回《みまわ》すと、一年《いちねん》のふたりが身《み》を縮《ちぢ》こめてうつむいている。

そして他《ほか》の部員《ぶいん》たちは、彼女《かのじょ》たちをとがめるような眼差《まなざ》しで見《み》つめていた。

「真縞《ましま》と御岳《みたけ》が部活《ぶかつ》を辞《や》めたいと言《い》い出《だ》した」

そう聞《き》かされても、私《わたし》はあまり衝撃《しょうげき》を受《う》けなかった。

一年《いちねん》は入部《にゅうぶ》してまだ二ヶ月半《にかげつはん》ほどだけど、部活《ぶかつ》が合《あ》わないと感《かん》じているのなら、夏休《なつやす》みの過酷《かこく》な練習《れんしゅう》が始《はじ》まる前《まえ》に辞《や》めたほうがいい。

彼女《かのじょ》たちにとっても、これから一年《いちねん》の練習《れんしゅう》試合《じあい》でのポジション決《ぎ》めをしていくことを含《ふく》めてもいいタイミングのように思《おも》える。

けれど桑野先生《くわのせんせい》はそうは考《かんが》えていないようだ。

「俺《おれ》は間宮《まみや》の休部《きゅうぶ》を認《みと》めるべきではなかったと思《おも》ってる」

突然私《とつぜんわたし》に話《はな》しが移《うつ》り、背筋《せすじ》が縛《しば》られたように固《かた》まり、動悸《どうき》が高《たか》まっていく。

「ひとりの甘《あま》えを許《ゆる》した途端《とたん》、部員《ぶいん》たちがたるみ出《だ》した」

私《わたし》の〝甘《あま》え〟。その言葉《ことば》が容赦《ようしゃ》なく胸《むね》を突《つ》き刺《さ》した。

精神的《せいしんてき》に不安定《ふあんてい》になり、自分《じぶん》の顔《かお》を認識《にんしき》できなくなって、部活《ぶかつ》を休《やす》んだ。言葉《ことば》にしてしまえば桑野先生《くわのせんせい》の言《い》うとおり、私《わたし》は自分《じぶん》の弱《よわ》さに甘《あま》えているだけなのかもしれない。

「ひとりが休部《きゅうぶ》をしたり、退部《たいぶ》をするとすぐこうやって連鎖《れんさ》する。だから俺《おれ》は間宮《まみや》の話《はなし》を聞《き》いてケアをしていたつもりだ」

焦《あせ》りや不安《ふあん》、罪悪感《ざいあくかん》などで苦《くる》しかった感覚《かんかく》が、熱《ねつ》が引《ひ》くように消《き》えていく。

この場《ば》をおさめるなら、部活《ぶかつ》に復帰《ふっき》することを約束《やくそく》すればいい。そして辞《や》めたがっている一年《いちねん》の子《こ》たちを説得《せっとく》する。

それが桑野先生《くわのせんせい》の一番求《いちばんもと》めていることだ。

でも私《わたし》は自分《じぶん》を押《お》し殺《ころ》してまで、まわりから好《す》かれようとしていた自分《じぶん》を変《か》えたい。

今《いま》まで作《つく》り上《あ》げてきた〝間宮朝葉《まみやあさは》〟を、手放《てばな》さなければいけない。

「……部活《ぶかつ》を続《つづ》けるか、辞《や》めるかは本人《ほんにん》が選《えら》ぶことだと思《おも》います」

振《ふ》り絞《しぼ》るようにして発《はっ》した言葉《ことば》に、周囲《しゅうい》は目《め》を丸《まる》くする。

「部活《ぶかつ》は一度入《いちどはい》ったら、辞《や》めていけないわけではないですよね」

「——無責任《むせきにん》」

誰《だれ》かが呟《つぶや》いたのが聞《き》こえた。

部《ぶ》に所属《しょぞく》した以上《いじょう》は、責任《せきにん》というものがあるのはわかっている。

だからこそ、私《わたし》もこれ以上《いじょう》うだうだと悩《なや》まずに決断《けつだん》しないといけない。

先輩《せんぱい》たちの最後《さいご》の大会《たいかい》のための強化練習《きょうかれんしゅう》や、昨年《きょねん》の流《なが》れだと代替《だいが》わりに備《そな》えて二年《にねん》の練習《れんしゅう》メニューの変更《へんこう》などがある。

その前《まえ》に抜《ぬ》けなければ今《いま》よりも迷惑《めいわく》をかけてしまう。

「間宮《まみや》、三年生《さんねんせい》が大事《だいじ》な時期《じき》だとわかって言《い》ってるのか？　こういうときに二年《にねん》が支《ささ》えになって後輩《こうはい》をケアしてやるべきだろう」

「それなら桑野先生《くわのせんせい》は、どのタイミングなら辞《や》めてもいいと思《おも》ってるんですか？」

桑野先生《くわのせんせい》が力強《ちからづよ》い目《め》で、私《わたし》を睨《にら》みつけてくる。萎縮《いしゅく》しそうになるのを必死《ひっし》に耐《た》えながら、手《て》を強《つよ》く握《にぎ》りしめた。

「辞《や》めたいって言《い》っている子《こ》たちを無理《むり》やり引《ひ》き止《と》めるのは間違《まちが》っていると思《おも》います」

「はぁ……わかったわかった。どうせ部員同士《ぶいんどうし》のトラブルが原因《げんいん》なんだろう」

「それは……」

「全員《ぜんいん》言《い》いたいこと言《い》え。まずは間宮《まみや》の休部《きゅうぶ》について意見《いけん》があるやつはいるか？」

二年《にねん》の部員《ぶいん》のひとりが私《わたし》のことを見《み》つめながら、小《ちい》さくため息《いき》をついた。

「朝葉《あさは》、なんでなんにも相談《そうだん》してくれなかったの？　もっと早《はや》く話《はな》してくれていたら、こうなる前《まえ》に相談《そうだん》にのれたのに」

悲《かな》しげに言《い》われてしまい、私《わたし》はなにも言《い》い返《かえ》せなかった。

「私《わたし》たち心配《しんぱい》してたんだよ」

誰《だれ》かが言葉《ことば》を発《はっ》した途端《とたん》、まわりの子《こ》たちが「だよね」と言《い》って同調《どうちょう》し始《はじ》める。

「てかさ、杏里《あんり》はなんも聞《き》いてなかったの？」

「つ、あたしはなにも。それに朝葉《あさは》が次《つぎ》の部長《ぶちょう》じゃないかって言《い》ったとき、うれしそうだったから、急《きゅう》に休部《きゅうぶ》するなんて予想外《よそうがい》で……」

バスケ部《ぶ》の中《なか》だと、私《わたし》は一番杏里《いちばんあんり》と仲《なか》がよかったはずだったけれど、この場《ば》にいる彼女《かのじょ》は別人《べつじん》のように見《み》える。

「わかる。朝葉《あさは》って部長《ぶちょう》になりたいのかなって私《わたし》も思《おも》ってた」

「だから率先《そっせん》していろいろやってたんでしょ」

「なのになんの相談《そうだん》もなく休《やす》まれて、今《いま》まで朝葉《あさは》がやってたこと一気《いっき》に押《お》しつけられても私《わたし》たちも正直困《しょうじきこま》るし……」

「残《のこ》されたこっちのことまったく考《かんが》えてないでしょ」

再《ふたた》び始《はじ》まる同調《どうちょう》。私《わたし》は一言《ひとこと》も発《はっ》していないのに、話《はなし》がどんどん進《すす》んでいく。一度《いちど》だって部長《ぶちょう》になりたいと思《おも》ったこともない。

――私《わたし》はっ……。

瞬間《しゅんかん》、背筋《せすじ》がぞわりとして、肌《はだ》が粟立《あわだ》つ。

今《いま》たしかに「私《わたし》は」と言葉《ことば》を発《はっ》したつもりだった。けれどなにも聞《き》こえなかった。口《くち》を動《うご》かしている感覚《かんかく》はある。それなのに声《こえ》が一切《いっさい》出《で》ない。

何度《なんど》も「私《わたし》」と声《こえ》を出《だ》してみようとしても、口《くち》パクで話《はな》しているみたいになってしまう。

突然声《とつぜんこえ》が出《で》なくなってしまったことに焦《あせ》って口元《くちもと》を押《お》さえると、私《わたし》を呼《よ》ぶ声《こえ》が聞《き》こえて顔《かお》を上《あ》げる。

「朝葉《あさは》？」

「なに、どうしたの？」

周囲《しゅうい》を見回《みまわ》すと、みんなの視線《しせん》は私《わたし》に向《む》いていた。

「言《い》いたいことがあるなら、はっきりと言《い》え！」

桑野先生《くわのせんせい》の言葉《ことば》に、息《いき》をのんだ。

先生《せんせい》たちには私《わたし》の声《こえ》が聞《き》こえているように感《かん》じて、おそるおそる「桑野先生《くわのせんせい》」と口《くち》を動《うご》かしてみる。

「なんだ」

すぐに返事《へんじ》をされて確信《かくしん》した。

声《こえ》が出《で》なくなったわけではなく、私《わたし》にだけ自分《じぶん》の声《こえ》が聞《き》こえていないのだ。

顔《かお》の次《つぎ》は、声《こえ》――？

悪化《あっか》していっているような気《き》がして当惑《とうわく》する。青年期失顔症《せいねんきしつがんしょう》にこんな症状《しょうじょう》が存在《そんざい》しているなんて知《し》らなかった。

どうしよう。このタイミングで、声《こえ》が聞《き》こえなくなってしまうなんて。

「もしかして原因《げんいん》って朝比奈《あさひな》くん？」

杏里《あんり》の一言《ひとこと》が、波紋《はもん》を呼《よ》ぶ。

「え、朝比奈《あさひな》くんの影響《えいきょう》で部活《ぶかつ》サボってるってこと？」

「休部前《きゅうぶまえ》も一緒《いっしょ》にいたらしいし、そういうことなんじゃないの」

先《さき》ほどよりも騒《さわ》がしくなっていく。このままでは朝比奈《あさひな》くんが巻《ま》き込《こ》まれてしまう。

「違《ちが》うよ！」

早《はや》く否定《ひてい》しなくてはと、咄嗟《とっさ》に声《こえ》を上《あ》げる。

……戻《もど》った。今度《こんど》は自分《じぶん》の声《こえ》がはっきりと聞《き》こえた。

そのことに安堵《あんど》したけれど、周囲《しゅうい》からは疑惑《ぎわく》が確信《かくしん》に変《か》わったような眼差《まなざ》しを向《む》けられる。

「朝比奈《あさひな》？　まさか朝比奈聖《あさひなひじり》のことか？」

腕《うで》を組《く》んだ桑野先生《くわのせんせい》が顔《かお》をしかめて、杏里《あんり》たちに聞《き》いた。「そうです」と答《こた》えた彼女《かのじょ》たちを恨《うら》めしく思《おも》いながらも、今度《こんど》は桑野先生《くわのせんせい》に向《む》かって声《こえ》を上《あ》げる。

「朝比奈《あさひな》くんは、なにも関係《かんけい》ありません！」

「じゃあ、なんであいつの名前《なまえ》が出《で》てくるんだ？」

「それは、体調不良《たいちょうふりょう》のときに助《たす》けてもらっただけで」

「だいたいそれは仮病《けびょう》だったんだろう！　それも朝比奈《あさひな》が絡《から》んでるんじゃないのか！」

決《き》めつけるように桑野先生《くわのせんせい》が怒《いか》りを含《ふく》んだ声《こえ》を被《かぶ》せてくる。

「てか男《おとこ》とサボるために、休部《きゅうぶ》とかヤバくない？」

どこからか軽蔑《けいべつ》したような声《こえ》が聞《き》こえてくる。

「違《ちが》う！　朝比奈《あさひな》くんはただ助《たす》けてくれただけで、部活《ぶかつ》を休《やす》んだのは私《わたし》の問題《もんだい》です！」

彼《かれ》が無関係《むかんけい》なのだと必死《ひっし》に訴《うった》えた。

このままでは朝比奈《あさひな》くんがとばっちりを受《う》けてしまうかもしれない。それだけはどうしても避《さ》けたい。けれど説明《せつめい》すればするほど、周囲《しゅうい》からは疑《うたが》われてしまう。

「てかさぁ、朝葉《あさは》ちゃんが部活辞《ぶかつや》めたいのって、他《ほか》の二年《にねん》たちが朝葉《あさは》ちゃんに雑用押《ざつようお》しつけるからでしょ」

静観《せいかん》していた三年《さんねん》の先輩《せんぱい》が腕《うで》を組《く》み、二年《にねん》たちを鼻《はな》で笑《わら》う。

「困《こま》るもんね、今《いま》まで雑用《ざつよう》やってくれた人《ひと》がいなくなるとさ」

「ああ、そういえば間宮《まみや》に雑用《ざつよう》を押《お》しつけてるらしいな。金守《かなもり》」

先輩《せんぱい》の言葉《ことば》に反応《はんのう》した桑野先生《くわのせんせい》が、すぐ近《ちか》くにいる杏里《あんり》を横目《よこめ》で睨《にら》んだ。

すると杏里《あんり》は肩《かた》を震《ふる》わせて、言葉《ことば》を探《さが》すように目《め》を泳《およ》がせる。

「えっと、いや……押《お》しつけてるっていうか、朝葉《あさは》がシュート数《すう》のデータ集計《しゅうけい》したり、練《れん》習《しゅう》メニューの相談《そうだん》とか、あと一年《いちねん》に片付《かたづ》けとかいろいろ教《おし》えたりしてくれてて」

「二年生全員《にねんせいぜんいん》で役割《やくわり》を分担《ぶんたん》し、一年生《いちねんせい》の面倒《めんどう》をみるように言《い》ったはずだが？」

厳《きび》しめの声《こえ》で桑野先生《くわのせんせい》がとがめるように言《い》うと、他《ほか》の二年《にねん》がすぐにフォローに入《はい》る。

「私《わたし》たちがやっても、怖《こわ》いとか陰《かげ》で言《い》われるから朝葉《あさは》にお願《ねが》いしただけです」

「っ、私《わたし》たち先輩《せんぱい》たちの悪口《わるくち》なんて言《い》ってません！」

「はぁ？　あんたらの声大《こえおお》きいから聞《き》こえてんですけど」

否定《ひてい》してきた一年《いちねん》に二年《にねん》たちが血相《けっそう》を変《か》えて言《い》い返《かえ》す。すると三年《さんねん》たちが呆《あき》れたように二年《にねん》を睨《にら》んだ。

「うっわ、自分《じぶん》らのこと棚《たな》に上《あ》げてよく言《い》うよね。二年《にねん》だってうちらの悪口《わるくち》言《い》いまくってるくせに」

その中《なか》でたったひとり、常磐先輩《ときわせんぱい》だけが黙《だま》

り込《こ》んでいる。

私《わたし》に向《む》けている眼差《まなざ》しはひどく冷《つめ》たく、けれど口元《くちもと》がわずかに笑《わら》っているようにも見《み》えた。

その違和感《いわかん》に体《からだ》が震《ふる》え、冷《ひ》え切《き》った指先《ゆびさき》をきつく握《にぎ》る。

「杏里《あんり》ちゃんってさ、仲《なか》いいフリしてたけど、朝葉《あさは》ちゃんにまとめ役押《やくお》しつけてたんでしょ。試合《しあい》の帰《かえ》りに話《はな》してるの聞《き》いちゃったんだよね」

「あ、あたしそんなこと言《い》ってません！　ただ朝葉《あさは》がそういうの好《す》きなんだと思《おも》ってただけで、仲良《なかよ》かったですし！」

助《たす》けてと言《い》うように、潤《うる》んだ目《め》で杏里《あんり》が私《わたし》を見《み》つめる。

更衣室《こういしつ》で私《わたし》の悪口《わるくち》を言《い》っていたことが頭《あたま》によぎる。きっとあの日以外《ひいがい》にも、杏里《あんり》は私《わたし》のことを悪《わる》く言《い》っていたのだろう。

ただじっと見《み》ているだけの私《わたし》に杏里《あんり》が信《しん》じられないというように目《め》を見開《みひら》く。そしてすぐに非難《ひなん》するような鋭《するど》い目《め》つきに変《か》わった。

「てか一年《いちねん》が辞《や》めるとか言《い》い出《だ》したのも悪《わる》くない？」

若奈《わかな》が一年《いちねん》に矛先《ほこさき》を向《む》けると、辞《や》めると言《い》い出《だ》していた真縞《ましま》さんがすぐに言《い》い返《かえ》す。

「先輩《せんぱい》たちのせいじゃないですか！　私《わたし》たち意地悪《いじわる》されても耐《た》えてたんですよ！　一年《いちねん》が作《つく》ったドリンクだって捨《す》ててましたよね！」

責《せ》められれば言《い》い返《かえ》す人《ひと》や、泣《な》き出《だ》す人《ひと》が出《で》てきて、誰《だれ》かが口《くち》を開《ひら》くたびに場《ば》の空気《くうき》が悪化《あっか》していく。

言葉《ことば》を発《はっ》していない私《わたし》まで呼吸《こきゅう》が苦《くる》しくなっていく感覚《かんかく》がした。

「はぁ、今日《きょう》はとことん喧嘩《けんか》でもしろ。言《い》いたいこと全部《ぜんぶ》言《い》い合《あ》えば、すっきりするだろ。な、間宮《まみや》」

この状況《じょうきょう》を見《み》て、桑野先生《くわのせんせい》が続《つづ》けろと言《い》っているのが理解《りかい》できなかった。

根本的《こんぽんてき》な問題《もんだい》を話《はな》し合《あ》い、和解《わかい》に導《みちび》くのではなく、ただすっきりさせるために不満《ふまん》を吐《は》き出《だ》させるだけで、解決《かいけつ》する気《き》があるようには思《おも》えない。

「それ、本気《ほんき》で言《い》ってますか」

一瞬《いっしゅん》にして、場《ば》の空気《くうき》が凍《こお》りついたように静《しず》かになった。

「当《あ》たり前《まえ》だろう。本音《ほんね》をぶつけ合《あ》って喧嘩《けんか》をしないからこうなるんだ」

みんなが私《わたし》と桑野先生《くわのせんせい》を交互《こうご》に見《み》ながら、不穏《ふおん》な空気《くうき》に息《いき》を潜《ひそ》めているのがわかる。

以前《いぜん》の私《わたし》だったら、穏便《おんびん》にやりすごすことばかり考《かんが》えて言《い》われるがままだった。

けれど、もうそんな自分《じぶん》でいたくない。

桑野先生《くわのせんせい》を睨《にら》みつけると、怒《いか》りを含《ふく》んだ声《こえ》で言《い》い返《かえ》す。

「言《い》いたいこと言《い》い合《あ》って、それで事《こと》が全《すべ》て丸《まる》くおさまるわけないですよね」

バスケ部内《ぶない》の関係《かんけい》が悪化《あっか》することは目《め》に見《み》えている。おそらく辞《や》めたいと思《おも》う人《ひと》も増《ふ》えるはずだ。

「間宮《まみや》、本当《ほんとう》は人付《ひとづ》き合《あ》いが下手《へた》なんだな」

「え？」

「それに最近特《さいきんとく》に変《へん》だぞ。間宮《まみや》らしくない言動《げんどう》が増《ふ》えた」

桑野先生《くわのせんせい》に失望《しつぼう》したような眼差《まなざ》しで見下《みお》ろされる。この人《ひと》には私《わたし》の言葉《ことば》なんて届《とど》かない気《き》がした。

「ガッカリだ。もっと責任感《せきにんかん》があって、自分《じぶん》を持《も》っているやつだと思《おも》っていた。せっかく次《つぎ》の部長《ぶちょう》にと思《おも》っていたんだがな」

「なに、それ」

言葉《ことば》が漏《も》れた。

勝手《かって》に期待《きたい》して、押《お》しつけて、私《わたし》がまわりから不満《ふまん》の捌《は》け口《ぐち》にされても見《み》て見《み》ぬフリをしていた顧問《こもん》に対《たい》して、怒《いか》りよりも悲《かな》しさが降《ふ》り積《つ》もっていく。

私《わたし》は自分《じぶん》の顔《かお》が見《み》えない。失《うしな》ってしまった。

その原因《げんいん》のひとつが部活《ぶかつ》で、この人《ひと》も関《かか》わっている。

決《けっ》して気《き》づいてはくれないだろう。いっそのこと言《い》ってしまおうかと思《おも》ったけれど、部《ぶ》員《いん》たちから学校中《がっこうじゅう》に噂《うわさ》が広《ひろ》まってしまうのは抵抗《ていこう》がある。

視界《しかい》が滲《にじ》む。でも涙《なみだ》だけは見《み》せたくなくて、下唇《したくちびる》を噛《か》みしめて耐《た》える。

……自分《じぶん》なんてどこにもない。見《み》えない。見《み》つからない。

「──桑野先生《くわのせんせい》。私《わたし》も、あなたにはガッカリです」

よく通《とお》る声《こえ》が響《ひび》いた。どこか苛立《いらだ》ちを含《ふく》んだような、刺々《とげとげ》しさを感《かん》じる。

振《ふ》り返《かえ》ると、白衣姿《はくいすがた》の女性《じょせい》がドアのところに腕《うで》を組《く》んで立《た》っていた。

「雨村先生《あめむらせんせい》！」

桑野先生《くわのせんせい》が、なぜか真《ま》っ青《さお》な顔《かお》で慌《あわ》てている。

一方叶《いっぽうかな》ちゃん先生《せんせい》は、眉《まゆ》を寄《よ》せて厳《きび》しい表情《ひょうじょう》だった。普段《ふだん》の温厚《おんこう》な様子《ようす》との違《ちが》いに驚《おどろ》いてしまう。

「私《わたし》がお伝《つた》えしたことを、ご理解《りかい》されていなかったようですね」

「いやぁ、これはその、やっぱり生徒同士《せいとどうし》、腹《はら》を割《わ》って話《はな》したほうがいいと思《おも》いまして」

「桑野先生《くわのせんせい》」

呆《あき》れたように名前《なまえ》を呼《よ》んだ叶《かな》ちゃん先生《せんせい》は、わざとらしく笑《え》みを浮《う》かべる。

「間宮《まみや》さんの心《こころ》を刺激《しげき》しないために、部活《ぶかつ》に強制的《きょうせいてき》に復帰《ふっき》させようとしたりミーティングに参加《さんか》させたりしないようにと、お願《ねが》いしましたよね」

「……はい」

「それで？　この状況《じょうきょう》はいったいなんでしょうか。ああ、この場《ば》で説明《せつめい》は結構《けっこう》ですので、後《のち》ほど職員室《しょくいんしつ》で先生方《せんせいがた》の前《まえ》でご報告《ほうこく》いただけますね」

高圧的《こうあつてき》なあの桑野先生《くわのせんせい》が、叶《かな》ちゃん先生《せんせい》に気圧《けお》されている。私《わたし》の知《し》らないところで、先生《せんせい》たちなりの決《き》まり事《ごと》があるようだった。

「ほら、みんなお昼《ひる》ご飯食《はんた》べる時間《じかん》なくなるわよ」

叶《かな》ちゃん先生《せんせい》は手《て》を叩《たた》いて素早《すばや》く退散《たいさん》するように促《うなが》すと、部員《ぶいん》たちが少々困惑《しょうしょうこんわく》した様子《ようす》で散《ち》っていく。

これでいったんはこの場《ば》はおさまったようで、ホッと胸《むね》を撫《な》で下《お》ろす。

「雨村先生《あめむらせんせい》、生徒《せいと》たちには腹《はら》を割《わ》って話《はな》す時間《じかん》が――」

「桑野先生《くわのせんせい》、このようなやり方《かた》は生徒《せいと》たちの心《こころ》を乱《みだ》し、不安定《ふあんてい》にさせてしまいます。以後《いご》、気《き》をつけてください」

桑野先生《くわのせんせい》の言葉《ことば》を遮《さえぎ》るようにして制《せい》すると、息《いき》を潜《ひそ》めるようにして立《た》ち尽《つ》くしていた私《わたし》に叶《かな》ちゃん先生《せんせい》が笑《え》みを向《む》ける。

「間宮《まみや》さんは私《わたし》と一緒《いっしょ》にきてくれるかしら」

私《わたし》は頷《うなず》くと、なにか言《い》いたげな桑野先生《くわのせんせい》から逃《に》げ出《だ》すように叶《かな》ちゃん先生《せんせい》と一階《いっかい》の廊下《ろうか》へと移動《いどう》する。どうやらこのまま保健室《ほけんしつ》に行《い》くらしい。

「先生《せんせい》、ありがとうございます。でもどうしてあの場所《ばしょ》に……？」

「聖《ひじり》から連絡《れんらく》を貰《もら》ったの。間宮《まみや》さんが部活《ぶかつ》の人《ひと》たちに連《つ》れていかれたって。それでもしかしたらって思《おも》ってね」

教室《きょうしつ》で私《わたし》が杏里《あんり》に呼《よ》ばれたのを見《み》ていたから、気《き》にしてくれていたのかもしれない。

「保健室《ほけんしつ》で聖《ひじり》が待《ま》ってるわ」

「え……朝比奈《あさひな》くんが？」

「それほど間宮《まみや》さんのことが心配《しんぱい》なのよ」

胸《むね》の奥《おく》が熱《あつ》くなって涙《なみだ》が出《で》てきそうになった。

「私《わたし》、朝比奈《あさひな》くんに助《たす》けてもらってばっかりですね」

先生《せんせい》が目《め》を細《ほそ》めて柔《やわ》らかい表情《ひょうじょう》になる。いつもの叶《かな》ちゃん先生《せんせい》だ。

「ねえ、間宮《まみや》さん。バスケ部《ぶ》で話《はな》し合《あ》いをすることになったのは、どういう流《なが》れなのか教《おし》えてくれる？」

「杏里《あんり》……金守《かなもり》さんから話《はなし》がしたいってメッセージがきて、それで……案内《あんない》された場所《ばしょ》に部《ぶ》のみんながいました」

叶《かな》ちゃん先生《せんせい》がなにかを考《かんが》えるように険《けわ》しい表情《ひょうじょう》になる。

「つまり、全員《ぜんいん》で話《はな》し合《あ》いをすることは聞《き》かされていなかったってことね？」

「……はい」

事前《じぜん》に聞《き》かされたら私《わたし》は逃《に》げずにあの場所《ばしょ》まで行《い》けたのか、正直《しょうじき》わからなかった。話《はな》し合《あ》いが怖《こわ》くて、動《うご》けなかったかもしれない。

「金守《かなもり》さんは桑野先生《くわのせんせい》に命《めい》じられたのね」

「……たぶんそうです。桑野先生《くわのせんせい》が、杏里《あんり》に呼《よ》んでもらったと言《い》っていました」

「きっと同《おな》じ学年《がくねん》で親《した》しい子《こ》が呼《よ》べばくると思《おも》ったんでしょう」

呆《あき》れたと呟《つぶや》いて、叶《かな》ちゃん先生《せんせい》が額《ひたい》を押《お》さえる。

「桑野先生《くわのせんせい》からの呼《よ》び出《だ》しだったら、私《わたし》がこないって思《おも》ったってことですか？」

「おそらく間宮《まみや》さんが、私《わたし》に相談《そうだん》すると思《おも》ったんじゃないかしら」

桑野先生《くわのせんせい》と叶《かな》ちゃん先生《せんせい》のやり取《と》りを思《おも》い返《かえ》すと、叶《かな》ちゃん先生《せんせい》は私《わたし》が呼《よ》び出《だ》されたことを知《し》れば、止《と》めてくれたはずだ。

だからこそ、桑野先生《くわのせんせい》は杏里《あんり》を使《つか》ったのかもしれない。

杏里《あんり》は話《はなし》を振《ふ》られるまでずっと黙《だま》っていて、あの状況《じょうきょう》に怯《おび》えているようにも見《み》えた。

「精神的《せいしんてき》にかなり堪《こた》えたわよね。午後《ごご》は少《すこ》し休《やす》んだほうがいいんじゃないかしら」

「あの……病状《びょうじょう》が悪化《あっか》することってありますか？」

私《わたし》の言葉《ことば》に目《め》を大《おお》きく見開《みひら》いた叶《かな》ちゃん先生《せんせい》が足《あし》を止《と》める。

「どうして悪化《あっか》しているように感《かん》じたの？」

心《こころ》なしか叶《かな》ちゃん先生《せんせい》の顔色《かおいろ》が悪《わる》い気《き》がして、私《わたし》はなにか妙《みょう》なことを口走《くちばし》ってしまったのかと不安《ふあん》になる。

「気《き》にしすぎかもしれないですけど……さっき一度《いちど》だけ自分《じぶん》の声《こえ》が聞《き》こえなくなって」

「……そう。聴覚《ちょうかく》のほうにきたのね」

「へ？」

「大丈夫《だいじょうぶ》よ。保健室《ほけんしつ》に着《つ》いたら、少《すこ》し話《はなし》をしましょう」

長《なが》い廊下《ろうか》を突《つ》き当《あ》たりまで進《すす》むと保健室《ほけんしつ》が見《み》えてきた。

叶《かな》ちゃん先生《せんせい》がドアを開《あ》ける。

長机《ながづくえ》の前《まえ》に置《お》かれている二脚《にきゃく》並《なら》んだパイプ椅子《いす》の片方《かたほう》には、金髪《きんぱつ》の男子《だんし》が座《すわ》っていた。

「朝比奈《あさひな》くん」

名前《なまえ》を呼《よ》ぶと、振《ふ》り返《かえ》った彼《かれ》と視線《しせん》が交《まじ》わる。私《わたし》を見《み》ている朝比奈《あさひな》くんの眼差《まなざ》しが優《やさ》しくて、込《こ》み上《あ》げてくる涙《なみだ》を抑《おさ》えるように唇《くちびる》をきつく結《むす》ぶ。

「座《すわ》れば」

小《ちい》さく頷《うなず》いてから朝比奈《あさひな》くんの隣《となり》の椅子《いす》に座《すわ》る。叶《かな》ちゃん先生《せんせい》はいつものように向《む》かいの席《せき》に座《すわ》った。

「叶《かな》ちゃん先生《せんせい》に伝《つた》えてくれて、ありがとう」

「おー」

気《き》が抜《ぬ》けそうなほど短《みじか》く返《かえ》される。

横目《よこめ》で彼《かれ》のほうを見《み》やると、頬杖《ほおづえ》をつきながらこちらを向《む》いていた。私《わたし》の様子《ようす》をうかがっているように見《み》える。

「で、大丈夫《だいじょうぶ》だったのか？」

「聖《ひじり》に教《おし》えてもらえてよかったわ。バスケ部《ぶ》の部員《ぶいん》たちと顧問《こもん》の桑野先生《くわのせんせい》がいて、話《はな》し合《あ》いとは言《い》えないくらいのひどい状況《じょうきょう》だったから」

叶《かな》ちゃん先生《せんせい》の話《はなし》に朝比奈《あさひな》くんが眉根《まゆね》を寄《よ》せた。

「あのとき止《と》めとけばよかったな」

申《もう》し訳《わけ》なさそうに言《い》われてしまい、慌《あわ》てて首《くび》を横《よこ》に振《ふ》る。

「私《わたし》が自分《じぶん》で行《い》くって決《き》めたから」

杏里《あんり》にだけ呼《よ》ばれていると思《おも》っていたとはいえ、あの場《ば》でついていく決断《けつだん》をしたのは私自身《わたしじしん》だ。

「間宮《まみや》さん、昼休《ひるやす》みが終《お》わるまで時間《じかん》があるから、少《すこ》しさっきの件《けん》について、話《はなし》をしても大丈夫《だいじょうぶ》かしら?」

「はい」

壁《かべ》にかけられた時計《とけい》を確認《かくにん》すると、まだ二十分《にじっぷん》ほど昼休《ひるやす》みの時間《じかん》が残《のこ》っている。お昼《ひる》ご飯《はん》を食《た》べていないものの、食欲《しょくよく》がまったく湧《わ》かない。

呼《よ》び出《だ》しのメッセージが届《とど》いてから胃《い》の調子《ちょうし》が悪《わる》くなり、話《はな》し合《あ》いが終《お》わっても、気《き》分《ぶん》がすぐれないのはまだ緊張《きんちょう》しているからかもしれない。

「青年期失顔症《せいねんきしつがんしょう》は、主《おも》に自分《じぶん》の顔《かお》が認識《にんしき》できなくなる病《やまい》だってことは知《し》っているわね」

「はい」

「けれど、精神的負荷《せいしんてきふか》が増《ふ》えて病状《びょうじょう》が悪化《あっか》すると、その他《ほか》の五感《ごかん》にも影響《えいきょう》を及《およ》ぼすことがあるの」

青年期失顔症《せいねんきしつがんしょう》をネットで調《しら》べたことがあっても、具体的《ぐたいてき》な症状《しょうじょう》ばかりに気《き》を取《と》られて、悪化《あっか》したあとに起《お》こる病状《びょうじょう》まできちんと目《め》を通《とお》していなかった。

「じゃあ、私《わたし》の場合《ばあい》もそれで……」

「おそらくはね。あまり知《し》られていない合併症《がっぺいしょう》なんだけど、聴覚《ちょうかく》に影響《えいきょう》が出《で》る青年期失《せいねんきしつ》聴症《ちょうしょう》や味《あじ》がわからなくなる青年期失味症《せいねんきしつみしょう》というのがあるの」

「……初《はじ》めて聞《き》きました」

「それだけでは発症《はっしょう》することはなくて、あくまで青年期失顔症《せいねんきしつがんしょう》を発症《はっしょう》した人《ひと》が、さらにストレスを重《かさ》ねると起《お》こる二次的《にじてき》な症状《しょうじょう》なのよ」

恐怖《きょうふ》が背中《せなか》をなぞるような感覚《かんかく》がして体《からだ》を縮《ちぢ》こめる。

「すぐに自分《じぶん》の声《こえ》が聞《き》こえるようになったのなら、一時的《いちじてき》に精神的負荷《せいしんてきふか》がかかったためだと思《おも》うの。今後《こんご》は今日《きょう》みたいな呼《よ》び出《だ》しはさせないようにするわ」

「でも、私《わたし》ちゃんと話《はな》さないと」

朝比奈《あさひな》くんや叶《かな》ちゃん先生《せんせい》に守《まも》ってもらってばかりではなくて、最終的《さいしゅうてき》にどんな選択《せんたく》をしたとしても、きちんと自分《じぶん》の口《くち》から伝《つた》えなければいけない。

「休部《きゅうぶ》だって一時《いちじ》しのぎでしかなくて、こんなの私《わたし》逃《に》げてるだけだ……っ」

やりたくないことから目《め》を背《そむ》けて、優《やさ》しくしてくれる人《ひと》たちのほうへと逃《に》げて問題《もんだい》の解決《かいけつ》を先送《さきおく》りにしてしまっていた。

あの話《はな》し合《あ》いは望《のぞ》んだものではなかったけれど、それでも自分《じぶん》の気持《きも》ちをみんなに伝《つた》えるべきだった。

「なににそんな怯《おび》えてんだよ」

肺《はい》に吸《す》い込《こ》んだ空気《くうき》が、力《ちから》なく抜《ぬ》けていく。一瞬《いっしゅん》、朝比奈《あさひな》くんの言葉《ことば》を理解《りかい》できなかった。

「間宮《まみや》は、部内《ぶない》でのいろんなこと押《お》しつけられてきたんだろ」

「それは……私《わたし》もいい顔《かお》しちゃってたから。断《ことわ》らなかったのも、ダメだった」

「全部《ぜんぶ》間宮《まみや》がひとりでやらなくちゃいけないことじゃねぇし、まわりもわかっててそのまま放置《ほうち》してたんだろ。その中《なか》に間宮《まみや》のことを考《かんが》えてるやつってどのくらいいんの？」

わかってる。一年《いちねん》に泣《な》きつかれても、二年《にねん》にメニューの改善《かいぜん》をお願《ねが》いされても、三年《さんねん》からの注意《ちゅうい》を私《わたし》がひとりで受《う》けても、みんな本当《ほんとう》の意味《いみ》で私《わたし》のことなんて見《み》ていない。

「……都合《つごう》よく扱《あつか》われてたのは知《し》ってるよ」

朝葉《あさは》がいて助《たす》かるという言葉《ことば》は、押《お》しつけることができてよかったという意味《いみ》でしかない。

「けど、役立《やくた》たずだって見捨《みす》てられるのが怖《こわ》かったんだ。それでも私《わたし》も誰《だれ》かをちゃんと頼《たよ》ればよかった。手伝《てつだ》ってって、言《い》えたらよかった」

ひとりじゃいっぱいいっぱいだって誰《だれ》かに相談《そうだん》して、一緒《いっしょ》に考《かんが》えることができていたら、顔《かお》を失《うしな》うことはなかったのかもしれない。

それから五限目《ごげんめ》だけ、保健室《ほけんしつ》で休《やす》ませてもらうことになった。

目《め》を閉《と》じて、散《ち》らかっている心《こころ》の中《なか》を少《すこ》しずつ整理《せいり》していく。

バスケ部《ぶ》の先輩《せんぱい》のこと、後輩《こうはい》のこと、杏里《あんり》や同級生《どうきゅうせい》たちのこと。桑野先生《くわのせんせい》やお母《かあ》さんのこと。そして誰《だれ》かにとっての私《わたし》ではなく、私自身《わたしじしん》がどうしたいのかをずっと考《かんが》えていた。


放課後《ほうかご》、なぜか朝比奈《あさひな》くんに少《すこ》し時間《じかん》がほしいと言《い》われた。理由《りゆう》を聞《き》くと連《つ》れていきたい場所《ばしょ》があるそうだ。

「どこ行《い》くの？」

「向《む》こう」

「それ答《こた》えになってないよ」

朝比奈《あさひな》くんの背中《せなか》を追《お》って一階《いっかい》へ行《い》くと、体育館《たいいくかん》へと続《つづ》く外通路《そとつうろ》に出《で》た。そこをまっすぐ進《すす》むと、体育館《たいいくかん》の開《ひら》いた扉《とびら》から準備運動《じゅんびうんどう》をしている声《こえ》が聞《き》こえてくる。

「静《しず》かに進《すす》めよ」

小声《こごえ》で話《はな》しながら、朝比奈《あさひな》くんが足音《あしおと》を極力《きょくりょく》立《た》てないように体育館《たいいくかん》の横《よこ》を進《すす》んでいく。

格子《こうし》がついた窓《まど》は開《ひら》いていて、ちょうど私《わたし》たちの頭《あたま》が見《み》えてしまうため身《み》をかがめながら歩《ある》いた。

体育館《たいいくかん》の裏側《うらがわ》に着《つ》き、朝比奈《あさひな》くんが花壇《かだん》の横《よこ》を歩《ある》いていく。

しばらく歩《ある》いていくと、古《ふる》い建物《たてもの》が姿《すがた》を現《あらわ》す。普段《ふだん》はあまり行《い》かない方面《ほうめん》だけど、ここまできたということは、目的地《もくてきち》は旧校舎《きゅうこうしゃ》らしい。

「なんで旧校舎《きゅうこうしゃ》にきたの？」

「なんとなく気晴《きば》らし」

朝比奈《あさひな》くんなりに元気《げんき》づけようとしてくれているのかもしれない。

「私《わたし》、旧校舎《きゅうこうしゃ》って初《はじ》めて入《はい》る」

今《いま》は本校舎《ほんこうしゃ》が増築《ぞうちく》されて綺麗《きれい》に整備《せいび》されたことから旧校舎《きゅうこうしゃ》として扱《あつか》われていて、一部《いちぶ》の運動部《うんどうぶ》の人《ひと》たちの更衣室《こういしつ》や、部活《ぶかつ》などで使用《しよう》する物置《ものお》き場《ば》と化《か》している。

靴《くつ》を脱《ぬ》ぎ、玄関《げんかん》に転《ころ》がっているスリッパを履《は》いて廊下《ろうか》を進《すす》んでいく。

床《ゆか》が傷《いた》んでいるのか、歩《ある》くと軋《きし》むような音《おと》がときおり聞《き》こえてくる。

「ちょっと探検《たんけん》みたいで楽《たの》しいかも」

「別《べつ》に面白《おもしろ》いもんなんてなんもねぇぞ」

「あのさ、朝比奈《あさひな》くん」

前《まえ》を歩《ある》く彼《かれ》の背中《せなか》を見《み》ながら、声《こえ》をかける。

「ありがとう」

「なにが」

「心配《しんぱい》してくれて」

「してねーよ」

だんだんと朝比奈《あさひな》くんのことがわかってきた。こういうとき朝比奈《あさひな》くんは照《て》れていて素《す》直《なお》じゃない。

「嘘《うそ》」

「え？」

「すげぇ心配《しんぱい》してた」

後《うし》ろ姿《すがた》しか見《み》えなかった朝比奈《あさひな》くんの横《よこ》に並《なら》ぶと、不機嫌《ふきげん》そうな顔《かお》で睨《にら》まれてしまった。

「なんだよ」

「朝比奈《あさひな》くんの顔《かお》が見《み》たくて」

「見《み》る必要《ひつよう》ないだろ」

大股《おおまた》で私《わたし》よりも先《さき》に進《すす》んでいってしまう。朝比奈《あさひな》くんの耳《みみ》が、またちょっとだけ赤《あか》くなっているようだった。

階段《かいだん》はところどころ滑《すべ》り止《ど》めが捲《めく》れ上《あ》がり、踏《ふ》み面《づら》も薄汚《うすよご》れている。旧校舎自体《きゅうこうしゃじたい》が埃《ほこり》っぽく、手入《てい》れも行《ゆ》き届《とど》いていない。

三階《さんかい》まで上《あ》がると、さすがに少《すこ》し疲《つか》れを感《かん》じてきた。そのままさらに上《うえ》へ行《ゆ》く朝比奈《あさひな》くんについていくと、薄鈍色《うすにびいろ》の扉《とびら》が見《み》えてくる。彼《かれ》はポケットから銀色《ぎんいろ》の鍵《かぎ》を取《と》り出《だ》した。

「どうしてそんなもの持《も》ってるの？」

「先輩《せんぱい》に貰《もら》った。いくつか合鍵《あいかぎ》があって、卒業《そつぎょう》するときに下《した》の代《だい》に渡《わた》すんだと」

「なにそれ、伝統《でんとう》？」

私《わたし》にはよくわからないけれど、ここの鍵《かぎ》を持《も》っている人《ひと》たちは代々親《だいだいした》しくなった後輩《こうはい》たちに、ここの鍵《かぎ》を授《さず》けるということだろうか。

「んなすげぇもんじゃねーよ。……ただ逃《に》げ場《ば》みたいなもんなんじゃね」

朝比奈《あさひな》くんが鍵《かぎ》を差《さ》し込《こ》んで解錠《かいじょう》する。ドアノブに手《て》をかけて押《お》し開《ひら》くと、扉《とびら》の塗装《とそう》の一部《いちぶ》が剥《は》がれ落《お》ちていく。

旧校舎《きゅうこうしゃ》の屋上《おくじょう》は、とても綺麗《きれい》とは言《い》えない状態《じょうたい》だった。

朝比奈《あさひな》くんのように合鍵《あいかぎ》を受《う》け取《と》った生徒《せいと》たちのものだろうけれど、ページが捲《めく》れ上《あ》がった漫画雑誌《まんがざっし》や、飲《の》みかけのペットボトルや空《あ》き缶《かん》などが転《ころ》がっている。

「あ、ここから体育館《たいいくかん》と校庭《こうてい》が見《み》えるんだね」

緑色《みどりいろ》のフェンスの前《まえ》に立《た》つと、先《さき》ほど通《とお》ってきた道《みち》や体育館《たいいくかん》、そして校庭《こうてい》を見渡《みわた》すことができる。

この場所《ばしょ》からは体育館《たいいくかん》の水色《みずいろ》の屋根《やね》が見《み》えた。私《わたし》は普段《ふだん》あの箱《はこ》の中《なか》にいるのかと思《おも》うと、狭《せま》い世界《せかい》なのだなと感《かん》じてしまう。

「……水槽《すいそう》みたい」

私《わたし》のすぐ横《よこ》に座《すわ》った朝比奈《あさひな》くんが、フェンスに寄《よ》りかかって顔《かお》を上《あ》げる。

「水槽《すいそう》？」

「狭《せま》い世界《せかい》で、溺《おぼ》れないように必死《ひっし》に泳《およ》いで生《い》きてるみたいだなって」

私《わたし》たちは学校《がっこう》という狭《せま》い水槽《すいそう》の中《なか》で、流《なが》れるように日々《ひび》を泳《およ》ぎ続《つづ》けている。

「与《あた》えられる噂話《うわさばなし》や悪口《わるくち》は私《わたし》たちにとって餌《えさ》で、それを食《た》べながら同《おな》じであることこそが正《ただ》しいって思《おも》い込《こ》んで、餌《えさ》を求《もと》め続《つづ》けてお腹《なか》を満《み》たしてる」

「その餌《えさ》は毒《どく》でしかねぇな」

「けど、私《わたし》は毒《どく》と知《し》っていても、必要《ひつよう》であれば食《た》べてしまっていたんだ」

少《すこ》しくらい毒《どく》を食《た》べないと、まわりとの関係《かんけい》が悪《わる》くなることもある。生《い》きていく術《すべ》として人《ひと》によっては間違《まちが》いとは言《い》い切《き》れない。

「まあ、ほとんどのやつは嫌《きら》われるのが怖《こわ》くて、その毒《どく》を食《た》べるんじゃねぇの」

「私《わたし》は毒《どく》を食《た》べすぎたのかも」

朝比奈《あさひな》くんの隣《となり》に腰《こし》を下《お》ろして、淡《あわ》い青《あお》に染《そ》まっている空《そら》を眺《なが》める。

「まわりの悪口《わるくち》を肯定《こうてい》してたんだ。自分《じぶん》は言《い》わなくても、言《い》っていたのと同《おな》じだよ。わかるよ、そうだよねって肯定《こうてい》して、自分《じぶん》を守《まも》り続《つづ》けてたの」

みんなに合《あ》わせるように私《わたし》の悪口《わるくち》を言《い》っていた杏里《あんり》を、責《せ》めきれない。私《わたし》だって似《に》たようなものだから。

少《すこ》し前《まえ》までは、まわりを肯定《こうてい》していないと弾《はじ》かれてしまうと思《おも》っていた。けれど水槽《すいそう》から出《で》てみると、世界《せかい》は広《ひろ》くて、とても狭《せま》い視野《しや》で生《い》きていたことを知《し》った。気《き》づかせてくれたのは、朝比奈《あさひな》くんだ。

泳《およ》ぎ続《つづ》けなければいけないと思《おも》い込《こ》んでいた私《わたし》の手《て》を引《ひ》いて、彼《かれ》が別《べつ》の世界《せかい》を見《み》せてくれたおかげだ。

「でも、人《ひと》の言《い》ってることを肯定《こうてい》するのっていけないことじゃねぇだろ。そのおかげで救《すく》われることもある」

「そうかも。……けどきっと、発症《はっしょう》したときの私《わたし》にはその発想《はっそう》はなかったんだと思《おも》う」

私《わたし》には自分《じぶん》というものがなさすぎた。

「最近少《さいきんすこ》しずつ自分《じぶん》の中《なか》で気《き》づき、みたいなものがあって」

「どんな」

「部活《ぶかつ》や友達《ともだち》、先生《せんせい》たちのこと、私《わたし》も勝手《かって》にイメージを決《き》めつけていたなって」

顧問《こもん》の桑野先生《くわのせんせい》のことを、絶対的《ぜったいてき》な存在《そんざい》のように思《おも》っていた。熱血《ねっけつ》で厳《きび》しくて、この人《ひと》に逆《さか》らえば居場所《いばしょ》がなくなる。

上手《うま》くやっていかなければいけない。

そればかりに気《き》を取《と》られていて、叶《かな》ちゃん先生《せんせい》が桑野先生《くわのせんせい》を叱《しか》ってくれたとき、当然《とうぜん》だけれど〝この人《ひと》も間違《まちが》えるのか〟と感《かん》じた。

「朝比奈《あさひな》くんがいなかったら、あのまま部活《ぶかつ》を嫌々続《いやいやつづ》けて症状《しょうじょう》が悪化《あっか》して心《こころ》が壊《こわ》れてた」

「俺《おれ》、そこまですごいことしてないけど」

「してくれたんだよ。私《わたし》、朝比奈《あさひな》くんがいてくれてよかった」

青年期失顔症《せいねんきしつがんしょう》にならなければ、気《き》づけないこともたくさんあったように思《おも》える。

カバンの中《なか》からスマホを取《と》り出《だ》すと、ちょうどメッセージが届《とど》いていた。

中条《なかじょう》さんからだった。一緒《いっしょ》に撮《と》った画像《がぞう》が送《おく》られてきていて、そこには笑顔《えがお》の中条《なかじょう》さんと顔《かお》のない私《わたし》が写《うつ》っている。

気味《きみ》が悪《わる》いことには変《か》わりないけれど、それでもこれが今《いま》の私《わたし》なのだと目《め》を逸《そ》らすことなく受《う》け入《い》れられた。

「顔《かお》が見《み》えなくなって、不安《ふあん》で怖《こわ》かった。でも自分《じぶん》を見《み》つめ直《なお》すいい機会《きかい》になったかも」

「やっぱ間宮《まみや》は真面目《まじめ》だよな」

「朝比奈《あさひな》くんは、不真面目《ふまじめ》なフリした真面目《まじめ》だよね」

「なんだそれ」

きっとこういうのが息抜《いきぬ》きだ。今《いま》まで私《わたし》は日々《ひび》に追《お》われて、こんなふうに空《そら》を眺《なが》めながら誰《だれ》かと話《はな》すことなんてなかった。

「ここに連《つ》れてきてくれて、ありがとう」

「面白《おもしろ》いもんなんてなんもないけどな」

「こうして話《はな》している時間《じかん》が、私《わたし》にとっては楽《たの》しいよ」

だからここにきてよかった。それは心《こころ》からそう思《おも》う。

でも——。

「逃《に》げるのは、嫌《いや》だって顔《かお》してんな」

「え？」

「間宮《まみや》にとって、これは逃《に》げなんだろ」

やっぱり朝比奈《あさひな》くんは小学生《しょうがくせい》のころと変《か》わらない。私《わたし》が指摘《してき》されたくない部分《ぶぶん》に気《き》づいてしまう。

「……逃《に》げだよ」

私《わたし》の返答《へんとう》に不服《ふふく》そうな顔《かお》をして、朝比奈《あさひな》くんは苛立《いらだ》った様子《ようす》で金色《きんいろ》の頭《あたま》をかく。

「休部《きゅうぶ》が間宮《まみや》の中《なか》で逃《に》げることになるなら、どうしたいんだよ」

「私《わたし》も自分《じぶん》のやるべきことをしなくちゃって思《おも》うんだ」

ずっとみんなには言《い》えなかったけれど、本当《ほんとう》はプレッシャーに弱《よわ》くてバスケの試合前《しあいまえ》はよく腹痛《ふくつう》になっていた。

周囲《しゅうい》の軋轢《あつれき》に悩《なや》み、押《お》しつけられていくさまざまなことに押《お》し潰《つぶ》されそうになりながら、私《わたし》は自分《じぶん》がバスケを続《つづ》けなければいけないのだと思《おも》い込《こ》むようになっていたのだ。

青年期失顔症《せいねんきしつがんしょう》になり、自分《じぶん》のことがわからなくなって、自己嫌悪《じこけんお》に陥《おちい》って、事情《じじょう》を知《し》っている朝比奈《あさひな》くんや叶《かな》ちゃん先生《せんせい》に甘《あま》えていた。もう十分《じゅうぶん》、優《やさ》しさを貰《もら》って守《まも》られた。

立《た》ち上《あ》がり、朝比奈《あさひな》くんの目《め》の前《まえ》に立《た》つ。

自分《じぶん》の顔《かお》は見《み》えないけれど、きっと今私《いまわたし》は笑《わら》えているはず。

「私《わたし》の心《こころ》を守《まも》ってくれて、ありがとう」

向《む》き合《あ》うとか、一歩前進《いっぽぜんしん》するとか、そんなかっこいいものではない。

自分《じぶん》の身《み》に起《お》こった問題《もんだい》を、きちんと終《お》わらせる決意《けつい》が固《かた》まった。まわりが、ではない。私《わたし》がしたいと思《おも》うことをする。

いつもどおりの家路《いえじ》を歩《ある》きながら、梅雨時《つゆどき》らしい雨《あめ》が降《ふ》りそうな空《そら》を眺《なが》める。

あのあと、職員室《しょくいんしつ》に寄《よ》って担任《たんにん》の先生《せんせい》から一枚《いちまい》の用紙《ようし》を貰《もら》った。それが今私《いまわたし》のカバンの中《なか》に入《はい》っている。

全部《ぜんぶ》がつらかったわけではない。楽《たの》しいこともあった。そう思《おも》うのは、手放《てばな》す前《まえ》の思《おも》い出補正《でほせい》かもしれない。

家《いえ》に帰《かえ》ると、めずらしく玄関《げんかん》にお兄《にい》ちゃんの靴《くつ》が並《なら》んでいた。夕方《ゆうがた》から家《いえ》にいることは、滅多《めった》にない。バイトが休《やす》みだとしても、バンドの練習《れんしゅう》や友達《ともだち》と遊《あそ》びに行《い》くことがほとんどだというのに。

手洗《てあら》いをして部屋着《へやぎ》に着替《きが》え、リビングへ行《い》くと音楽雑誌《おんがくざっし》を読《よ》んでいるお兄《にい》ちゃんがソファに座《すわ》っている。

「おー、おかえり」

「ただいま」

グラスに麦茶《むぎちゃ》を注《そそ》いで、お兄《にい》ちゃんの隣《となり》に座《すわ》る。窓《まど》ガラスに雨《あめ》が吹《ふ》きつける音《おと》が聞《き》こえてきた。どうやらギリギリ雨《あめ》が降《ふ》る前《まえ》に帰宅《きたく》できたみたいだ。

「お母《かあ》さんは？」

「買《か》い物《もの》。こりゃ、濡《ぬ》れて帰《かえ》ってくるな」

折《お》りたたみ傘《がさ》を持《も》っていたとしても、この雨風《あめかぜ》では濡《ぬ》れてしまうだろう。タオルを用意《ようい》するため立《た》ち上《あ》がろうとして、動《うご》きを止《と》める。

「ねえ、お兄《にい》ちゃん」

「んー？」

「お兄《にい》ちゃんは幸《しあわ》せ？」

「え、なんで？」

〝お兄《にい》ちゃんを自由《じゆう》に育《そだ》てすぎた〟

お母《かあ》さんは私《わたし》にそう言《い》う。けれど、お兄《にい》ちゃん本人《ほんにん》はどう思《おも》っているのか聞《き》いたことがなかった。

「……お兄《にい》ちゃんは自由《じゆう》？」

「さっきからなんだよ、その質問《しつもん》」

苦笑《くしょう》しながらも、雑誌《ざっし》を閉《と》じてお兄《にい》ちゃんが考《かんが》えるように天井《てんじょう》を見《み》る。

「なにに悩《なや》んでんのか知《し》らねぇけど、俺《おれ》は好《す》きなことやれて幸《しあわ》せだな」

「そっかぁ」

「それに、みんな自由《じゆう》で、不自由《ふじゆう》だろ」

首《くび》を傾《かし》げると、腕《うで》を組《く》んだお兄《にい》ちゃんが眉間《みけん》にシワを寄《よ》せながら言葉《ことば》を探《さが》すように唸《うな》る。

「んー……なんていうかさ、不自由《ふじゆう》な決《き》まり事《ごと》や常識《じょうしき》の中《なか》で、どれだけ自分《じぶん》の自由《じゆう》を見《み》つけながら生《い》きられるかが大事《だいじ》だと思《おも》う……ってわかりにくいか」

「……ううん」

学校《がっこう》に置《お》き換《か》えてみると、同《おな》じ制服《せいふく》を身《み》に纏《まと》った生徒《せいと》がいて、だけどそれぞれが髪型《かみがた》を自分《じぶん》で変《か》えて、入《はい》る部活《ぶかつ》や一緒《いっしょ》にいる相手《あいて》を自分《じぶん》たちで選択《せんたく》する。

そうやって一人《ひとり》ひとり違《ちが》う人間《にんげん》が存在《そんざい》しているのだ。

だけど私《わたし》は、自分《じぶん》で選択《せんたく》をせずに流《なが》されるまま過《す》ごして責任《せきにん》を持《も》てなかった。バスケ部《ぶ》に入《はい》ったのも、桑野先生《くわのせんせい》に相談《そうだん》をしたのも、部内《ぶない》で板挟《いたばさ》みの立場《たちば》になったのも、自分《じぶん》で考《かんが》えて起《お》こした行動《こうどう》ではない。

誰《だれ》かに言《い》われて、誰《だれ》かに促《うなが》されて、誰《だれ》かに頼《たの》まれて、自分《じぶん》で選択《せんたく》をするフリをして選《えら》んでもらっていた。

「あ、もしかして母《かあ》さんに俺《おれ》みたいになるなとか、また説教《せっきょう》された?」

「それはいつも言《い》われてる」

「だよなー」

悪《わる》びれるふうもなくお兄《にい》ちゃんは声《こえ》を出《だ》して笑《わら》う。

「だけどさ、私《わたし》ね……お兄《にい》ちゃんみたいになるなっていう理由《りゆう》がわからないんだ」

「そりゃ定職《ていしょく》につけてないからだろ」

「だけど作曲家《さっきょくか》になりたいっていう夢《ゆめ》を持《も》っていて、それを実現《じつげん》させるために努力《どりょく》もして……作《つく》る曲《きょく》だってすごいし、私《わたし》のお兄《にい》ちゃんはかっこいいのに」

何度《なんど》かお兄《にい》ちゃんの作《つく》った曲《きょく》を聴《き》かせてもらったことがあるけれど、繊細《せんさい》な曲調《きょくちょう》で、感情《かんじょう》が揺《ゆ》さぶられるものが多《おお》い。それにロックからバラードまで幅広《はばひろ》く制作《せいさく》しているのだ。

「ほんっと、ブラコンだよなぁ。昔《むかし》っからべったりだもんな」

「違《ちが》うんですけど」

言葉《ことば》では否定《ひてい》しつつも、内心《ないしん》では頷《うなず》いている。

私《わたし》にとってお兄《にい》ちゃんは憧《あこが》れだ。夢《ゆめ》を持《も》っていて、やりたいことがあればためらわずにその中《なか》に飛《と》び込《こ》んでいける。

いつだって私《わたし》の先《さき》を歩《ある》いている人《ひと》で、決《けっ》して真似《まね》できない相手《あいて》。

「まあ、昔《むかし》から母《かあ》さんは厳《きび》しかったし、母《かあ》さんなりに理想《りそう》の形《かたち》があるんだろ。でも俺《おれ》がそこにおさまらなかっただけ」

「けどそれって世間体《せけんてい》を気《き》にしてるんでしょ」

決《き》めつけるように言《い》うと、お兄《にい》ちゃんが決《き》まり悪《わる》そうに頭《あたま》をかく。

「いやー……世間体《せけんてい》っつーかさ、実際大学《じっさいだいがく》を出《で》たほうが有利《ゆうり》な企業《きぎょう》もあるし、将来的《しょうらいてき》なことを考《かんが》えると母《かあ》さんの意見《いけん》もわかるんだよ。だけど俺《おれ》は、どうしても決《き》められた世間《せけん》の枠《わく》に入《はい》りたくなくて駄々《だだ》をこねた」

「……そうだったんだ」

「幻滅《げんめつ》した？」

「しないよ。たぶん、これからもしない」

私《わたし》だったら、きっとお母《かあ》さんに言《い》われるがまま就職《しゅうしょく》していたはずだ。

「朝葉《あさは》はやりたいことないの？」

「今《いま》のところわかんない」

「でもこのままだと母《かあ》さんが選《えら》んだ大学《だいがく》に入《はい》って就職《しゅうしょく》して、自分《じぶん》で選《えら》ぶことなく決《き》まっていくんじゃないのか」

お母《かあ》さんはいい大学《だいがく》に入《はい》りなさいと言《い》う。私自身《わたしじしん》まだやりたいことなんて見《み》つからないので、今《いま》までは言《い》われるがまま高校《こうこう》もお母《かあ》さんの言《い》うとおりのところに入学《にゅうがく》した。でも本当《ほんとう》は、却下《きゃっか》されると思《おも》って言《い》えなかったけれど、中学《ちゅうがく》の友達《ともだち》と同《おな》じ学校《がっこう》に入《はい》りたいと思《おも》ったこともあった。

大学《だいがく》もすでにお母《かあ》さんが数ヶ所候補《すうかしょこうほ》を挙《あ》げている。だけど、今度《こんど》は自分《じぶん》で選《えら》んでみたい。

「朝葉《あさは》は母《かあ》さんのこと好《す》きだろ」

「うん。厳《きび》しいけど、好《す》きだよ」

「なら、ちゃんと話《はな》してみな」

お兄《にい》ちゃんの大《おお》きな手《て》が私《わたし》の頭《あたま》を軽《かる》く撫《な》でる。

「……お兄《にい》ちゃんも話《はな》し合《あ》いとかした？」

「俺《おれ》は反抗期《はんこうき》真《ま》っ只中《ただなか》で喧嘩《けんか》ばっかして、ちゃんと向《む》き合《あ》えなかった。そこはちょっと反省《はんせい》してる」

歯《は》を見《み》せて笑《わら》う横顔《よこがお》は、子《こ》どものころの無邪気《むじゃき》さを思《おも》い出《だ》させる。お兄《にい》ちゃんは大人《おとな》だけど、私《わたし》のお兄《にい》ちゃんのままだ。

「喧嘩《けんか》も多《おお》いけど、母《かあ》さんって俺《おれ》のこと気《き》にかけてくれてんだよ」

「そうなの？」

てっきり仲《なか》は最悪《さいあく》で、私《わたし》の知《し》らないところでも喧嘩《けんか》をしているのだと思《おも》っていた。

「バイトのこと遠回《とおまわ》しに聞《き》いてきたり、母《かあ》さんなりにコミュニケーション取《と》ろうとしてくれてる」

「まったく知《し》らなかった」

「けどまぁ、進路《しんろ》のことに関《かん》しては別《べつ》なんだよ。自由《じゆう》に育《そだ》てすぎたって後悔《こうかい》は母《かあ》さんの中《なか》で消《き》えないんだと思《おも》う」

「……そこだけは、わかり合《あ》えない部分《ぶぶん》ってこと？」

「そ。だから、朝葉《あさは》にできる限《かぎ》りのことを母《かあ》さんはしたいんだよ。だけどさ、朝葉《あさは》の人生《じんせい》だから、したいことやりたくないことがあるなら、ちゃんと話《はな》してみな」

お兄《にい》ちゃんには私《わたし》の甘《あま》えを見透《みす》かされているように感《かん》じた。

「人《ひと》に委《ゆだ》ねてばかりだと、肝心《かんじん》なときに自分《じぶん》でなにも決《き》められなくなるから」

「……っ」

「朝葉《あさは》、自分《じぶん》の気持《きも》ちを話《はな》して、母《かあ》さんの気持《きも》ちも聞《き》いてみな。俺《おれ》も相談《そうだん》ならいつでものるから」

ずっと家族《かぞく》に打《う》ち明《あ》けることをためらっていた。けれど、今《いま》なら話《はな》せるかもしれない。

「お兄《にい》ちゃん……っ、私実《わたしじつ》は――」

青年期失顔症《せいねんきしつがんしょう》のことを言《い》おうとしたときだった。

玄関《げんかん》のドアが開《ひら》き、なにかが勢《いきお》いよく床《ゆか》に落《お》ちたような音《おと》がする。

慌《あわ》てて立《た》ち上《あ》がり、玄関《げんかん》まで行《い》くと雨《あめ》に濡《ぬ》れたお母《かあ》さんが帰《かえ》ってきたところだった。

床《ゆか》にはたくさんの食材《しょくざい》が詰《つ》められたエコバッグが、ふたつ並《なら》べて置《お》かれている。

「はい、タオル」

お兄《にい》ちゃんがバスタオルを渡《わた》すと、受《う》け取《と》ったお母《かあ》さんがきょとんとした顔《かお》で「こんな時間《じかん》からいるのめずらしいわね」と返《かえ》す。

表情《ひょうじょう》は少《すこ》しだけうれしそうで、先《さき》ほど話《はなし》を聞《き》いたばかりだからか、これまでとは違《ちが》った感情《かんじょう》が芽生《めば》えてくる。

「今日《きょう》はなんも予定《よてい》なくて」

「そうなの？　運《うん》がいいわね。今日《きょう》の夕食《ゆうしょく》はハンバーグ」

「マジか、ラッキー」

受《う》け入《い》れられない部分《ぶぶん》があっても、お母《かあ》さんにとってお兄《にい》ちゃんが大事《だいじ》な存在《そんざい》であることは変《か》わりない。

「暇《ひま》なら手伝《てつだ》いなさい」

「俺《おれ》が作《つく》れると思《おも》う？」

「洗《あら》い物《もの》くらいできるでしょ」

「うえ、マジかよ」

家族《かぞく》だって一人《ひとり》ひとり違《ちが》う人間《にんげん》なのだから、違《ちが》った思考《しこう》や意見《いけん》を持《も》っていて当然《とうぜん》で、関心《かんしん》があるからこそ衝突《しょうとつ》することもある。

それなのに私《わたし》は、お母《かあ》さんは思《おも》いどおりにならないお兄《にい》ちゃんを嫌《きら》っていると思《おも》い込《こ》んでいた。

お母《かあ》さんは、お母《かあ》さんなりにお兄《にい》ちゃんに幸《しあわ》せになってほしいと願《ねが》っていたんだ。

「――朝葉《あさは》？」

ふたりのことを眺《なが》めながら、呆然《ぼうぜん》と立《た》ち尽《つ》くしていた。こんなふうにお兄《にい》ちゃんとお母《かあ》さんが話《はなし》をしているのを見《み》るのは久《ひさ》しぶりな気《き》がする。

「っ、どうした？　なんで急《きゅう》に泣《な》いてんだ？」

お兄《にい》ちゃんの言葉《ことば》で、自分《じぶん》が泣《な》いていることに気《き》づいた。頬《ほお》に手《て》を当《あ》ててみると、指先《ゆびさき》が濡《ぬ》れている。

「お母《かあ》さん、話《はなし》があるの」

なにかを察《さっ》したのか、お母《かあ》さんが神妙《しんみょう》な面持《おもも》ちで頷《うなず》くと「着替《きが》えるからリビングで待《ま》っていなさい」と言《い》って、階段《かいだん》を上《あ》がっていった。

無言《むごん》のままお兄《にい》ちゃんと一緒《いっしょ》にエコバッグに入《はい》った食材《しょくざい》を冷蔵庫《れいぞうこ》に入《い》れていると、

心配《しんぱい》そうに顔《かお》を覗《のぞ》き込《こ》まれる。

「大丈夫《だいじょうぶ》か？」

「……うん」

「俺《おれ》も聞《き》いていい話《はなし》？」

頷《うなず》くと、お兄《にい》ちゃんは私《わたし》を落《お》ち着《つ》かせるように微笑《ほほえ》んだ。

「じゃあ、ソファに座《すわ》ってようか」

お兄《にい》ちゃんと再《ふたた》びソファに座《すわ》って待《ま》っていると、少《すこ》しして着替《きが》え終《お》わったお母《かあ》さんがリビングにやってきた。L字型《エルじがた》のソファの角《かど》あたりに腰《こし》をかけると、じっと私《わたし》のことを見《み》つめる。

「それで、どうしたの？」

話《はなし》を振《ふ》られて、身《み》を固《かた》くする。自分《じぶん》から話《はなし》があると言《い》ったくせにお母《かあ》さんの前《まえ》で自分《じぶん》の意見《いけん》を言《い》うのは、緊張《きんちょう》してしまう。

「……私《わたし》、ね」

深《ふか》く息《いき》を吸《す》い、胸《むね》に手《て》を当《あ》ててからお母《かあ》さんに視線《しせん》を向《む》ける。

射貫《いぬ》くような眼差《まなざ》しに怯《ひる》みそうになるけれど、もうあとには引《ひ》けない。

「部活《ぶかつ》を辞《や》めようと思《おも》ってる」

　想像以上《そうぞういじょう》にはっきりと通《とお》った声《こえ》で告《つ》げることができた。意見《いけん》を曲《ま》げないという意思《いし》を示《しめ》すように、私《わたし》はお母《かあ》さんから目《め》を逸《そ》らさないで耐《た》える。

「なに、言《い》ってるの？」

　驚《おどろ》いているお母《かあ》さんの顔《かお》は、青《あお》ざめているようにも見《み》えた。

「実《じつ》は今《いま》も休部《きゅうぶ》してる」

「そんなの聞《き》いてないわよ⁉」

「どうしても、もう限界《げんかい》だったの」

「限界《げんかい》って……なんで一言《ひとこと》も相談《そうだん》してくれなかったの！」

　ずっと隠《かく》していた事実《じじつ》を打《う》ち明《あ》けると、お母《かあ》さんが声《こえ》を荒《あら》らげた。覚悟《かくご》はしていたものの、気圧《けお》されて体《からだ》が震《ふる》えてしまう。

「黙《だま》っていてごめんなさい」

「部活《ぶかつ》を辞《や》めてどうするつもりなの？　せっかく中学《ちゅうがく》から続《つづ》けていたのに」

「バスケ自体《じたい》は好《す》きだけど、でももう部活《ぶかつ》としては続《つづ》けたくないの」

　お母《かあ》さんの表情《ひょうじょう》が歪《ゆが》んでいく。ごめんなさい。こんなふうに悲《かな》しませたいわけではなかった。

「途中《とちゅう》で投《な》げ出《だ》したように見《み》えるのはわかってる」

きっとお母《かあ》さんにとっては、私《わたし》に勉強《べんきょう》も部活《ぶかつ》もどちらも続《つづ》けてほしいのだと思《おも》う。

「……考《かんが》え直《なお》すつもりはないの？」

「もう決《き》めたの」

変《か》えるつもりはない。今度《こんど》こそ、自分《じぶん》で選《えら》んだ道《みち》だ。じっと見《み》つめ合《あ》っていると、お母《かあ》さんが頭《あたま》を抱《かか》えて深《ふか》いため息《いき》をついた。

「はぁ……もう、あなたにそっくり！」

その声音《こわね》は怒《いか》りというよりも、諦《あきら》めと呆《あき》れが含《ふく》まれているように聞《き》こえる。言葉《ことば》を向《む》けられたお兄《にい》ちゃんは、閉《と》ざしていた口《くち》を開《あ》けて仕方《しかた》なさそうに笑《わら》った。

「俺《おれ》に怒《おこ》るなって。だいたい母《かあ》さんは押《お》しつけすぎ」

「夕利《ゆうり》が自由《じゆう》すぎたからでしょう！」

「俺《おれ》のせいにすんなってー」

「まったくもう！　たまに早《はや》く帰《かえ》ってきたと思《おも》ったら！　朝葉《あさは》になにか吹《ふ》き込《こ》んだんじゃないでしょうね」

「いやいや、俺《おれ》だって部活休《ぶかつやす》んでるのとか今知《いまし》ったし」

口喧嘩《くちげんか》とまではいかないものの、お兄《にい》ちゃんとお母《かあ》さんの会話《かいわ》は打《う》ち解《と》けている家族《かぞく》そのもので、改《あらた》めてふたりの関係《かんけい》が思《おも》っていたよりも悪《わる》いものではないのだと実感《じっかん》する。どうして私《わたし》は気《き》づけなかったのだろう。

……あ、そうか。自分《じぶん》のことばかりで、家族《かぞく》のことさえもちゃんと見《み》ていなかったのだ。

「あ、あの、辞《や》めていいの……？」

「なに言《い》ってるのよ。今《いま》、朝葉《あさは》が決《き》めたって言《い》ったんでしょう」

「いや、でも……部活《ぶかつ》は入《はい》りなさいって中学《ちゅうがく》のときも高校《こうこう》でも言《い》ってたから」

「それは入《はい》らないよりも、入《はい》ったほうがいいと思《おも》ったからよ」

もっと叱《しか》られるかと思《おも》っていたので、拍子抜《ひょうしぬ》けしてしまう。

頭《あたま》ごなしに否定《ひてい》されたら、カバンの中《なか》に入《はい》っている退部届《たいぶとどけ》を見《み》せて覚悟《かくご》を証明《しょうめい》しようと思《おも》っていたというのに。

「朝葉《あさは》は母《かあ》さんの言《い》うことが絶対的《ぜったいてき》って思《おも》い込《こ》みすぎなんだって」

お兄《にい》ちゃんは私《わたし》の様子《ようす》を見《み》て、考《かんが》えていることを悟《さと》ったのか鋭《するど》い指摘《してき》をする。たしかに私《わたし》は、お母《かあ》さんを絶対的存在《ぜったいてきそんざい》のように思《おも》っていた。

お母《かあ》さんに呆《あき》れられて見捨《みす》てられたらと考《かんが》えると怖《こわ》くてたまらなかった。

「なにか頼《たの》み事《ごと》するときも萎縮《いしゅく》して、言《い》いたいこと我慢《がまん》して、言《い》うとおりにしてたら穏便《おんびん》に済《す》ませられるって思《おも》ってただろ」

「……う、うん」

「まあ、高校生《こうこうせい》のころから俺《おれ》がよく衝突《しょうとつ》してたから、それが元凶《げんきょう》なんだろうけど」

「夕利《ゆうり》がとんでもないことばかり起《お》こすからでしょう」

横目《よこめ》でお母《かあ》さんが睨《にら》むと、お兄《にい》ちゃんは悪《わる》びれるふうもなく肩《かた》をすくめた。

私《わたし》はいったいなにと戦《たたか》っていたのだろう。見《み》えない自分自身《じぶんじしん》と勝手《かって》に戦《たたか》って、苦《くる》しんで追《お》い込《こ》んでいたのかもしれない。

「朝葉《あさは》、大丈夫《だいじょうぶ》だよ。わがまま言《い》ったって」

「え……」

「気《き》を回《まわ》させて、ごめんな」

申《もう》し訳《わけ》なさそうに謝《あやま》るお兄《にい》ちゃんに、首《くび》を横《よこ》に振《ふ》る。

「つ、違《ちが》う、私《わたし》……っ、自分《じぶん》のことばっかりだったの」

ぽたり、ぽたりと涙《なみだ》が手《て》の甲《こう》に落《お》ちていく。私《わたし》の目《め》から、涙《なみだ》が零《こぼ》れ落《お》ちてきているけれど、真《ま》っ黒《くろ》なテレビ画面《がめん》に映《うつ》っている私《わたし》の顔《かお》はないままだ。

まだひとつだけ言《い》えていないことがある。

向《む》き合《あ》うことを恐《おそ》れていた私《わたし》の隠《かく》し事《ごと》。

「私《わたし》……青年期失顔症《せいねんきしつがんしょう》になっちゃったの」

声《こえ》にした瞬間《しゅんかん》、体《からだ》の芯《しん》が震《ふる》えた。

「え？」

聞《き》き返《かえ》すような言葉《ことば》を発《はっ》したのは、どちらなのかわからなかった。

お兄《にい》ちゃんもお母《かあ》さんも心底驚《しんそこおどろ》いているというよりも、戸惑《とまど》いの色《いろ》のほうが強《つよ》い。

必死《ひっし》に言葉《ことば》をのみ込《こ》んで理解《りかい》しようとしているような表情《ひょうじょう》で、私《わたし》のことを見《み》つめている。

「それって、自分《じぶん》の顔《かお》が認識《にんしき》できなくなるってやつ？」

お兄《にい》ちゃんの言葉《ことば》に頷《うなず》く。するとお母《かあ》さんが顔《かお》をくしゃりと歪《ゆが》めて、私《わたし》を見《み》つめたまま大粒《おおつぶ》の涙《なみだ》を流《なが》していく。

「お、お母《かあ》さん？」

「ごめんなさい。……気《き》づけなくて、朝葉《あさは》が、そこまで……っ」

自分《じぶん》を責《せ》めるようにして泣《な》いているお母《かあ》さんはソファから立《た》ち上《あ》がると、私《わたし》の前《まえ》まできた。床《ゆか》に膝《ひざ》をついて、顔《かお》を覗《のぞ》き込《こ》むようにすると私《わたし》の両頬《りょうほお》に手《て》を添《そ》える。

「いつから発症《はっしょう》したの？」

「最近《さいきん》、だよ」

「昨日今日《きのうきょう》じゃないわよね？」

頷《うなず》いた私《わたし》に、お母《かあ》さんが悲《かな》しげに眉根《まゆね》を寄《よ》せた。そして壊《こわ》れ物《もの》にでも触《ふ》れるように、お母《かあ》さんの手《て》が、そっと私《わたし》の頬《ほお》を撫《な》でる。久《ひさ》しぶりに感《かん》じる温《ぬく》もりに身《み》を委《ゆだ》ねるように目《め》を閉《と》じて、一筋《ひとすじ》の涙《なみだ》を流《なが》す。

「不安《ふあん》だったわよね。自分《じぶん》の顔《かお》が見《み》えなくて、思《おも》い出《だ》せないなんて怖《こわ》かったでしょう」

「……うん」

「気《き》づいてあげられなくてごめんね」

「私《わたし》のこと、ガッカリしないの？」

私《わたし》の問《と》いかけに、お母《かあ》さんが理解《りかい》できないというように瞬《まばた》きをする。

「だって、私《わたし》……青年期失顔症《せいねんきしつがんしょう》で、自分《じぶん》を見失《みうしな》って……」

「朝葉《あさは》はお母《かあ》さんをガッカリさせると思《おも》っていたの？」

知《し》られたら、お母《かあ》さんの理想《りそう》どおりになれない自分《じぶん》は失望《しつぼう》させるかもしれない、とずっと不安《ふあん》だった。

「あのね、朝葉《あさは》。お母《かあ》さんも昔《むかし》、発症《はっしょう》したことがあるの」

「えっ⁉」

思《おも》わず大《おお》きな声《こえ》を出《だ》して反応《はんのう》してしまう。ちらりとお兄《にい》ちゃんのほうを見《み》ると、お兄《にい》ちゃんも初耳《はつみみ》だったらしく、目《め》を見開《みひら》いている。

「自分《じぶん》よりも出来《でき》のいい姉《あね》がいたから比《くら》べてしまって、追《お》いつこうと必死《ひっし》だったの」

伯母《おば》さんは広告会社《こうこくがいしゃ》で働《はたら》いていて、いつも忙《いそが》しそうにしている。お正月《しょうがつ》もときどきしか会《あ》えないけれど、明《あか》るくて気《き》さくな人《ひと》だ。

「でも私《わたし》は高校受験《こうこうじゅけん》で失敗《しっぱい》しちゃって、必死《ひっし》で勉強《べんきょう》したのにダメで今《いま》までの自分《じぶん》の努力《どりょく》が無意味《むいみ》に思《おも》えて、自信喪失《じしんそうしつ》して発症《はっしょう》したのよ」

高校受験《こうこうじゅけん》に落《お》ちた経験《けいけん》があることを初《はじ》めて知《し》った。だからこそ、私《わたし》たちに勉強《べんきょう》をしなさいといつも口《くち》を酸《す》っぱくして言《い》っていたのだろうか。

「お母《かあ》さんはどうやって治《なお》ったの？」

「滑《すべ》り止《ど》めで入《はい》った高校《こうこう》に最初《さいしょ》は嫌々《いやいや》通《かよ》っていたけれど、気《き》の合《あ》う子《こ》が多《おお》くて楽《たの》しかったのよ。そうしたらだんだんと自分《じぶん》を取《と》り戻《もど》して、二《に》ヶ月《かげつ》くらいで完治《かんち》したわ」

「……そういう治《なお》り方《かた》もあるんだ」

「環境《かんきょう》が変《か》わったというのも大《おお》きかったんでしょうね。あとは落《お》ちてなかったら、目《め》の前《まえ》の友達《ともだち》と出会《であ》えてなかったって前向《まえむ》きになれたのもあるかしら」

お母《かあ》さん自身《じしん》の話《はなし》を私《わたし》から聞《き》くことは今《いま》までなかった。

今《いま》までもこうしてコミュニケーションを取《と》れていたら、ここまで悩《なや》むこともなかったのかもしれない。

「朝葉《あさは》、誰《だれ》にだって発症《はっしょう》する可能性《かのうせい》はあるの。ガッカリされるなんて思《おも》わないで」

まっすぐに私《わたし》を見《み》つめると、頬《ほお》に添《そ》えられていたお母《かあ》さんの手《て》がゆっくりと下《お》りてくる。

そして膝《ひざ》の上《うえ》で固《かた》く結《むす》んでいた手《て》にお母《かあ》さんの手《て》が重《かさ》ねられた。

「ずっと不安《ふあん》だったのね」

涙《なみだ》で視界《しかい》が滲《にじ》んでいく。

毎朝夢《まいあさゆめ》であってほしいと祈《いの》るように鏡《かがみ》を見《み》た。

そのたびに絶望《ぜつぼう》して、ぽっかりと開《ひら》いた心《こころ》の暗闇《くらやみ》にのまれてしまいそうだった。鏡《かがみ》に映《うつ》っている私《わたし》の顔《かお》がないのに、みんな私《わたし》の名前《なまえ》を呼《よ》んで、いつもどおりで変《か》わらないことが、気《き》が狂《くる》いそうなほど怖《こわ》くてたまらなかった。

私《わたし》の心《こころ》にある真《ま》っ黒《くろ》で不安定《ふあんてい》な感情《かんじょう》に、お母《かあ》さんがそっと触《ふ》れてくれる。その温《あたた》かさに私《わたし》はときおり息《いき》を詰《つ》まらせながら、声《こえ》を上《あ》げて泣《な》いた。

涙《なみだ》が止《と》まったあと、お母《かあ》さんとお兄《にい》ちゃんと一緒《いっしょ》に夕食《ゆうしょく》のハンバーグを作《つく》った。

お兄《にい》ちゃんが形《かたち》を作《つく》ったから、歪《いびつ》なハンバーグになってしまったけれどお母《かあ》さんの味付《あじつ》けのおかげで美味《おい》しくできあがった。

ご飯《はん》を食《た》べながら、お母《かあ》さんはほんの少《すこ》しだけ涙目《なみだめ》になり、ぽつりと漏《も》らした。

「夕利《ゆうり》のときも、こうしてもっとちゃんと話《はな》せばよかったわね」

お母《かあ》さんなりの向《む》き合《あ》い方《かた》への後悔《こうかい》に対《たい》して、「これからもっと話《はな》していけばいいじゃん」とお兄《にい》ちゃんは照《て》れくさそうに笑《わら》った。

お互《たが》いに譲《ゆず》れないものがある。だけど合《あ》わない部分《ぶぶん》があるからといって、関係《かんけい》が終《お》わるとは限《かぎ》らないのだ。

翌日《よくじつ》、私《わたし》は家《いえ》を出《で》る前《まえ》にカバンの中《なか》に入《い》れた用紙《ようし》を確認《かくにん》した。いよいよ今日《きょう》、話《はなし》をしに行《い》く。

事情《じじょう》を話《はな》したお母《かあ》さんに心配《しんぱい》そうだったけれど、大丈夫《だいじょうぶ》と返《かえ》す。今《いま》の私《わたし》は自然《しぜん》に笑《わら》っていると思《おも》う。

きっと恐怖心《きょうふしん》をねじ伏《ふ》せるくらい私《わたし》の決意《けつい》が固《かた》まっている証《あかし》だ。もうなにを言《い》われても揺《ゆ》るがない自信《じしん》がある。

放課後《ほうかご》、しばらく教室《きょうしつ》でクラスメイトたちが帰《かえ》るのを待《ま》っていた。行動《こうどう》を起《お》こすなら、部活《ぶかつ》が始《はじ》まる直前《ちょくぜん》の部員《ぶいん》が集《あつ》まっているときにしたい。だんだんと人《ひと》が減《へ》っていき、教室《きょうしつ》には私《わたし》と朝比奈《あさひな》くんだけになる。

「これから言《い》いに行《い》くのか」

昨夜《さくや》メッセージで伝《つた》えたため、気《き》にかけてくれているみたいだった。

「うん。できるだけ早《はや》く言《い》わないとって思《おも》ったから」

夏休《なつやす》みに入《はい》ると、大会《たいかい》へ向《む》けて練習《れんしゅう》メニューも変《か》わってくる。

そうなる前《まえ》にきちんと終《お》わらせたほうがいい。

現状《げんじょう》でも部《ぶ》には迷惑《めいわく》をかけてしまっているだろうけれど、先延《さきの》ばしにするほうがもっと迷惑《めいわく》をかけることになる。

「俺《おれ》、しばらく学校《がっこう》いるけど」

「……待《ま》っててくれるってこと？」

「まあ、帰《かえ》りは送《おく》ってやらないこともない」

「一緒《いっしょ》に帰《かえ》ろうってことだね」

朝比奈《あさひな》くんが片方《かたほう》の口角《こうかく》を上《あ》げて笑《わら》ってくる。

「なんか今日《きょう》はすっきりした顔《かお》してるな」

「え、そうかな。今《いま》、かなり緊張《きんちょう》してるよ」

「でもなんつーか、晴《は》れ晴《ば》れとしてる感《かん》じ」

きっと、お母《かあ》さんに打《う》ち明《あ》けられたことが大《おお》きいと思《おも》う。それに朝比奈《あさひな》くんがそばにいてくれているおかげかもしれない。

一緒《いっしょ》に教室《きょうしつ》を出《で》て廊下《ろうか》を歩《ある》いていく。朝比奈《あさひな》くんは普段《ふだん》よりも歩《ある》く速度《そくど》がゆっくりで私《わたし》に合《あ》わせてくれているようだ。

「朝比奈《あさひな》くん」

「なに」

「終《お》わったら、パフェ食《た》べに行《い》かない？」

「そういうのは女子《じょし》と行《い》け」

拒否《きょひ》されてしまったので、がっくりと肩《かた》を落《お》とすと大《おお》きなため息《いき》が聞《き》こえてくる。

「そういうところに俺《おれ》とふたりで行《い》ったら、どういう目《め》で見《み》られるかわかってんの？」

「朝比奈《あさひな》くん、気《き》にするの？」

「気《き》にするっつーか……間宮《まみや》はふたりでパフェ食《く》ってるとこ、学校《がっこう》のやつらに目撃《もくげき》されてもいいのかよ」

「私《わたし》はいいよ」

階段《かいだん》の前《まえ》に差《さ》しかかったところで、朝比奈《あさひな》くんが足《あし》を止《と》めた。そして訝《いぶか》しげにこちらを見《み》る。

「朝比奈《あさひな》くんは嫌《いや》？」

「嫌《いや》じゃねーけど。パフェは食《く》いたい」

「じゃあ、約束《やくそく》」

私《わたし》が小指《こゆび》を差《さ》し出《だ》すと、朝比奈《あさひな》くんがためらいながら小指《こゆび》を重《かさ》ねる。私《わたし》よりも太《ふと》い指《ゆび》と高《たか》い体温《たいおん》にドキドキしてしまう。

指切《ゆびき》りしたあと、ふたりで階段《かいだん》を下《お》りていく。少《すこ》しして以前《いぜん》私《わたし》が鏡《かがみ》を割《わ》ってしまって倒《たお》れた場所《ばしょ》にたどり着《つ》いた。

私《わたし》は大股《おおまた》で先《さき》へ進《すす》み、朝比奈《あさひな》くんのほうへと向《む》き直《なお》る。

「送《おく》ってくれるのは、ここまででいいよ！」

「……大丈夫《だいじょうぶ》か？」

「うん」

ここから先《さき》は、自分《じぶん》ひとりで進《すす》んでいきた

い。

「行《い》ってきます！」

朝比奈《あさひな》くんは励《はげ》ますように、笑《え》みを浮《う》かべてくれた。


体育館《たいいくかん》に到着《とうちゃく》したとき、まず感《かん》じたのは懐《なつ》かしさだった。

叶《かな》ちゃん先生《せんせい》の協力《きょうりょく》によって休部《きゅうぶ》してから、まだ一週間《いっしゅうかん》くらいしかたっていないというのに、すでにそんな感想《かんそう》を抱《いだ》いてしまっている。

それと同時《どうじ》に、この場所《ばしょ》はもう過去《かこ》になり、自分《じぶん》の中《なか》で手放《てばな》しているのだと実感《じっかん》した。

「え……間宮先輩《まみやせんぱい》？」

私《わたし》に気《き》づいた後輩《こうはい》が一瞬《いっしゅん》だけ、希望《きぼう》を宿《やど》したような眼差《まなざ》しを向《む》けたけれど、私《わたし》の服装《ふくそう》を見《み》て、落胆《らくたん》したのが伝《つた》わってくる。

入《い》り口《ぐち》から中《なか》を見渡《みわた》すと、まだ準備運動《じゅんびうんどう》の真《ま》っ最中《さいちゅう》のようだ。

私《わたし》は体育館《たいいくかん》の隅《すみ》にあるパイプ椅子《いす》に座《すわ》っている桑野先生《くわのせんせい》を見《み》つけて、歩《あゆ》み寄《よ》っていく。

「桑野先生《くわのせんせい》」

私《わたし》の呼《よ》びかけに、バインダーに挟《はさ》まれたメニュー表《ひょう》を見《み》ていた桑野先生《くわのせんせい》が顔《かお》を上《あ》げた。

「……間宮《まみや》」

険《けわ》しい表情《ひょうじょう》を向《む》けられて、上《うえ》から下《した》までまじまじと見《み》つめられる。おそらくは制服姿《せいふくすがた》の私《わたし》が、部活《ぶかつ》に参加《さんか》するためにきたわけではないことを察《さっ》したのだろう。

「お話《はなし》があります」

バインダーを膝《ひざ》の上《うえ》に置《お》いて、桑野先生《くわのせんせい》が私《わたし》を見上《みあ》げる。あのときと似《に》ていた。最初《さいしょ》に相談《そうだん》をしに行《い》ったときは職員室《しょくいんしつ》だったけれど、こうして椅子《いす》に座《すわ》った桑野先生《くわのせんせい》に見上《みあ》げられていた。

よく似《に》た状況《じょうきょう》で、だけど大《おお》きく違《ちが》っているのは私《わたし》の心《こころ》はもう揺《ゆ》るがないということ。

「退部《たいぶ》させてください」

名前《なまえ》を記入《きにゅう》した退部届《たいぶとどけ》を桑野先生《くわのせんせい》に差《さ》し出《だ》すと、周囲《しゅうい》がざわついた。

きっと今部員《いまぶいん》たちの視線《しせん》は私《わたし》に集《あつ》まっている。そして、桑野先生《くわのせんせい》もすぐには受《う》け取《と》ってはくれない。厳《きび》しい表情《ひょうじょう》で私《わたし》を見《み》つめながら、一言《ひとこと》。

「逃《に》げるんだな」

軽蔑《けいべつ》するような眼差《まなざ》しだった。怯《ひる》んでいないと言《い》ったら嘘《うそ》になるけれど、覚悟《かくご》をしていたため目《め》を逸《そ》らすことなく、桑野先生《くわのせんせい》の言葉《ことば》を受《う》け止《と》められた。

「逃《に》げじゃなくて、これは選択《せんたく》です」

はっきりと告《つ》げると、桑野先生《くわのせんせい》の表情《ひょうじょう》が苛立《いらだ》ちに染《そ》まり始《はじ》める。

「迷惑《めいわく》かけている自覚《じかく》はないのか？」

「私《わたし》の身勝手《みがって》で、部《ぶ》のみんなには申《もう》し訳《わけ》ないことをしていると思《おも》っています」

「わかっているくせに、その身勝手《みがって》を通《とお》すつもりなのか」

「むしろ辞《や》めたいと思《おも》っている人間《にんげん》がいると、輪《わ》を乱《みだ》すことになりかねません」

「俺《おれ》はな、間宮《まみや》。自分《じぶん》たちの力《ちから》で考《かんが》えて行動《こうどう》をする自立心《じりつしん》を育《そだ》てるために、ぶつかり合《あ》うことも必要《ひつよう》なことだと思《おも》ってる」

「だから、部内《ぶない》のいざこざを放置《ほうち》していたんですか」

「放置《ほうち》じゃない、俺《おれ》は見守《みまも》っていたんだ」

体内《たいない》に溜《た》まっている負《ふ》の感情《かんじょう》を放出《ほうしゅつ》するように深《ふか》く息《いき》を吐《は》く。

この人《ひと》にはなにを言《い》っても意味《いみ》はないのかもしれない。だけどこれだけは、きちんと伝《つた》えておきたい。

「先生《せんせい》、もっと部員《ぶいん》たちの話《はなし》を聞《き》いてください。生徒《せいと》だけではどうにもならないことだってあります」

助《たす》けを求《もと》めてきた人《ひと》を言《い》い訳《わけ》や甘《あま》えだと判断《はんだん》せずに、せめて隣《となり》に立《た》って聞《き》いてほしい。

「解決方法《かいけつほうほう》なんて見《み》つからなかったとしても……私《わたし》は一緒《いっしょ》に考《かんが》えてほしかったです」

「……間宮《まみや》」

私《わたし》の名前《なまえ》を呼《よ》んだものの、言葉《ことば》が続《つづ》かないようだった。

初《はじ》めて桑野先生《くわのせんせい》が私《わたし》に対《たい》してうろたえた顔《かお》を見《み》せる。今《いま》まで威圧感《いあつかん》のある先生《せんせい》にはっきりと意見《いけん》を言《い》う部員《ぶいん》はいなかったからかもしれない。

「もう決《き》めたんです。部活《ぶかつ》を辞《や》めようって。だから、受理《じゅり》してください」

差《さ》し出《だ》している退部届《たいぶとどけ》を、桑野先生《くわのせんせい》がためらいがちに受《う》け取《と》った。

「……わかった」

これで私《わたし》は、もうバスケ部《ぶ》の部員《ぶいん》ではなくなる。

「朝葉《あさは》……本気《ほんき》、なの？」

背後《はいご》から声《こえ》をかけられて振《ふ》り返《かえ》ると、不安《ふあん》げな眼差《まなざ》しの杏里《あんり》が立《た》っていた。そして近《ちか》くには、若奈《わかな》や他《ほか》の二年《にねん》も集《あつ》まっている。

「うん。ごめんね」

「な、なんで⁉」

誰《だれ》かにとって、逃《に》げであってもいい。中途半端《ちゅうとはんぱ》。無責任《むせきにん》。途中《とちゅう》で退部《たいぶ》する私《わたし》は、バスケ部《ぶ》の人《ひと》たちに罵《ののし》られても仕方《しかた》ない。

だけど、絶対《ぜったい》にうつむかない。決《き》めたことは間違《まちが》っていないと信《しん》じたい。

「それじゃあ、メニューの調整《ちょうせい》とか三年生《さんねんせい》や一年生《いちねんせい》たちのこととか、どうしたら……」

「私《わたし》ひとりがやっていたもんね」

「お、押《お》しつけるつもりじゃなかったの！　だって朝葉《あさは》、いつもいいよって言《い》ってやってくれてたし！」

「私《わたし》が断《ことわ》らなかったのも悪《わる》いと思《おも》うけど、でももうみんなの雑用《ざつよう》はできないよ。これからはみんなで協力《きょうりょく》して、ひとりに押《お》しつけたりしないで」

私《わたし》みたいな人《ひと》が今後《こんご》出《で》ないように、最後《さいご》のお願《ねが》いとしてみんなに伝《つた》えた。

「朝葉《あさは》、待《ま》って」

「もう決《き》めたんだ。ごめんね」

後悔《こうかい》なんてしていない。自分《じぶん》のやりたいことを、自分《じぶん》で選《えら》んでいく。

すがるような杏里《あんり》を突《つ》き放《はな》して別《わか》れを告《つ》げる。そして私《わたし》は背筋《せすじ》を伸《の》ばして、部員《ぶいん》たちを見渡《みわた》す。

常磐先輩《ときわせんぱい》と目《め》が合《あ》うと、他《ほか》の部員《ぶいん》たちとは違《ちが》って柔和《にゅうわ》な笑《え》みを浮《う》かべて近《ちか》づいてきた。

「朝葉《あさは》ちゃんがいなくなると寂《さび》しくなるね」

「……常磐先輩《ときわせんぱい》は、楽《たの》しんでましたね」

とぼけるように小首《こくび》を傾《かし》げる常磐先輩《ときわせんぱい》に厳《きび》しい視線《しせん》を向《む》ける。

「私《わたし》が一《いち》、二年《にねん》たちの間《あいだ》に挟《はさ》まれて苦《くる》しんでいるのも、桑野先生《くわのせんせい》に相談《そうだん》したらどうなるのかも全部《ぜんぶ》わかってましたよね」

修羅場《しゅらば》と化《か》したバスケ部《ぶ》での話《はな》し合《あ》いのときも、常磐先輩《ときわせんぱい》だけは静観《せいかん》しながらも状況《じょうきょう》を楽《たの》しんでいるように見《み》えた。

「私《わたし》はただ、相談《そうだん》にのっていただけ。なにも悪《わる》いことはしてないよ」

常磐先輩《ときわせんぱい》はそっと耳打《みみう》ちする。

「朝葉《あさは》ちゃんが勝手《かって》に自分《じぶん》の首《くび》を絞《し》めたんでしょ」

私《わたし》を呼《よ》び止《と》めたときおそらく常磐先輩《ときわせんぱい》は相談《そうだん》にのるフリをして、桑野先生《くわのせんせい》に話《はなし》をしに行《い》くようにしむけた。でもこの人《ひと》を責《せ》め切《き》れないのは、誘導《ゆうどう》されたとはいえ最終的《さいしゅうてき》に決《き》めたのは私《わたし》だから。

「朝葉《あさは》ちゃんは私《わたし》のこと、恨《うら》んでる？」

「……恨《うら》んではいません。今《いま》まで常磐先輩《ときわせんぱい》に話《はなし》を聞《き》いてもらえて救《すく》われていたことは事実《じじつ》なので」

常磐先輩《ときわせんぱい》はいつも優《やさ》しかった。親身《しんみ》になってくれて、甘《あま》やかしてくれて、ほしい言葉《ことば》をくれていた。たとえそれが上辺《うわべ》だけのものだったとしても。

「せっかく次《つぎ》の部長《ぶちょう》になれたかもしれないのに、本当《ほんとう》に辞《や》めちゃっていいの？」

「私《わたし》は部長《ぶちょう》になりたいと思《おも》ったことはないです。それにもうバスケ部《ぶ》に未練《みれん》はないので」

きっぱりと言《い》い切《き》ってから、常磐先輩《ときわせんぱい》の横《よこ》を通《とお》りすぎていく。

「ありがとうございました」

出口《でぐち》の前《まえ》に立《た》って、深《ふか》く頭《あたま》を下《さ》げた。途中《とちゅう》で去《さ》ってしまうけれど、私《わたし》の一年半《いちねんはん》はここに存在《そんざい》していて、苦《くる》しさはあっても紛《まぎ》れもなく青春《せいしゅん》の時間《じかん》だった。

「朝葉《あさは》ちゃん、今《いま》までごめん」

聞《き》こえてきた声《こえ》に驚《おどろ》いて頭《あたま》を上《あ》げると、部長《ぶちょう》を含《ふく》めた三年《さんねん》の先輩《せんぱい》たちが申《もう》し訳《わけ》なさそうな表情《ひょうじょう》で私《わたし》を見《み》ていた。

私《わたし》にも厳《きび》しかった先輩《せんぱい》で、本音《ほんね》を言《い》うと少《すこ》し苦手《にがて》だった。だけど、面《めん》と向《む》かって私《わたし》の気持《きも》ちを汲《く》み取《と》った上《うえ》で、言葉《ことば》を返《かえ》してくれたようだった。

「お世話《せわ》になりました」

最後《さいご》は笑《え》みを浮《う》かべて、私《わたし》は体育館《たいいくかん》をあとにした。

外通路《そとつうろ》を足早《あしばや》に進《すす》み、校舎《こうしゃ》の中《なか》に入《はい》る。すると足《あし》の力《ちから》が抜《ぬ》けて、膝《ひざ》を折《お》るようにその場《ば》に座《すわ》り込《こ》んでしまう。

終《お》わった。……終《お》わったんだ。

情《なさ》けないくらい手《て》が震《ふる》えていて、心臓《しんぞう》もずっとバクバクとしている。

でもこれでようやく私《わたし》は前《まえ》へ進《すす》めた気《き》がした。

「どうした？」

目《め》の前《まえ》に影《かげ》が落《お》ちて、見上《みあ》げた先《さき》には朝比奈《あさひな》くんがいた。心配《しんぱい》そうな表情《ひょうじょう》をして私《わたし》の顔《かお》を覗《のぞ》き込《こ》む。

「力《ちから》が、抜《ぬ》けちゃって」

気《き》を張《は》っていたから、あの場《ば》を乗《の》り切《き》ることができた。だけど緊張《きんちょう》の糸《いと》が切《き》れた今《いま》は、疲《つか》れがどっと流《なが》れ込《こ》んでくる。手《て》も足《あし》も痺《しび》れたようになって思《おも》うように動《うご》かない。

「退部届《たいぶとどけ》は？」

「出《だ》せた」

もうこれで私《わたし》は正式《せいしき》にバスケ部《ぶ》ではなくなった。

心《こころ》にぽっかりと小《ちい》さな穴《あな》が空《あ》いて、けれど安堵感《あんどかん》もある。ようやく自分《じぶん》で選択《せんたく》ができた。

「間宮《まみや》、おつかれ」

ずっと我慢《がまん》していた涙《なみだ》が、たった一言《ひとこと》で溢《あふ》れ出《だ》す。

「あ、さひな、くん……っ」

私《わたし》を立《た》たせようと手《て》を伸《の》ばす朝比奈《あさひな》くんに、勢《いきお》いよく抱《だ》きついた。

驚《おどろ》いたようにびくりと体《からだ》を震《ふる》わせた朝比《あさひ》奈《な》くんの肩《かた》に顔《かお》を埋《うず》めて、幼《おさな》い子《こ》どものように泣《な》きじゃくる。

「怖《こわ》かったけど、ちゃんと自分《じぶん》の気持《きも》ち伝《つた》えることできた……っ」

「頑張《がんば》ったな」

そう言《い》って、大《おお》きな手《て》が私《わたし》の頭《あたま》を撫《な》でて、抱《だ》きしめ返《かえ》してくれる。声《こえ》にならないような叫《さけ》びで、私《わたし》はひたすら泣《な》いた。

自分《じぶん》がなにが好《す》きで、なにが嫌《きら》いか。やりたいこと、したくないこと。まわりに合《あ》わせていたら、いつのまにか自分《じぶん》の意見《いけん》を見失《みうしな》って、流《なが》されていた。

流《なが》されるのは楽《らく》で、頼《たよ》られる存在《そんざい》であることがうれしいときもあった。それなのに期待《きたい》が重《かさ》なると苦《くる》しくなって、この場《ば》から逃《に》げ出《だ》したいという矛盾《むじゅん》と葛藤《かっとう》していた。

きっと青年期失顔症《せいねんきしつがんしょう》が、私《わたし》のズルさを暴《あば》いたんだ。

やっと私自身《わたしじしん》を縛《しば》りつけていた枷《かせ》から解放《かいほう》された気《き》がする。

しばらく朝比奈《あさひな》くんは、小《ちい》さな子《こ》をあやすように背中《せなか》を軽《かる》く叩《たた》いてくれていた。

涙《なみだ》が止《と》まると、頭《あたま》が少《すこ》しくらくらとした。朝比奈《あさひな》くんから離《はな》れると、ワイシャツの肩《かた》の部分《ぶぶん》が私《わたし》の涙《なみだ》で濡《ぬ》れてしまっている。

「あの……ごめん、シャツ」

「パフェ」

「え？」

「食《く》いに行《い》くんだろ」

朝比奈《あさひな》くんに手《て》を差《さ》し出《だ》されて、私《わたし》は自分《じぶん》の手《て》を重《かさ》ねる。すると彼《かれ》は立《た》ち上《あ》がって、強《つよ》い力《ちから》で私《わたし》を引《ひ》っ張《ぱ》った。

すぐに離《はな》されそうな朝比奈《あさひな》くんの大《おお》きな手《て》を強《つよ》く握《にぎ》ると、目《め》を見開《みひら》かれる。

「待《ま》っててくれて、ありがとう」

朝比奈《あさひな》くんは顔《かお》をくしゃっとさせて笑《わら》いながら、手《て》を握《にぎ》り返《かえ》してくれた。

「どういたしまして」


それから数日後《すうじつご》、バスケ部《ぶ》は私《わたし》以外《いがい》にも一年《いちねん》が数名退部《すうめいたいぶ》したと叶《かな》ちゃん先生《せんせい》から聞《き》いた。

顧問《こもん》である桑野先生《くわのせんせい》は意気消沈《いきしょうちん》しているそうで、ひとりに雑務《ざつむ》などが偏《かたよ》ってしまわないように役割分担表《やくわりぶんたんひょう》を作《つく》ったほうがいいのではないかと、叶《かな》ちゃん先生《せんせい》が提案《ていあん》し、今後《こんご》実践《じっせん》する予定《よてい》らしい。

バスケ部《ぶ》の人《ひと》たちと廊下《ろうか》ですれ違《ちが》うこともよくあるけれど、挨拶《あいさつ》を交《か》わす人《ひと》もいれば、目《め》すら合《あ》わせなくなった人《ひと》もいる。部活《ぶかつ》でよく一緒《いっしょ》にいた杏里《あんり》や若奈《わかな》とは、もう言葉《ことば》を交《か》わすこともなくなった。

部活《ぶかつ》を辞《や》めたら、私《わたし》になにが残《のこ》るのか。

学校生活《がっこうせいかつ》で居場所《いばしょ》を失《うしな》ってしまうのではないか。

それを考《かんが》えて悩《なや》んでいたけれど、いざ辞《や》めたら、そのあとの日常《にちじょう》は平和《へいわ》だった。

ホームルームが終《お》わり、カバンの中《なか》にノートをしまっていると三人組《さんにんぐみ》に声《こえ》をかけられた。

「朝葉《あさは》〜！　明日《あした》バレー部《ぶ》ないんだけどさ、放課後遊《ほうかごあそ》ばない？」

「うん！」

「やった！　今《いま》までなかなか合《あ》う日《ひ》がなくて、放課後遊《ほうかごあそ》べなかったから、楽《たの》しみ」

相変《あいか》わらず私《わたし》はクラスではバレー部《ぶ》に所属《しょぞく》している子《こ》たちと一緒《いっしょ》にいる。今《いま》まで勝手《かって》に壁《かべ》を感《かん》じていたけれど、むしろ壁《かべ》を作《つく》っていたのは私《わたし》のほうで、こうして気軽《きがる》に遊《あそ》びに誘《さそ》われるようにもなった。

自分《じぶん》の顔《かお》は、まだ見《み》えないままで不安《ふあん》になるときもあるけれど、それでも私《わたし》はゆっくりでいいから自分《じぶん》を見《み》つけていきたい。

「じゃ、また明日《あした》ね〜！」

部活《ぶかつ》へ行《い》く三人《さんにん》を見送《みおく》って席《せき》を立《た》つと、私《わたし》の元《もと》に金髪《きんぱつ》の男子《だんし》がやってきた。

「行《い》くか」

「うん」

短《みじか》い言葉《ことば》を交《か》わして、私《わたし》と朝比奈《あさひな》くんは教室《きょうしつ》を出《で》る。今日《きょう》は中条《なかじょう》さんに放課後《ほうかご》、保健《ほけん》室《しつ》にきてほしいと言《い》われているのだ。

「そういえば、こないだ行《い》った喫茶店《きっさてん》、七月《しちがつ》からメロンパフェが始《はじ》まるんだって」

「メロンかよ！」

「え、嫌《きら》いなの？」

「いや、すげぇ美味《うま》そうと思《おも》って」

好《す》きなのに嫌《きら》いみたいな反応《はんのう》をした朝比奈《あさひな》くんがおかしくって、声《こえ》を上《あ》げて笑《わら》ってしまう。すると「なんだよ」と、むっとされる。

「朝比奈《あさひな》くんってフルーツ好《す》きでしょ」

以前貰《いぜんもら》った飴《あめ》もマスカットの味《あじ》だった。この間《あいだ》一緒《いっしょ》に食《た》べに行《い》ったパフェだって、さくらんぼのやつを選《えら》んでいた。

「まあ、好《す》きだけど。でも抹茶《まっちゃ》のやつも美味《うま》かったな」

「でしょ？　あのお店《みせ》のほうじ茶《ちゃ》パフェも美味《おい》しいんだよ」

「ふーん。じゃあ次《つぎ》、ほうじ茶《ちゃ》とメロンな」

さらりと約束《やくそく》をしてくれて頬《ほお》が緩《ゆる》む。七月《しちがつ》になるのが楽《たの》しみだ。


保健室《ほけんしつ》に着《つ》くとすでに中条《なかじょう》さんがいて、叶《かな》ちゃん先生《せんせい》とお喋《しゃべ》りをして待《ま》っていたようだった。

「あ、間宮先輩《まみやせんぱい》、朝比奈先輩《あさひなせんぱい》〜！」

大《おお》きく手《て》を振《ふ》られて、並《なら》んでいる二脚《にきゃく》のパイプ椅子《いす》に座《すわ》るように促《うなが》される。

「いらっしゃい」

長机《ながづくえ》の向《む》こうに座《すわ》っている叶《かな》ちゃん先生《せんせい》は、私《わたし》たちを見《み》て顔《かお》を綻《ほころ》ばせた。

「間宮《まみや》さん、最近調子《さいきんちょうし》はどう？」

「まだ顔《かお》はちゃんと見《み》えないんですけど、精神的《せいしんてき》に不安定《ふあんてい》になることは少《すく》なくなりました。聴覚《ちょうかく》や味覚《みかく》にも問題《もんだい》ありません」

「そう。いい方向《ほうこう》に進《すす》んでいるみたいね」

ホッとした様子《ようす》で叶《かな》ちゃん先生《せんせい》がノートパソコンのキーボードを叩《たた》く。私《わたし》の状況《じょうきょう》を聞《き》いて、データをとっているそうだ。

「感情《かんじょう》の揺《ゆ》れが少《すく》なくなっていくと、ときおり顔《かお》が見《み》えるようになることもあるのよ」

「一緒《いっしょ》に治療《ちりょう》、頑張《がんば》りましょうね！」

中条《なかじょう》さんに元気《げんき》よく声《こえ》をかけられて、私《わたし》は頷《うなず》いた。ひとりではなく一緒《いっしょ》に頑張《がんば》れる存在《そんざい》がいるのは心強《こころづよ》い。

「ところで、先輩方《せんぱいがた》！」

相変《あいか》わらずの明《あか》るいテンションで中条《なかじょう》さんが勢《いきお》いよく、机《つくえ》を叩《たた》く。

「うっせーな。物《もの》を大事《だいじ》にしろ」

口《くち》が悪《わる》いものの、机《つくえ》の心配《しんぱい》をしている朝比奈《あさひな》くんに笑《わら》ってしまうと、横目《よこめ》で睨《にら》まれた。

「私《わたし》と部活《ぶかつ》を立《た》ち上《あ》げませんか！」

「部活《ぶかつ》？」

いきなりの発言《はつげん》に呆気《あっけ》に取《と》られる。そういえば、中条《なかじょう》さんは今《いま》のところ帰宅部《きたくぶ》らしい。

「とはいっても、非公認《ひこうにん》の部《ぶ》ですよ～。公認《こうにん》となると、手続《てつづ》きとかいろいろ大変《たいへん》ですし、年度始《ねんどはじ》めじゃないとダメらしいので」

「なんの部《ぶ》なの？」

私《わたし》の問《と》いかけに、なぜか叶《かな》ちゃん先生《せんせい》と中条《なかじょう》さんが視線《しせん》を合《あ》わせて、にやりと笑《わら》う。

「青年期失顔症《せいねんきしつがんしょう》に関《かん》する、お悩《なや》み相談部《そうだんぶ》です！」

自信満々《じしんまんまん》に発表《はっぴょう》する中条《なかじょう》さんに、叶《かな》ちゃん先生《せんせい》が大袈裟《おおげさ》なくらい拍手《はくしゅ》をした。完全《かんぜん》に私《わたし》と朝比奈《あさひな》くんだけ置《お》いてきぼりだ。

「なんのために、そんな部《ぶ》を作《つく》るんだよ」

「発症《はっしょう》して思《おも》いましたけど、同《おな》じ悩《なや》みを抱《かか》える人《ひと》に話《はなし》を聞《き》きたいときもありますし、ひとりで抱《かか》えがちになるじゃないですか」

「……私《わたし》も実際《じっさい》、青年期失顔症《せいねんきしつがんしょう》の悩《なや》みを抱《かか》えている書《か》き込《こ》みとか、結構検索《けっこうけんさく》したなぁ」

経験談《けいけんだん》などがあったからこそ、安心《あんしん》できることもあり、自分《じぶん》だけではないと思《おも》えた。身近《みぢか》な場所《ばしょ》で、匿名《とくめい》で相談《そうだん》ができるのであれば、心強《こころづよ》いかもしれない。

「だから！　SNS《エスエヌエス》を立《た》ち上《あ》げて、保健室《ほけんしつ》の前《まえ》に相談《そうだん》ボックスを置《お》かせてもらう許可《きょか》も叶《かな》ちゃん先生《せんせい》に貰《もら》ったんで、病気《びょうき》の悩《なや》みに寄《よ》り添《そ》う部《ぶ》を発足《ほっそく》させたいんです！」

目《め》をキラキラと輝《かがや》かせながら声高《こえたか》らかに宣言《せんげん》する中条《なかじょう》さんに、朝比奈《あさひな》くんはげんなりとしたように頬杖《ほおづえ》をつく。

「勝手《かって》にやれば」

「ええ、いいんですか？　部長《ぶちょう》」

「っ、俺《おれ》が部長《ぶちょう》!?　勝手《かって》に決《き》めんな！」

「安心《あんしん》してください。私《わたし》はいつだって本気《ほんき》です！　部活《ぶかつ》の名前《なまえ》も『青失部《せいしつぶ》』にしようと思《おも》ってます！」

朝比奈《あさひな》くんを見事《みごと》に巻《ま》き込《こ》んでいく中条《なかじょう》さんと、それを微笑《ほほえ》ましいものでも見《み》るように眺《なが》めている叶《かな》ちゃん先生《せんせい》。朝比奈《あさひな》くんは回《かい》避不可能《ひふかのう》なのではないだろうか。

「ちなみに副部長《ふくぶちょう》は間宮先輩《まみやせんぱい》でどうでしょう！」

「えっ」

私《わたし》も巻《ま》き込《こ》まれることは覚悟《かくご》していたけ

れど、まさかの副部長《ふくぶちょう》という役職《やくしょく》らしい。いったいなにをすればいいのだろう。

「立案者《りつあんしゃ》の中条《なかじょう》はなにすんだよ」

「私《わたし》はＳＮＳ《エスエヌエス》の管理《かんり》をします！　もちろん誰《だれ》かひとりが大変《たいへん》になるようなことはしません！　一緒《いっしょ》に考《かんが》えていきたいです！」

意気込《いきご》んでいる中条《なかじょう》さんに朝比奈《あさひな》くんが呆《あき》れたように顔《かお》をしかめる。

「もうすでにアカウントを取得《しゅとく》しました」

「は？」

「安心《あんしん》してください。本名《ほんみょう》は明《あ》かさずに活動《かつどう》をしたいと思《おも》ってます！」

「あのなぁ」

流《なが》れるように話《はなし》が進《すす》められていく。中条《なかじょう》さんの暴走《ぼうそう》っぷりに、朝比奈《あさひな》くんのツッコミが追《お》いつかない。

「私《わたし》もサポートをしていくつもりよ。匿名《とくめい》であれば話《はな》せるっていう生徒《せいと》もいるでしょうし。あなたたちさえよければ、どうかしら」

どうやら叶《かな》ちゃん先生《せんせい》は顧問《こもん》という立《た》ち位置《いち》になるらしい。

「つーか、間宮《まみや》はいいのかよ。非公式《ひこうしき》とはいえ、また部活《ぶかつ》なんて」

「私《わたし》は……」

朝比奈《あさひな》くんと目《め》が合《あ》い、少《すこ》し考《かんが》えるように口元《くちもと》に手《て》を持《も》っていく。

「自分《じぶん》みたいに発症《はっしょう》して悩《なや》んでいる人《ひと》の力《ちから》になれるなら、やってみたいなって思《おも》う。それに青年期失顔症《せいねんきしつがんしょう》をもっとよく理解《りかい》するために勉強《べんきょう》してみたい」

私《わたし》には朝比奈《あさひな》くんや叶《かな》ちゃん先生《せんせい》がいてくれたけれど、ひとりで悩《なや》んで苦《くる》しんでいる人《ひと》だっているはずだ。

自分《じぶん》ひとりでは難《むずか》しくても、朝比奈《あさひな》くんと中条《なかじょう》さん、叶《かな》ちゃん先生《せんせい》の力《ちから》を借《か》りながら、悩《なや》んでいる人《ひと》の手助《てだす》けをしていきたい。

だから今度《こんど》は、自分《じぶん》の意志《いし》で部活《ぶかつ》に入《はい》りたいって思《おも》う。

「わかった。じゃー、俺《おれ》は部長《ぶちょう》としてこき使《つか》う」

どうやら朝比奈《あさひな》くんも入《はい》ってくれるようで、私《わたし》たち四人《よにん》での活動《かつどう》が決定《けってい》した。

「みなさん、これからもよろしくお願《ねが》いします！」

中条《なかじょう》さんの挨拶《あいさつ》に、朝比奈《あさひな》くんが面倒《めんどう》くさそうに「はいはい」と返《かえ》す。

こうして私《わたし》たちは放課後《ほうかご》の時間《じかん》を使《つか》って、依頼《いらい》を受《う》ける流《なが》れなどこれからのことを詳《くわ》しく決《き》めていくことになった。

その日《ひ》の帰《かえ》り、裏門《うらもん》を出《で》てすぐ横《よこ》にある電柱《でんちゅう》の前《まえ》に立《た》って朝比奈《あさひな》くんを待《ま》つ。こうしていると、初《はじ》めてふたりで帰《かえ》った日《ひ》のことを思《おも》い出《だ》す。

あのときは、まさかバスケ部《ぶ》を辞《や》めて、非公認《ひこうにん》とはいえ新《あたら》しい部《ぶ》に入《はい》る日《ひ》がくるとは思《おも》いもしなかった。

自転車《じてんしゃ》を押《お》しながら朝比奈《あさひな》くんがやってきて、私《わたし》の前《まえ》で立《た》ち止《ど》まった。

「後《うし》ろ乗《の》らねぇの？」

「朝比奈《あさひな》くん、今日《きょう》は少《すこ》しだけ一緒《いっしょ》に歩《ある》かない？」

「いいけど、なんで」

「なんとなく、そういう気分《きぶん》なんだ」

歩《ある》いたほうが少《すこ》しでも長《なが》く一緒《いっしょ》にいることができるから。そんな本音《ほんね》が照《て》れくさくて言《い》えない。

「まあ、自転車《じてんしゃ》だとあっというまだし、たまには徒歩《とほ》もいいけど」

「えっ!?」

「なんだよ」

「いや……私《わたし》も、同《おな》じこと考《かんが》えてたから」

「……ふーん」

朝比奈《あさひな》くんが私《わたし》の隣《となり》で自転車《じてんしゃ》を押《お》して歩《ある》き出《だ》す。

ときおり私《わたし》の腕《うで》に朝比奈《あさひな》くんの腕《うで》が軽《かる》く触《ふ》れて、それがくすぐったくて、でもこの距離《きょり》から離《はな》れたくなかった。


私《わたし》にとって長《なが》かった六月《ろくがつ》が終《お》わり、七月《しちがつ》を迎《むか》えた。

この日《ひ》は朝《あさ》の五時《ごじ》ごろに目覚《めざ》めたので、いつもよりも早《はや》く家《いえ》を出《で》た。

学校《がっこう》に着《つ》き、昇降口《しょうこうぐち》のほうへ歩《ある》いていくと、まだ生徒《せいと》たちの姿《すがた》がなく静《しず》かだった。

靴《くつ》を上履《うわば》きに履《は》き替《か》えて、階段《かいだん》を上《あ》がっていくと私《わたし》の足音《あしおと》だけが鮮明《せんめい》に響《ひび》いている。

放課後《ほうかご》とはまた少《すこ》し違《ちが》っていて、明《あか》るい時間帯《じかんたい》に人《ひと》がいないのは不思議《ふしぎ》な気分《きぶん》だ。

教室《きょうしつ》には当然《とうぜん》ながら誰《だれ》もいなかった。

せっかくだからひとりで学校探検《がっこうたんけん》でもしてみようかと考《かんが》えていると、誰《だれ》かの足音《あしおと》が聞《き》こえてきて、そっと廊下《ろうか》を覗《のぞ》いてみる。

「早《はや》くね？」

「そっちこそ」

まさか朝比奈《あさひな》くんがいるとは思《おも》わなかったので少《すこ》し驚《おどろ》いてしまう。

「いつも予鈴《よれい》鳴《な》るくらいに登校《とうこう》するのに」

「ときどき早《はや》くきて旧校舎《きゅうこうしゃ》で暇潰《ひまつぶ》してんだよ」

「え、そうだったの？　知《し》らなかった」

てっきり朝《あさ》に弱《よわ》いのかと思《おも》っていた。

「旧校舎《きゅうこうしゃ》、間宮《まみや》も行《い》く？」

「行《い》きたい！」

私《わたし》はカバンを置《お》いて、小走《こばし》りで朝比奈《あさひな》くんの元《もと》へと駆《か》けていく。私《わたし》がはしゃいでいるように見《み》えたのか、笑《わら》われてしまった。

ふたりで廊下《ろうか》を歩《ある》いていると、ときどき腕《うで》が触《ふ》れる。まただ。この間《あいだ》一緒《いっしょ》に帰《かえ》ったときから、並《なら》んで歩《ある》くときに触《ふ》れることが増《ふ》えた気《き》がする。歩《ある》く距離《きょり》が自然《しぜん》と近《ちか》くなっているのかもしれない。

旧校舎《きゅうこうしゃ》の屋上《おくじょう》に着《つ》くと、晴《は》れ渡《わた》った朝《あさ》の空気《くうき》を目一杯《めいっぱい》吸《す》い込《こ》みながら、大《おお》きく伸《の》びをする。

「たまには早《はや》く学校《がっこう》くるのもいいね」

最近少《さいきんすこ》しずつ暑《あつ》くなってきたけれど、この時間帯《じかんたい》はまだ過《す》ごしやすい。

「そういえば、私《わたし》たちってふたりとも名前《なまえ》に〝朝《あさ》〟がつくんだよね」

ちょっとした共通点《きょうつうてん》を挙《あ》げると、ほんの一瞬朝比奈《いっしゅんあさひな》くんが笑《わら》う。

「〝朝葉《あさは》〟と朝比奈《あさひな》、たしかに」

下《した》の名前《なまえ》を初《はじ》めて呼《よ》ばれて、心臓《しんぞう》が跳《は》ねた。彼《かれ》に呼《よ》ばれると、照《て》れくさく感《かん》じる。

「今日天気《きょうてんき》いいな」

「そうだね。雲《くも》ひとつない」

青《あお》く澄《す》んだ空《そら》に優《やさ》しく降《ふ》り注《そそ》ぐ日差《ひざ》し。そして隣《となり》には朝比奈《あさひな》くん。この瞬間《しゅんかん》を写真《しゃしん》に残《のこ》しておきたくなって、ポケットからスマホを取《と》り出《だ》した。

フェンス越《ご》しに体育館《たいいくかん》を眺《なが》めながら、ぽつりと漏《も》らす。

「私《わたし》さ、あの場所《ばしょ》から抜《ぬ》け出《だ》したいって思《おも》うときが何度《なんど》もあったんだ」

それでもずっと抜《ぬ》け出《だ》せずにいて、うずくまってしまっていた。

「そんな私《わたし》を連《つ》れ出《だ》してくれたのは、朝比奈《あさひな》くんだね」

隣《となり》に立《た》っている朝比奈《あさひな》くんに視線《しせん》を向《む》けると、彼《かれ》はフェンスに指《ゆび》をかけながら体育館《たいいくかん》を見《み》つめている。

「でもあそこから抜《ぬ》け出《だ》すって決《き》めたのは、間宮自身《まみやじしん》だろ。悩《なや》んでても動《うご》くことのできないやつなんてたくさんいると思《おも》うけど」

「……そうだね」

つらさを抱《かか》えながらも、卒業《そつぎょう》まで耐《た》え続《つづ》ける人《ひと》もきっといる。

「私《わたし》、人《ひと》に優《やさ》しくしていれば嫌《きら》われないいんじゃないかって思《おも》い込《こ》んでた。そんなことないのにね」

「好《す》かれたいから優《やさ》しくすんじゃなくて、好《す》きだから優《やさ》しくすればいいいんじゃねぇの」

人《ひと》にどう思《おも》われるかではなく、自分《じぶん》がどう思《おも》うのか。朝比奈《あさひな》くんらしい言葉《ことば》だ。

私《わたし》はきっと、優《やさ》しくした分《ぶん》好《す》いてほしいとまわりに見返《みかえ》りを求《もと》めていたんだ。

「朝比奈《あさひな》くんのそういうところ好《す》きだなぁ」

「さりげなく俺《おれ》のこと好《す》きって言《い》ってますけど」

「好《す》きだよ」

「……あーそ」

ほんの少《すこ》し沈黙《ちんもく》が流《なが》れる。

どうしよう。思《おも》わず好《す》きと言《い》ってしまった。朝比奈《あさひな》くんがどう受《う》け取《と》ったのかわからないまま、落《お》ち着《つ》かない気持《きも》ちをのみ込《こ》むように口《くち》を閉《と》ざす。

すると、フェンスに寄《よ》りかかっていた朝比奈《あさひな》くんが、姿勢《しせい》を正《ただ》して私《わたし》の前《まえ》に立《た》った。

「間宮《まみや》」

「なに……？」

「あー……えーっと、俺《おれ》のこと好《す》きって言《い》った？」

確認《かくにん》をするように聞《き》かれて、胸《むね》の鼓動《こどう》が速《はや》くなっていく。

さらりと好《す》きだと口《くち》にしてしまったものの、告白《こくはく》になっていて恥《は》ずかしくなってくる。

「あの、そのっ、答《こた》えがほしいとかそういうのじゃないから！」

朝比奈《あさひな》くんから逃《に》げるように背《せ》を向《む》けると、後《うし》ろから手《て》を掴《つか》まれた。伝《つた》わってくる体温《たいおん》があまりも熱《あつ》くて、さらに私《わたし》の心臓《しんぞう》が騒《さわ》がしくなってしまう。

「待《ま》て、ちょっと、ストップ」

ぎこちない途切《とぎ》れ途切《とぎ》れの声《こえ》が聞《き》こえて、おずおずと振《ふ》り返《かえ》れば、手《て》を離《はな》される。そしてそのまま朝比奈《あさひな》くんは顔《かお》を手《て》で塞《ふさ》ぐように隠《かく》した。

「朝比奈《あさひな》くん？」

金色《きんいろ》の髪《かみ》の隙間《すきま》から見《み》える耳《みみ》は真《ま》っ赤《か》で、私《わたし》は朝比奈《あさひな》くんに手《て》を伸《の》ばす。

「耳《みみ》、赤《あか》い」

指先《ゆびさき》で彼《かれ》の熱《ねつ》を持《も》った耳《みみ》に触《ふ》れると、再《ふたた》び手《て》を掴《つか》まれてしまった。そしてそのまま繋《つな》がれる。

「うるせー……悪《わる》いかよ」

顔《かお》を覆《おお》っていた手《て》を朝比奈《あさひな》くんが外《はず》すと、視線《しせん》が重《かさ》なった。口《くち》をへの字《じ》に曲《ま》げて機嫌《きげん》が悪《わる》そうにも見《み》えるけれど、頬《ほお》はほんのりと紅潮《こうちょう》している。

「間宮《まみや》」

「うん」

「……俺《おれ》も好《す》きだよ」

それは、今《いま》まで聞《き》いた中《なか》で一番優《いちばんやさ》しい彼《かれ》の声《こえ》だった。

少《すこ》し前《まえ》までは遠《とお》い存在《そんざい》のように思《おも》っていたのに、今《いま》はこんなにも近《ちか》くにいる。

気《き》にかけてくれて支《ささ》えてくれて、ありがとう。

今《いま》この瞬間《しゅんかん》にそばにいてくれて、ありがとう。

朝比奈《あさひな》くんがいてくれてよかった。

微笑《ほほえ》むと潤《うる》んだ視界《しかい》の先《さき》で、朝比奈《あさひな》くんが照《て》れくさそうに笑《わら》った。

初夏《しょか》の風《かぜ》が、私《わたし》たちを包《つつ》み込《こ》むように吹《ふ》き抜《ぬ》けていく。視界《しかい》を遮《さえぎ》る髪《かみ》を押《お》さえようとして、左手《ひだりて》に握《にぎ》ったままだったスマホが滑《すべ》り落《お》ちてしまった。

拾《ひろ》おうとしてスマホに触《ふ》れた瞬間《しゅんかん》、最近新《さいきんあたら》しく変《か》えた待《ま》ち受《う》け画面《がめん》が浮《う》かび上《あ》がる。

それを見《み》て、驚愕《きょうがく》した。

「あ、う、嘘《うそ》……っ」

声《こえ》が震《ふる》え、視界《しかい》がみるみる涙《なみだ》で滲《にじ》んでいく。

「間宮《まみや》？」

中条《なかじょう》さんと、もうひとり〝知《し》っている顔《かお》〟がぼんやりとだけれど、そこに写《うつ》っている。

間違《まちが》えるはずがない。

「私《わたし》が、見《み》える」

「え」

「画像《がぞう》の中《なか》の、顔《かお》が見《み》えるの」

まだ鮮明《せんめい》に見《み》えるわけではなく、曇《くも》ったように見《み》えているので完治《かんち》ではないのだろう。

だけど、のっぺらぼうには見《み》えない。

「自分《じぶん》の顔《かお》が見《み》えるようになったのか？」

「まだ少《すこ》しぼやけてるけど……でも、見《み》える」

「治《なお》り始《はじ》めてるってことだな」

画面《がめん》の中《なか》の私《わたし》は、表情《ひょうじょう》が硬《かた》くなっていて不自然《ふしぜん》な笑《え》みを浮《う》かべている。

「私《わたし》、笑《わら》うの下手《へた》すぎ……っ」

スマホを強《つよ》く握《にぎ》りしめながら肩《かた》を震《ふる》わせて涙《なみだ》を零《こぼ》すと、朝比奈《あさひな》くんが黙《だま》って引《ひ》き寄《よ》せる。

その暖《あたた》かい腕《うで》の中《なか》で私《わたし》は、泣《な》きやむまで抱《だ》きしめてもらった。

少《すこ》しして涙《なみだ》が引《ひ》いた私《わたし》は、朝比奈《あさひな》くんと一緒《いっしょ》に叶《かな》ちゃん先生《せんせい》に報告《ほうこく》をしに行《い》くことにした。

「先生《せんせい》、保健室《ほけんしつ》にいるかな」

「朝《あさ》はいるかわかんねぇな。職員室《しょくいんしつ》かもしれねぇし。いなかったら放課後《ほうかご》伝《つた》えるか」

階段《かいだん》を下《お》りていく途中《とちゅう》、スカートのポケットに入《い》れていたスマホが振動《しんどう》する。

着信《ちゃくしん》の相手《あいて》は、中条《なかじょう》さんだった。

「電話《でんわ》？」

「うん、中条《なかじょう》さんから」

通話《つうわ》マークをタップすると、『間宮先輩《まみやせんぱい》！』と明《あか》るい声《こえ》が聞《き》こえてきた。

『おはようございますっ！』

「おはよう。中条《なかじょう》さん、どうしたの？」

『大変《たいへん》なんです！』

電話《でんわ》の声《こえ》が大《おお》きいため聞《き》こえたらしく、隣《となり》にいる朝比奈《あさひな》くんが呆《あき》れたように「声《こえ》がでけぇな」と呟《つぶや》いた。

『初《はじ》めての依頼《いらい》がきました！』

「え？」

『放課後《ほうかご》、保健室《ほけんしつ》に集合《しゅうごう》しましょう！』

私《わたし》は朝比奈《あさひな》くんと顔《かお》を見合《みあ》わせる。そんなにすぐに依頼《いらい》なんてくるはずがないと、思《おも》い込《こ》んでいたので予想外《よそうがい》だった。

「マジか」

「青失部《せいしつぶ》、初仕事《はつしごと》だね」

私《わたし》が笑顔《えがお》で言《い》うと電話越《でんわご》しの中条《なかじょう》さんが力強《ちからづよ》く『はい！』と答《こた》えて、朝比奈《あさひな》くんは仕方《しかた》なさそうに口角《こうかく》を上《あ》げた。


――青年期失顔症《せいねんきしつがんしょう》。

十代半《じゅうだいなか》ばから二十代前半《にじゅうだいぜんはん》の青年期《せいねんき》に、まわりに合《あ》わせて自分《じぶん》を見失《みうしな》い、心《こころ》に強《つよ》いストレスがかかることによって発症《はっしょう》する病気《びょうき》。

具体的《ぐたいてき》な症状《しょうじょう》は自己《じこ》に限定《げんてい》された相貌失認《そうぼうしつにん》――、自分自身《じぶんじしん》の顔《かお》が認識《にんしき》できなくなり、のっぺらぼうのように見《み》える。


この学校《がっこう》には、発症《はっしょう》してしまった生徒《せいと》たちの悩《なや》みを聞《き》いてくれる部《ぶ》がある。

――青失部《せいしつぶ》。

学校非公認《がっこうひこうにん》のその部《ぶ》の人《ひと》たちは、今日《きょう》も誰《だれ》かの心《こころ》に寄《よ》り添《そ》う。

青《あお》くて眩《まぶ》しくて、苦《くる》しくて優《やさ》しい。青春《せいしゅん》を守《まも》るために。

番外編《ばんがいへん》　あの笑顔《えがお》をもう一度《いちど》【聖《ひじり》side《サイド》】

小学六年《しょうがくろくねん》のとき、隣《となり》の席《せき》の女子《じょし》――間宮朝葉《まみやあさは》を見《み》ていて苛立《いらだ》っていた。

『朝葉《あさは》ちゃん、お願《ねが》い！』

都合《つごう》のいいときだけすり寄《よ》ってくるクラスの女子《じょし》たちに、文句《もんく》ひとつ言《い》わずに笑顔《えがお》でプリントを渡《わた》している。

そして、去《さ》っていく女子《じょし》たちを眺《なが》めながら寂《さび》しそうにしていた。

『なんで嫌《いや》って言《い》わねぇの』

間宮《まみや》は目《め》を丸《まる》くして、まじまじと俺《おれ》を見《み》る。そしてすぐに視線《しせん》を彷徨《さまよ》わせると、弱々《よわよわ》しい声《こえ》で答《こた》えた。

『だって……断《ことわ》ったら困《こま》るだろうし』

『そんなのやってこないやつが悪《わる》いじゃん』

元々《もともと》やる気《き》もなく、最初《さいしょ》から間宮《まみや》の答案《とうあん》を写《うつ》せばいいと思《おも》っていたようにも見《み》える。

しかも一度《いちど》や二度《にど》ならまだしも、毎回《まいかい》だ。

一瞬《いっしゅん》怯《おび》えたような顔《かお》をした間宮《まみや》は、すぐに笑顔《えがお》を見《み》せた。

『だけどせっかく頼《たよ》ってくれるから。私《わたし》は大丈夫《だいじょうぶ》だよ』

あきらかに無理《むり》やり笑《わら》っているように見《み》えて、苛立《いらだ》ちが募《つの》っていく。

『間宮《まみや》ってさ、そういうの疲《つか》れないの？』

言《い》い方《かた》がきつくなってしまって、言《い》ったあとに少《すこ》し後悔《こうかい》した。間宮《まみや》がなにか答《こた》えようとしたタイミングで、先生《せんせい》がきてしまって俺《おれ》たちの会話《かいわ》はそこで終了《しゅうりょう》した。

謝《あやま》ろう。何度《なんど》もそう思《おも》ったけれど、タイミングが掴《つか》めない。

そんなことを思《おも》って間宮《まみや》を視線《しせん》で追《お》っていたからか、クラスのやつの掃除当番《そうじとうばん》を代《か》わってたり、放置《ほうち》されていた魚《さかな》の世話《せわ》をしていたり、花《はな》の水《みず》やりをしていることを知《し》った。

損《そん》ばっかりしてる。サボってるやつらがいるって、先生《せんせい》に言《い》いつけてやればいいのに。

だけど、すげぇなとも思《おも》った。誰《だれ》にも文句《もんく》を言《い》わずに人《ひと》の分《ぶん》までやって、報《むく》われることなんてないかもしれないのに。

ある日《ひ》、クラスのやつらとケイドロをしていると、偶然間宮《ぐうぜんまみや》と隠《かく》れる場所《ばしょ》が被《かぶ》ってしまった。

ふたりでつつじの葉《は》が生《お》い茂《しげ》っているところに身《み》を隠《かく》しながら無言《むごん》の時間《じかん》が続《つづ》く。

『えい』

なんの前触《まえぶ》れもなく変《へん》な声《こえ》が聞《き》こえてきたと同時《どうじ》に、自分《じぶん》の頭《あたま》のてっぺんを押《お》されて、ぞわりとして鳥肌《とりはだ》が立《た》った。

『うわっっ!? なにすんだよ！』

『ご、ごめん。つい……つむじ押《お》したくなっちゃって』

『はぁ!?』

『そんなに驚《おどろ》くと思《おも》わなくて！ ごめ……っ、あはは』

謝《あやま》りながらも無邪気《むじゃき》に笑《わら》っている間宮《まみや》に釘《くぎ》づけになってしまった。

いつもの表情《ひょうじょう》とは違《ちが》う。無理《むり》をしている様子《ようす》もなく、声《こえ》を上《あ》げて楽《たの》しそうに笑《わら》っている。

こんなふうに笑《わら》うなんて思《おも》いもしなかった。

そして笑顔《えがお》が自分《じぶん》に向《む》けられていることに驚《おどろ》いていた。

また話《はな》したいと思《おも》っても、そのあとすぐに席替《せきが》えがあり、間宮《まみや》とかなり離《はな》れてしまった。

話《はな》しかけたくても、なにを言《い》ったらいいのかわからず、時間《じかん》だけが過《す》ぎていく。

結局《けっきょく》、そのまま卒業《そつぎょう》を迎《むか》えた。

中学《ちゅうがく》に入《はい》ると間宮《まみや》はバスケ部《ぶ》の明《あか》るいグループに溶《と》け込《こ》んで、つねにまわりに人《ひと》がいるようになり、一方《いっぽう》で俺《おれ》は中二《ちゅうに》の一学期《いちがっき》に部活《ぶかつ》を辞《や》めて髪色《かみいろ》を派手《はで》にすると、周囲《しゅうい》との間《あいだ》に距離《きょり》ができ始《はじ》めた。

もう完全《かんぜん》に俺《おれ》たちが関《かか》わることなんてない。そう思《おも》っていた。

そして中二《ちゅうに》の秋《あき》。祈《いのり》は青年期失顔症《せいねんきしつがんしょう》が完治《かんち》すると、叶乃《かなの》と一緒《いっしょ》になって俺《おれ》の勉強《べんきょう》をみるようになった。ふたりは俺《おれ》が部活《ぶかつ》を辞《や》めたことに責任《せきにん》を感《かん》じているらしい。

『別《べつ》に高校《こうこう》なんて今《いま》の学力《がくりょく》で入《はい》れるところでいいんだけど』

『俺《おれ》と一緒《いっしょ》の高校入《こうこうはい》らないの⁉』

『祈《いのり》の高校遠《こうこうとお》いからやだ』

即答《そくとう》すると、祈《いのり》がショックを受《う》けたのか机《つくえ》に伏《ふ》せてしまう。だいたい学年《がくねん》も違《ちが》うんだから、同《おな》じ高校《こうこう》に入《はい》ったところでそれほど意味《いみ》がないと思《おも》う。

『なら、私《わたし》が勤《つと》めてる高校《こうこう》は？』

『いや、平明《へいめい》って偏差値高《へんさちたか》くね？』

『聖《ひじり》は元々《もともと》勉強《べんきょう》できるほうだし、頑張《がんば》れば行《い》けるわよ』

特《とく》に高校《こうこう》にこだわりはなかったため、やるだけやってみることになり、俺《おれ》はとりあえず平明高校《へいめいこうこう》を目指《めざ》して受験勉強《じゅけんべんきょう》をすることになった。

中三《ちゅうさん》の夏《なつ》、間宮《まみや》たちと廊下《ろうか》ですれ違《ちが》ったときに偶然話《ぐうぜんはなし》を聞《き》いてしまった。

『朝葉《あさは》、平明高校《へいめいこうこう》受《う》けるの？』

『うん。そのつもりだよ』

『あそこ偏差値《へんさち》高《たか》くない？』

たとえ同《おな》じ高校《こうこう》に入《はい》ったところで、今《いま》までと同《おな》じく特《とく》に関《かか》わることなんてないはずだ。

向《む》こうは俺《おれ》のことをもうほとんど認識《にんしき》していないだろう。

なのに間宮《まみや》が自分《じぶん》と同《おな》じ高校《こうこう》を目指《めざ》していることを知《し》り、今《いま》まであまりなかったやる気《き》が急《きゅう》に出《で》てきてしまった。

その後《ご》、俺《おれ》と間宮《まみや》は同《おな》じ高校《こうこう》に入《はい》った。けれど特《とく》に話《はな》すこともなく、一年《いちねん》が終《お》わっていく。そして、二年《にねん》に上《あ》がると同《おな》じクラスになった。

『朝葉《あさは》、お願《ねが》い！』

既視感《きしかん》を覚《おぼ》える光景《こうけい》だった。バスケ部《ぶ》の女子《じょし》が間宮《まみや》に頼《たの》み事《ごと》をしているようだ。

『いいよ。桑野先生《くわのせんせい》に伝《つた》えておくね』

『ありがと～！　あ、ごめん。もう教室移動《きょうしついどう》だから行《い》かないと！』

『うん、またあとでね。杏里《あんり》』

頼《たの》み事《ごと》だけすると女子《じょし》は去《さ》っていき、間宮《まみや》は目《め》を伏《ふ》せる。

その表情《ひょうじょう》が小学生《しょうがくせい》のころと重《かさ》なった。またいいように使《つか》われているのかともどかしくなりながらも、俺《おれ》は上手《うま》い言葉《ことば》が浮《う》かばず、話《はな》しかけることができなかった。

それから少《すこ》しして、間宮《まみや》が青年期失顔症《せいねんきしつがんしょう》になったことを知《し》り、俺《おれ》たちは関《かか》わるようになっていった。

話《はな》していくにつれて、昔《むかし》と変《か》わらない真面目《まじめ》で溜《た》め込《こ》みやすいところと、案外話《あんがいはな》しやすくて子《こ》どもっぽいところもあることを知《し》っていく。

不安定《ふあんてい》なのに必死《ひっし》に頑張《がんば》ろうとあがいている間宮《まみや》を放《ほう》っておけなかった。


「――朝比奈《あさひな》くん、ほうじ茶《ちゃ》パフェだよ！」

ぼんやりと間宮《まみや》とのことを考《かんが》えていると、興奮気味《こうふんぎみ》な声《こえ》によって現実《げんじつ》に引《ひ》き戻《もど》される。

今日《きょう》は以前《いぜん》から約束《やくそく》をしていたパフェを喫茶店《きっさてん》に食《た》べにきた。よほど楽《たの》しみだったのか、間宮《まみや》は目《め》を輝《かがや》かせている。

「美味《おい》しそう！」

目《め》の前《まえ》の金魚鉢《きんぎょばち》のような丸《まる》いグラスにのっているのは、茶色《ちゃいろ》のソフトクリームと四角《しかく》いゼリーやムース、そして白《しろ》い生《なま》クリームには茶色《ちゃいろ》のソースがかかっている。

「……茶色《ちゃいろ》いな」

「ほうじ茶《ちゃ》づくしだからね」

すぐに店員《てんいん》が俺《おれ》の分《ぶん》のパフェも運《はこ》んできた。メロンを半分《はんぶん》に切《き》り、中身《なかみ》をくり抜《ぬ》いて器《うつわ》にしているらしく迫力《はくりょく》がある。

小《ちい》さな球状《きゅうじょう》の果肉《かにく》と、黄緑色《きみどりいろ》の星形《ほしがた》のゼリー、ソフトクリームなどがぎっしりと中《なか》に詰《つ》まっていて食《た》べごたえがありそうだった。

「俺《おれ》のやつのほうが、かわいいな」

「朝比奈《あさひな》くんってかわいいとか言《い》うんだね」

「言《い》うだろ、ふつーに」

「でもなんか、あんまり言《い》わなそうだなって」

いただきますと手《て》を合《あ》わせた間宮《まみや》をじっと見《み》つめる。

好《この》みの味《あじ》なのか、ほうじ茶《ちゃ》のソフトクリームを頬張《ほおば》っている顔《かお》が幸《しあわ》せそうだ。俺《おれ》の視線《しせん》に気《き》づいたらしく、間宮《まみや》が首《くび》を傾《かし》げた。

「なに？」

「いや、かわいいなって思《おも》って」

「っ、ちょ、わざと使《つか》わなくていいよ！」

「言《い》ってほしいのかと思《おも》った」

顔《かお》を真《ま》っ赤《か》にしながら睨《にら》みつけられても怖《こわ》くない。間宮《まみや》はふざけて言《い》われたと思《おも》っているらしい。

「普段思《ふだんおも》ってても言《い》わないだけなんだけど」

丸《まる》くくり抜《ぬ》かれたメロンをひとつ食《た》べると、熟《じゅく》していてかなり甘《あま》い。

視線《しせん》を戻《もど》すと、間宮《まみや》が食《た》べる手《て》を止《と》めて疑《うたが》うような眼差《まなざ》しでまじまじと俺《おれ》を見《み》ていた。

「き、急《きゅう》に、今日《きょう》どうしちゃったの!?」

「……もう言《い》わねー」

「だって、なんかいつもと違《ちが》うから！」

そりゃ、彼女《かのじょ》と同級生《どうきゅうせい》じゃ違《ちが》うだろ。付《つ》き合《あ》っていても普段《ふだん》と変《か》わらない間宮《まみや》にとっては、俺《おれ》が素直《すなお》に褒《ほ》めるのは違和感《いわかん》があるらしい。

「てか、メロン美味《うま》い。食《く》う？」

「食《た》べたい！」

丸《まる》いメロンをスプーンで掬《すく》い上《あ》げると、間宮《まみや》は口《くち》の中《なか》に放《ほう》り込《こ》む。するとすぐに頬《ほお》が緩《ゆる》んだのがわかった。

「ん〜！　メロンも美味《おい》しいね！」

最近《さいきん》間宮《まみや》はよく笑《わら》うようになった。青年期失顔症《せいねんきしつがんしょう》が治《なお》り出《だ》して、ぼやけているらしいが少《すこ》しずつ自分《じぶん》の顔《かお》が認識《にんしき》できるそうだ。

クラスでも楽《たの》しそうに女子《じょし》たちと話《はな》していて、バスケ部《ぶ》にいたころのように無理《むり》しているようには見《み》えない。

自分《じぶん》を取《と》り戻《もど》し始《はじ》めてよかったと、心《こころ》からホッとしている。

「じゃあ、これもやる」

「え？」

メロンの果肉《かにく》をスプーンにのせて間宮《まみや》のほうに近《ちか》づけた。

「ほら」

「朝比奈《あさひな》くんメロン好《す》きなんじゃないの？　それなのにまた私《わたし》が食《た》べちゃっていいの？」

「美味《うま》そうに食《く》うからやる」

それで間宮《まみや》がまた幸《しあわ》せそうに笑《わら》うなら、いくらでもやる。

「あ、ありがとう」

口《くち》を開《ひら》いた間宮《まみや》は、俺《おれ》の持《も》っているスプーンにのったメロンを食《た》べた。

「……なんで俺《おれ》が食《た》べさせてんだよ」

「へ？　だってそういう意味《いみ》で差《さ》し出《だ》したんじゃないの？」

「スプーンごと受《う》け取《と》ると思《おも》うだろ」

「ええ、そんなの言《い》ってくれないとわからないよ！」

俺《おれ》が間宮《まみや》に食《た》べさせたような図《ず》になってしまった。

すぐにスプーンを引《ひ》っ込《こ》めると、今度《こんど》は間宮《まみや》がほうじ茶《ちゃ》アイスを自分《じぶん》のスプーンで掬《すく》って、俺《おれ》に差《さ》し出《だ》す。

「は……？」

「お返《かえ》し」

「なんでだよ」

「食《た》べたくない？」

こんな恥《は》ずかしいことできるかよと顔《かお》をしかめると、スプーンを向《む》けられたまま笑《わら》われた。俺《おれ》の反応《はんのう》を見《み》て、完全《かんぜん》に楽《たの》しんでいるようだった。

スプーンを奪《うば》おうとするフリをして、間宮《まみや》の手《て》を掴《つか》んだままスプーンを俺《おれ》の口《くち》に持《も》ってこさせる。

「えっ」

まさか俺《おれ》が間宮《まみや》から食《た》べさせてもらうと思《おも》わなかったのか、目《め》を見開《みひら》いて硬直《こうちょく》している。しかも顔《かお》がまた赤《あか》くなっていた。

「なんで間宮《まみや》が赤《あか》くなるんだよ」

「あ、朝比奈《あさひな》くんだって、顔赤《かおあか》いよ！」

「恥《は》ずかしいことした自覚《じかく》はある」

間宮《まみや》が赤《あか》くなっている頬《ほお》を冷《ひ》やすように手《て》の甲《こう》を当《あ》てる。そして目《め》が合《あ》うと照《て》れくさそうに笑《わら》う。

「なんか付《つ》き合《あ》ってるみたい」

「付《つ》き合《あ》ってますけど」

「そうだけど！　……こうやってふたりで休日《きゅうじつ》に出《で》かけてると、実感《じっかん》するっていうか」

放課後《ほうかご》一緒《いっしょ》に過《す》ごすことは多《おお》いものの、中条《なかじょう》や叶乃《かなの》もいることが多《おお》い。そのためふたりになるのは、学校帰《がっこうがえ》りくらいだった。

「じゃあ、次《つぎ》はどこ行《い》く？」

「どこがいいかなぁ〜！　朝比奈《あさひな》くんと行《い》ってみたいところたくさんあるんだ」

間宮《まみや》は声《こえ》を弾《はず》ませて、行《い》きたい場所《ばしょ》を次々《つぎつぎ》に挙《あ》げていく。

「全部《ぜんぶ》行《い》けばいいじゃん」

時間《じかん》はたくさんある。これから少《すこ》しずつふたりで過《す》ごしていけばいい。

すると、間宮《まみや》が無邪気《むじゃき》な笑《え》みを浮《う》かべて頷《うなず》く。

それは、俺《おれ》がずっともう一度《いちど》見《み》たいと思《おも》っていた間宮《まみや》の笑顔《えがお》だった。

END

あとがき

作者《さくしゃ》の丸井《まるい》とまとです。朝葉《あさは》の物語《ものがたり》を最後《さいご》まで見守《みまも》ってくださり、ありがとうございます。

野《の》いちごジュニア文庫版《ぶんこばん》では、素敵《すてき》な挿絵《さしえ》をつけていただきました。

それぞれのキャラクターの姿《すがた》を見《み》ることができて、とてもうれしかったです。

どの挿絵《さしえ》も素敵《すてき》ですが、私《わたし》は特《とく》に朝葉《あさは》と月加《つきか》が写真《しゃしん》を撮《と》るシーンが好《す》きです。

きっといつかふたりが自分《じぶん》の顔《かお》を取《と》り戻《もど》したとき、この日《ひ》のことを懐《なつ》かしく感《かん》じるのだろうなと思《おも》います。

みなさんは、どの挿絵《さしえ》が好《す》きですか？

ぜひ、野《の》いちごジュニア文庫《ぶんこ》のサイトにある感想《かんそう》で教《おし》えてください。

この作品《さくひん》を読《よ》んでくださった方《かた》は、朝葉《あさは》のように悩《なや》んでいるかもしれませんし、あるいはこの先悩《さきなや》むことがあるかもしれません。

人《ひと》それぞれ痛《いた》みは違《ちが》っていて、誰《だれ》かに打《う》ち明《あ》けることが難《むずか》しいこともきっとあります。苦《くる》しくなったときは、自分《じぶん》がどうしたいのかを考《かんが》えて、心《こころ》を大切《たいせつ》にしてください。そして、あなたを笑顔《えがお》にしてくれる人《ひと》のことも大切《たいせつ》にしてあげてください。ふとしたときに笑顔《えがお》にしてくれる人《ひと》は、かけがえのない存在《そんざい》です。

書籍《しょせき》に入《はい》りきらなかった番外編《ばんがいへん》は、野《の》いちごのサイトで公開中《こうかいちゅう》です。興味《きょうみ》がある方《かた》は、【野《の》いちご　丸井《まるい》とまと】で検索《けんさく》をかけてみてください。パスワードは【0420】です。

【青春《せいしゅん》ゲシュタルト崩壊《ほうかい》　ジュニア文庫用《ぶんこよう》　番外編《ばんがいへん》】というタイトルで公開《こうかい》しています。(こちらは、スターツ出版文庫版《しゅっぱんぶんこばん》に収録《しゅうろく》している番外編《ばんがいへん》と同《おな》じ内容《ないよう》になります)

最後《さいご》まで読《よ》んでくださり、ありがとうございました。

そして、この作品《さくひん》に携《たずさ》わってくださったみなさま、ありがとうございます。

またどこかの物語《ものがたり》で出会《であ》えますように。

二〇二五年四月二十日　丸井《まるい》とまと

著・丸井とまと（まるい　とまと）
2021年『青春ゲシュタルト崩壊』で、第5回野いちご大賞・大賞を受賞。『青い世界の中で、きみが隣にいてくれた』（KADOKAWA）『世界の片隅で、そっと恋が息をする』（双葉文庫パステルNOVEL）など青春小説を中心に活動中。

絵・三湊かおり（みなと　かおり）
神奈川県出身・在住。大学時代にイラスト活動を始める。2021年よりフリーのイラストレーターとして活躍中。

青春ゲシュタルト崩壊

2025年4月20日 初版第1刷発行

著　　者　丸井とまと　©Tomato Marui 2025
発 行 人　菊地修一
デザイン　北國ヤヨイ（ucai）
発 行 所　スターツ出版株式会社
〒104-0031 東京都中央区京橋1-3-1 八重洲口大栄ビル7F
TEL03-6202-0386（出版マーケティンググループ）
TEL050-5538-5679（書店様向けご注文専用ダイヤル）
https://starts-pub.jp/
印 刷 所　株式会社DNP出版プロダクツ

Printed in Japan
ISBN 978-4-8137-8207-0 C8293

本作はスターツ出版文庫（小社刊）より2023年9月に刊行された『青春ゲシュタルト崩壊』に加筆修正を加えた野いちごジュニア文庫版です。

ファンレターのあて先

〒104-0031　東京都中央区京橋1-3-1 八重洲口大栄ビル7F
スターツ出版（株）書籍編集部 気付
丸井とまと先生
いただいたお便りは編集部から先生におわたしいたします。

ドキドキ＆胸《むね》きゅんがいっぱい！

野《の》いちごジュニア文庫《ぶんこ》 人気作品《にんきさくひん》の紹介《しょうかい》

あの夏《なつ》の花火《はなび》と、きみの笑顔《えがお》をおぼえてる。

咲妃《さき》・著《ちょ》

小児《しょうに》がんの再発《さいはつ》で、余命《よめい》4カ月《かげつ》と宣告《せんこく》された中《ちゅう》3の澪音《みお》。些細《ささい》なことがきっかけで仲《なか》たがいしていた初恋相手《はつこいあいて》の旭《あさ》陽《ひ》と一緒《いっしょ》に文化祭委員《ぶんかさいいいん》をやることになり、変《か》わらない優《やさ》しさに再《ふたた》び惹《ひ》かれていく。一方《いっぽう》の旭陽《あさひ》も、ずっと変《か》わらず澪音《みお》を想《おも》っていて…。別《わか》れの時《とき》が近《ちか》づく中《なか》、ふたりで行《い》った花火大会《はなびたいかい》で澪音《みお》がしたせつなすぎる決断《けつだん》とは…？

ISBN978-4-8137-8204-9

定価《ていか》：902円《えん》（本体《ほんたい》820円《えん》＋税《ぜい》10%）

青春

白神家《しらがみけ》の４兄弟《きょうだい》は手《て》におえないっ！

無月蒼《むつきあお》・著《ちょ》

両親《りょうしん》を亡《な》くし、天涯孤独《てんがいこどく》な中《ちゅう》2の幸奈《ゆきな》は、ひょんなことから最強《さいきょう》のセレブ一家《いっか》・白神家《しらがみけ》に居候《いそうろう》することに。そこで出会《であ》ったのは、美形《びけい》だけどクセ強《つよ》な4兄弟《きょうだい》！　しかも、4兄弟《きょうだい》の誰《だれ》かと結婚《けっこん》しなくちゃいけないってどういうこと…!?　「相手《あいて》、僕《ぼく》にしない？」「俺《おれ》が好《す》きなのは、幸奈《ゆきな》だけだ！」婚約者《こんやくしゃ》の座《ざ》をめぐって恋《こい》の争奪戦《そうだつせん》がスタート！

ISBN978-4-8137-8203-2

定価《ていか》：858円《えん》（本体《ほんたい》780円《えん》＋税《ぜい》10%）

恋愛

地味子《じみこ》の秘密《ひみつ》。②
キケンすぎる黒幕登場《くろまくとうじょう》で大波乱《だいはらん》!?

牡丹杏《ぼたんきょう》・著《ちょ》

㊙《まるひ》でとある特殊任務《とくしゅにんむ》をしていることが、学園《がくえん》のモテ王子《おうじ》・陸《りく》にバレちゃった中《ちゅう》2の杏樹《あんじゅ》。抱《だ》きしめてきたりお姫様《ひめさま》抱《だ》っこしてきたり、あいかわらずドキドキさせてくる陸《りく》だけど、杏樹《あんじゅ》は陸《りく》の気持《きも》ちがわからずモヤモヤ…。そんな時《とき》、学《がっ》校《こう》で大事件《だいじけん》が発生《はっせい》!!　意外《いがい》な黒幕《くろまく》が明《あき》らかに！　そして、陸《りく》との関係《かんけい》が急展開《きゅうてんかい》!?　恋《こい》にバトルに大波乱《だいはらん》の第《だい》2巻《かん》！

ISBN978-4-8137-8202-5

定価《ていか》：891円《えん》（本体《ほんたい》810円《えん》＋税《ぜい》10%）

恋愛